KB268065

조선의 괴짜 선비들
오늘, 그들의 선비정신이 그립다

김영진 엮음

태평양저널

조선의 괴짜 선비들
오늘, 그들의 선비정신이 그립다

조선의 괴짜 선비들
오늘, 그들의 선비정신이 그립다

2019년 7월 31일 1쇄 발행
2022년 12월 10일 3쇄 발행

엮은이 | 김영진
펴낸이 | 박종수 외 1인
펴낸곳 | 태평양저널
주 소 | 서울특별시 영등포구 신길5동 339
전 화 | (02) 834-1806
팩 스 | (02) 834-1802
등 록 | 1991년 5월 3일(제03-00468)
ISBN 978-89-90642-16-5

정가 16,000원

* 잘못 만들어진 책은 바꾸어드립니다.

시작하면서

나는 최근 수년 간 조선의 야사에 관한 원고를 몇 권 썼다. 또한 그러자니 당연히 선인들이 남긴 자료들을 뒤적일 수밖에 없었는데, 그 같은 과정에서 매우 재미있는 내용들과 조우하게 되었다. 이따금 눈에 띈 '기인과 이인들'에 대한 기록이 바로 그것이다.

국어사전에서 기인은 "성격이나 말·행동이 별난 사람", 이인은 "재주가 신통하고 비범한 사람"이라고 해설하고 있는데, 그들에 대한 이야기는 한결같이 모두 흥미진진하다. 그럴 수밖에 없는 것이, 그들 모두가 한 시대를 풍미한 뛰어난 천재였거나 괴력을 가진 장사, 또는 신비한 능력을 가진 사람들이었으니, 그들에 대한 이야기가 관심을 끌지 못한다면 그것이 오히려 이상한 일일 것이다.

이 책에 소개된 기인과 이인들에 대한 이야기들은 실로 기이하다. 하지만 그것들이 중국의 포송령이 지은 괴이 소설집

〈요재지이〉의 내용처럼 허무맹랑한 이야기라고 단언할 수는 없다.

무슨 소리인가 하면, '계영배'에 얽힌 이야기의 경우 의주에서 광주의 분원에까지 찾아와 우명옥의 장례를 치러 준 사람이 한낱 이름 없는 평범한 사람이 아니라 〈한국인명대사전〉에 이름이 올라 있는 너무나도 유명한 무역상인 임상옥이었다는 것이다.

어쨌든 그들에 대한 신비한 이야기들이 현대에 사는 우리의 마음 깊숙이 자리 잡는 이유는, 당대를 살며 그 시대를 헤쳐 나간 민중들의 진실한 뜻과 열망이 이러한 기인과 이인들의 행적을 통해 더욱 강하게 부각되기 때문일 것이다. 이야기들을 통해 우리는 과거와 현재, 미래를 꿰뚫는 우리 선조들의 재치와 지혜를 엿보며, 사람들의 의표를 찌르는 기발한 착상과 여유 있는 유머에 무릎을 치며 공감하게 되기도 할 것이다. 내용은 연대순으로 소개하였다.

부담 없이 재미있게 읽어 주시기 바란다.

엮은이

차례

이상한 노인과 성삼문

　사육신의 한 사람인 성삼문(成三問)은 세종(世宗) 즉위년 (1418년)에 홍성에 있는 외가에서 무관인 성승의 맏아들로 태어났다.

　그가 태어날 때 그의 어머니가 하늘로부터,

　"낳았느냐?"

　하고 묻는 환청을 세 번이나 들었기에 그의 이름을 삼문 (三問)이라고 지었다고 한다.

　성삼문이 어렸을 때 그의 집은 무척이나 가난했다. 하루 세 끼니 때우는 일을 걱정하지 않는 날이 드물었고, 무릎이 해어진 옷일망정 고맙게 입지 않을 수 없는 형편이었다.

　그처럼 어렵게 살아가는 그의 집에 크게 부담되는 일이 생겼으니, 그의 누이가 과년하여 시집을 가게 되었던 것이다. 성년이 되어 결혼하는 것은 인간사의 가장 큰 행복이요 즐거움이지만, 워낙 가난한 집이고 보니 그것이 반대로 큰 걱정거리가 되었다.

"이 잔치를 무슨 수로 치른단 말인가!"

가장인 성승은 한숨만 쉴 뿐이었다. 혼례일은 하루하루 다가오는데 준비된 것은 아무것도 없으니 답답한 노릇이었다.

노심초사하던 성승은 마침내 한 가지 방도를 생각해 냈다.

성승은 아들을 불러 말했다.

"너, 아비 말을 잘 들어라. 성례할 날은 다가오는데 빈손으로 대사를 치러야 할 판이니 부득이 비상수단을 강구하지 않을 수 없구나. 지난날 우리 집에서 종살이하다가 도망간 막언이란 녀석이 지금 황해도에서 제법 잘산다는 소식을 들었다. 그 녀석에게 가서 사정을 말하면, 옛날 일을 생각해서라도 도움을 거절하지는 않을 듯싶다. 그래서 내가 가든지 네가 가든지 해야겠는데, 너의 생각은 어떠냐?"

"아버지, 그것이 무슨 말씀입니까? 종한테서 돈을 빌린다니, 그것은 선비의 집안에서 할 수 있는 일이 아니라고 생각합니다."

"난들 왜 그걸 모르겠느냐. 하지만 그밖에 다른 방법이 없어서 하는 소리다."

"뜻이 정 그러시다면 제가 다녀오겠습니다."

"오냐. 그러면 머뭇거릴 것 없이 얼른 다녀오너라."

"예."

성삼문은 행장을 차린 다음, 하인 하나를 앞세우고 말 위에 올라 먼길을 떠났다. 그런데 며칠 만에 황해도 땅에 접어들어 어느 산길을 지날 때였다.

날은 어두워지려고 하는데 마을이나 주막은 보이지 않고 숲이 앞을 가려 어디가 어딘지도 분간할 수가 없었다.

"곧 날이 어두울 모양이니 말을 좀 더 빨리 몰아야겠어."

성삼문이 불안해하며 재촉하자, 하인이 퉁명스럽게 대꾸했다.

"이렇게 될 것 같아서, 아까 주막집에서 하룻밤 묵어 가자고 하지 않았습니까."

"그때는 해가 많이 남아 있었잖아. 산이 이렇게 깊은 줄 알았나."

"하여튼 소인은 모르겠소. 가다가 호랑이를 만나든지 말든지."

하인은 은근히 심술을 부리면서도 말을 재촉하여 걸음을 빨리했다.

그때였다 별안간 뒤에서 누군가가,

"여보시오, 앞에 가는 분들!"

하고 부르는 소리가 들려 왔다. 성삼문이 고개를 돌려 바라보니, 키와 몸집이 크고 우락부락하게 생긴 사내가 빠르게 뒤따라오며 성삼문에게 말을 걸었다.

"어디로 가시는 공자이신지 모르겠으나 산 속에서 고생이 많으십니다."

모습과는 달리 제법 공손한 말씨였다.

"노형은 뉘시오?"

"예, 저는 이 산 너머까지 갑니다. 그런데 그렇게 길을 따라가시면 내일 아침까지 걸어도 산에서 벗어나지 못할 겁니다. 제가 지름길로 안내할 테니 따라오시겠습니까?"

성삼문이 생각해 보니 다른 도리가 없을 것 같았다. 사내의 생김새를 보아 무슨 나쁜 흉계를 품고 있는 것이 아닐까 하는 의구심이 들기도 했지만, 선택의 여지가 없는 형편이었다.

"좋소. 그럼 수고스럽지만 안내해 주시겠소?"

"따라오십시오"

사내는 길을 벗어나 산 속으로 성삼문을 안내했다. 나무가 빽빽한 숲 속이었지만, 사내는 신통하게도 제대로 보이지 않는 길을 따라 잘도 앞장서서 나아가고 있었다.

날은 어느덧 완전히 어두워져 있었다. 나뭇가지 사이로 달이 보였으나 숲이 워낙 깊어서 앞을 가늠할 수 없었다.

말도 가기를 싫어하는 비탈이 나타나고, 천 길인지 만 길인지 가늠할 수 없는 벼랑을 만나기도 했으며, 가파른 계곡의 개울을 건너가기도 했다.

'이자는 틀림없이 산적인 것 같다. 공연히 따라와서 큰 변을 당하게 생겼으니 어쩌면 좋단 말인가?'

성삼문은 그제서야 덜컥 겁이 났지만 이미 돌이킬 수 없게 된 일이었다. 목숨을 하늘에 맡기고 사내가 이끄는 대로 따라갈 수밖에 없었다.

험한 고개를 몇 번이나 오르내린 그들이 별안간 나타난 바다를 끼고 가파른 비탈길을 조심조심 돌아서 다시 산을 넘었을 때 눈앞에 마침내 마을이 나타났다. 넓은 들을 끼고 있는 큰 마을이었는데, 집집에서 불빛이 새어 나오고 있었다.

'아! 이젠 살았구나!'

성삼문은 몰래 안도의 한숨을 쉬었다.

"따라오시기는 했어도 무척 겁이 났지요?"

우락부락하게 생긴 사나이가 속을 다 들여다보고 있다는 듯이 웃으며 성삼문에게 말했다.

"그렇소."

"이젠 다 왔습니다. 저 마을에 가서 묵어 가시지요."

마을에 도착한 성삼문은 집들이 하나같이 덩그런 기와

집들인 것을 보고는 크게 놀랐다. 상당한 부자 마을인 모양이었다.

사내는 그 중에서 가장 큰 집으로 성삼문을 안내했다. 임금의 대궐이 부럽지 않을 만큼 고래등 같은 저택이었다.

사내는 높다란 솟을대문 앞에 성삼문을 멈추게 한 후, 주인에게 이야기를 하고 나오겠다면서 먼저 안으로 들어갔다.

성삼문이 말에서 내려 대문 안을 살짝 들여다보니, 밝은 달빛이 쏟아지는 뜰 안에는 이름 모를 기화요초들이 무성하고 잘 꾸민 연못가에는 정자가 오똑하니 들어앉은 풍경이 마치 신선의 동산 같았다.

'깊은 산 속에 이런 으리으리한 저택이 어떻게 있을 수 있단 말인가. 역시 여기는 〈수호지〉에 나오는 양산박처럼 대단한 도적 떼의 소굴임이 틀림없어. 그렇다면 우리는 지금 호랑이 아가리 속에 들어온 셈이구나.'

사라졌던 불안감이 다시 밀려오며 오금이 저렸다.

그때 아까의 사나이가 나타나서, 주인한테 안내할 테니 들어오라고 했다. 성삼문은 그의 말에 따르는 수밖에 없었다. 그리하여 높다란 대문과 넓은 마당을 여러 개 지나서 마침내 큰 누각 아래에 도착하니, 수염이 허옇고 신선처럼 생긴 노인 한 사람이 계단을 내려오며 반갑게 맞아 주었다.

"뉘 댁 공자인지 모르겠으나, 어서 오시게."

"실례가 되는 줄 알면서도 어쩔 수 없어 밤늦게 찾아왔습니다."

노인의 모습과 태도를 보고 조금은 마음이 놓인 성삼문이 정중하게 허리를 굽혔다.

"저는 집이 서울이고, 부친의 함자는 성(成)자 승(勝)자이시며, 제 이름은 삼문이라고 합니다. 폐가 되는 줄 알면서도 부득이 밤늦게 찾아왔습니다."

"사람의 집에 사람이 찾아드는 것은 당연한 법, 이리 올라오시게나."

성삼문을 전각 안으로 안내한 노인은 아랫사람들을 시켜 음식상을 들여오게 했는데, 삼문이 보니 태어나서 한 번도 구경하지 못한 산해진미였다. 그리고 워낙 시장하던 참이었기에 배부르게 먹었다.

성삼문이 마침내 상을 물리자, 노인이 조용히 물었다.

"보아하니 가풍이 범연치 않은 집안의 자제 같은데, 무슨 일로 어디까지 가는지 사연을 말해 줄 수 없겠나?"

떳떳하지 못한 일이라 마음이 켕겼지만 그렇다고 거짓말을 하기도 뭐했기에, 성삼문은 자기가 황해도까지 가는 이유를 솔직히 털어놓았다. 그랬더니 가만히 듣고 있던 노인이 고개를 저으며 말했다.

"그것은 선비의 집안에 어울리는 일이 아닌 것 같군. 아무리 형편이 어렵다 해도 지켜야 할 체통이 있지 않은가?"

"부친께서나 전들 왜 그걸 모르겠습니까. 하지만 다른 도리가 없어서…."

"아무리 그렇다 해도 길이 아닌 곳으로 가서는 안 되지 않겠는가. 방법은 찾아보면 있는 법일세. 그 혼례 비용을 내가 변통해 줄 테니, 자네는 그냥 집으로 돌아가도록 하게."

"말씀은 감사합니다만, 처음 뵙는 어른에게 어찌 그런 신세를 질 수 있겠습니까."

"옛날에 종살이하던 자에게 부탁하는 것보다야 낫지. 그렇지 않은가?"

"……."

"내가 자네에게 호의를 베풀려고 하는 까닭은, 보아하니 자네가 앞으로 귀하게 될 인물이기에 아끼는 마음에서일세. 어떤가?"

"그렇게까지 말씀하시니, 염치없지만 높으신 뜻에 따르겠습니다."

"오늘은 여기서 자고 내일 아침에 집으로 돌아가게. 그러면 내가 주선해서 보내는 것이 자네보다 먼저 도착해 있게 될 테니…."

성삼문은 믿을 수도 안 믿을 수도 없는 처지가 되었다. 그래서 다시 한 번 노인을 쳐다보니, 신선 같은 풍모와 그윽한 분위기가 속세의 사람 같지 않았다.

성삼문은 속으로 감탄하며 말했다.

"제가 감히 이런 말을 입에 올리기는 뭐하지만, 어르신께서는 들판처럼 넓은 국량과 바다처럼 깊은 식견을 가지고 계신 듯합니다. 그렇다면 큰 포부를 펴서 성명을 세상에 떨치시는 것이 마땅하다고 생각하는데, 어째서 이런 산 속에서 호젓한 생활을 하고 계십니까?"

"비는 공평하게 내리지만 무성한 나무도 있고 메마른 나무도 있네. 본래 미천한 집안에 났으니 세상과 더불어 산들 어떻고 버림을 받은들 대수겠나. 이렇게 한가로운 생활을 하더라도 벼슬살이하는 것보다 못할 것 없지. 성현의 글을 읽음이 나한테는 임금이나 아버님을 대하는 것과 같고, 옛 사서를 읽음은 공무를 보는 것과 같고, 소설을 읽음은 광대를 보는 것과 같고, 시를 읊음은 가무 음률을 듣는 것과 같다네. 스스로 만족하니 그것이 곧 부귀요, 욕을 당하지 않으니 그것이 곧 영화이며, 재앙이 없으니 복이요, 애써서 할 일이 없으니 신선이 아니겠나. 그런데 무엇을 더 바라겠는가."

노인이 그렇게 말하고 껄껄 웃자 성삼문은 진심으로 탄

복하며 머리를 조아렸다.

"참으로 좋은 말씀을 들려 주셨습니다. 먼지에 찌들었던 가슴이 확 트이는 듯합니다."

창을 통하여 방에 들어온 달빛은 옥처럼 맑게 빛나고, 그 아래에 앉아 있는 노인은 금방이라도 하늘로 올라갈 것 같은 신비로운 분위기를 자아냈다.

노인이 조용히 일어나 난간으로 나가더니 노래를 부르기 시작했다.

동서남북 다녀 봐야(東來北往走西來)

뜬세상인 공(空)이로다(看得浮生總是空)

하늘도 공, 땅도 공(天也空地也空)

답답한 인생이여(人生啻啻在其中)

해도 공, 달도 공(日也空月也空)

오고간들 무엇하며(來來往往有伺功)

논도 공, 밭도 공(田也空土也空)

임자만이 갈라놓네(換了多小主人翁)

금도 공, 은도 공(金也空銀也空)

죽어지면 빈손이요(死後何曾在手中)

아내도 공, 자식도 공(妻也空子也空)

저승길에 못 만나리(黃泉路上不相逢)

대장경엔 공도 색(大藏經中空是色)

반야경엔 색도 공(盤若經中色是空)

아침은 서쪽, 저녁은 동쪽(朝走西暮走東)

인생인즉 벌이로다(人生恰是採花蜂)

꽃 찾아서 꿀 만들되(採得百花成蜜後)

모름지기 공이어니(到頭辛苦一場空)

삼경 북소리 깊은 밤에 듣고(夜深聽得三更敲)

오경 종소리 모르누나(翻身不覺五更鐘)

궁굴려서 생각하니(從頭仔細思量看)

어즈버, 꿈이로세(便是南柯一夢)

참으로 심오한 철학을 시사하는 노래였다.

성삼문이 경탄하는 심정으로 그 내용을 음미하고 있을 때, 노래를 끝낸 노인이 그에게 말했다.

"밤이 깊었으니 사랑에 나가서 몸을 눕히게. 그리고 내일 아침에 길을 떠날 즈음에는 서로 만나지 못하게 될 것이니, 아예 지금 작별하세."

"무슨 말씀이시온지요?"

"이 늙은이가 새벽에 어디로 가야 할 일이 있다네."

그렇게 말하니 뭐라고 더 물어 볼 수도 없었다.

성삼문은 노인에게 절을 하고 물러나와 그 집 하인이 안내해 주는 사랑방에 들었다.

잠자리에 누웠으나, 피곤한데도 불구하고 잠이 쉽게 오지 않았다. 깊은 산 속에 이런 선경 같은 곳이 있다는 것이 믿어지지 않았고, 노인의 정체가 무엇인지도 몹시 궁금했다.

그러다가 어느 결에 깜빡 잠이 들었는데, 바깥에서 새 소리가 들려오는 바람에 깨어 보니 어느덧 이른 아침이었다.

알맞은 시간에 아침상이 들어왔기에 몇 숟갈 뜬 성삼문은 데리고 온 하인을 찾았다.

"김 서방, 어서 말에 안장을 얹게."

"벌써 출발하시려고요?"

"서울까지 수백 리 길이나 되니 서둘러 움직여야지."

"집에 돌아가신다는 말씀입니까?"

"그래."

"아니, 도련님. 황해도에 가는 일은 어떻게 하고요?"

"그것은 김 서방이 걱정할 일이 아니잖나."

그는 하인에게 핀잔을 주고는 출발을 서둘렀다. 간밤에 이야기한 대로 노인은 이미 어디론가 떠나고 없었기에 성삼문은 다만 그 집 하인의 배웅을 받으며 그 곳을 출발했다. 그가 일러 준 방향으로 서울을 향하여 걸음을 재촉하는 성삼문의 머릿속에는 여러 가지 생각이 떠올랐다. 엄연히 눈으로 보고 귀로 들은 현실이었지만 꼭 무엇엔가 흘린 것 같은 기분이었다.

무엇보다도, 그냥 집으로 돌아가도 될 일인지가 걱정이 되었다. 노인은 혼례 비용을 거저 변통해 준다고 했고, 아까 그 집 하인이 한 말에 의하면 누군가가 노인의 심부름을 하기 위해 서울로 미리 떠났다고 했지만, 과연 그 말을 믿어야 할지 어떨지 자신이 서지 않았다.

'만일 노인의 약속이 빈말이었거나 심부름꾼이 도중에 무슨 일을 당하여 서울에 올라가지 않기라도 한다면, 그런 낭패가 없지 않은가.'

그렇게 생각하니 노인의 말만 믿고 발길을 돌린 자기의 처사가 너무나 경솔하게 생각되며 후회스러웠다. 하지만 그렇다고 이제 와서 다시 본래의 목적지인 황해도로 가자고 하인에게 지시할 수도 없었다.

'에라 모르겠다! 모든 것은 하늘에 맡기자. 어제 저녁 이후 나에게 일어난 일은 아무래도 내 지식과 판단의 한계를 벗어난 일인 것 같다. 그렇다면 거기에 순응할 수밖에 없지 않은가.'

그렇게 생각한 성삼문은 마음을 느긋하게 먹기로 했다. 그러나 마침내 서울에 도착하여 동대문을 통과한 다음 집이 가까워지자 다시금 태산 같은 걱정이 가슴을 짓눌렀다. 무사히 돌아왔다는 안도감은커녕 소가 도살장에 끌려온 것과 같은 심정이었다.

이윽고 집에 도착한 성삼문은 얼른 대문턱을 넘어서지 못하고 문 밖에서 머뭇거리며 우선 안의 분위기를 살펴보는데, 이상하게도 온 집안 사람들이 어른 아이 할 것 없이 모두 즐거운 얼굴로 분주하게 움직이고 있었다.

성삼문을 발견한 가족들이 달려 나와 반갑게 맞았다. 성삼문은 말에서 내려 우선 아버지에게 인사를 올렸다.

"그 동안 존체 안녕하셨습니까?"

"오냐, 고생 많았겠구나."

"소자가 아버지의 분부를 어기고 도중에 돌아왔으니 그 죄가 큽니다. 벌을 내려 주십시오."

성삼문이 무릎을 꿇고 고개를 숙이자 성승의 눈이 휘둥그레졌다.

"아니, 그게 도대체 무슨 말이냐? 네가 돈을 천 냥이나 보내 주어서 네 누이의 혼례 준비를 넉넉하게 할 수 있게 되었기에 온 집안 사람들이 이렇게 바쁘게 돌아가는 중인데."

"예에, 그렇습니까?"

성삼문은 그 이상한 노인이 자기와 약속한 바를 지켰다는 것을 비로소 알 수 있었다. 그는 어리둥절해하는 아버지에게 자기가 겪은 일을 이야기해 주었다.

고개를 끄덕이며 듣고 난 성승은 감탄하면서 말했다.

"네가 만났다는 그 노인은 필경 예삿사람이 아닐 것이다. 네가 귀하게 될 인물이기 때문에 돕는다고 했으니, 그 뜻을 그대로 받아들임이 옳을 것 같다. 아무쪼록 그 말을 심중에 새겨 학업에 열중함으로써 하늘이 정하신 바에 스스로 그릇됨이 없게 하라."

"명심하겠습니다."

성삼문은 그 후 공부를 하면서 게으름을 피우고 싶거나 엉뚱한 유혹을 받을 때마다 그 이상한 노인을 생각하며 자신을 가다듬었고, 그리하여 마침내 과거에 급제했다.

하지만 그 신비한 노인의 정체가 무엇인지는 영원히 알아 내지 못했다.

세상을 조롱한 고독한 기인 김시습

매월당(梅月堂)은 너무나도 유명한, 중 같은 속인(俗人)이요 속인 같은 중이었다. 그의 방랑 표백은 실로 세종(世宗) 및 단종(端宗)에 대한 사모의 염(念)에서 발작되었다고 말할 수 있거니와, 그러한 그의 사상은 그가 금강산을 탐방했을 때 만폭동(萬瀑洞) 내리반석 위에 스스로 쓴 다음과 같은 글에 여실히 표현되어 있다.

산을 즐기고 물을 즐김은
모든 사람의 상정이어니와
나는 산에 올라 웃고
물에 다달아 우노니

김시습(金時習)은 타고난 천재성과 뛰어난 문장으로 일세를 풍미한 기인이었다. 생전에 그는 자신의 초상화를 그리고는 다음과 같이 썼다.

> 모습은 지극히 못생겼고 말 또한 분별이 없으니 마땅히 구
> 렁 속으로 너를 버릴지어다

자신의 인생을 예언한 말 같기도 하지만, 그보다는 자신의 신념을 실천하고자 하는 강한 의지를 표현한 글이라고 볼 수 있다. 따라서 김시습은 표리부동한 인간사에서 신의를 지키며 일생을 일관되게 살았던 참된 지식인이라고 말할 수 있다. 그는 실로 불우낙백(不遇落魄)의 신세를 산수 사이에 붙여 소요 자적했던 위인이었다.

그는 고려의 시중 김태현(金台鉉)의 후예였다. 〈사우명행록(師友名行錄)〉에 의하면, 김시습이 태어나기 전날 밤 근처에 있던 성균관 유생들이 그의 집에서 공자가 태어나는 꿈을 꾸었는데, 정말 그 다음날 김시습이 태어나자 장차 귀한 인물이 될 징조라고 믿었다고 전한다. 그의 이름은 이웃에 살던 경호(鏡湖) 최치운(崔致雲)이 〈논어〉에 나오는 말을 따서 '배우면 곧 익힌다'는 뜻으로 시습(時習)이라고 짓기를 권했기에 그대로 따라 지은 것이라고 한다.

이러한 주위의 기대에 부응하듯이, 그는 태어난 지 여덟 달 만에 글자를 알았고, 세 살 때에는 이미 시를 지었을 뿐

아니라 〈소학〉 등도 읽어 그 뜻을 깨달았다고 한다. 배우지 않아도 스스로 깨닫는, 말 그대로 천재였던 것이다.

어느 날 유모가 보리를 넣고 방아를 찧는데 그 옆에서 장난하고 있던 시습이,

"시끄러운 소리네."

하고 말하므로 유모가,

"도련님, 저리 비키세요."

하고 말했더니,

"비 없는 뇌성이 어디서 움직이는가, 누런 구름 조각조각 사방으로 나뉘도다."

라고 읊어 유모를 놀라게 만들었다고 한다.

그는 다섯 살 때 벌써 〈대학(大學)〉에 통하고 속문(屬文: 문장을 얽어서 만드는 것)에 능했기에 모두들 신동이라고 하며 칭찬이 자자했다. 이웃에 살던 좌의정 경암(敬菴) 허조(許稠)가 어린 김시습의 소문을 듣고 호기심이 생겨 사실 여부를 확인하고자 그의 집을 찾아가 김시습에게 넌지시 말을 걸었다.

"네가 글을 아주 잘 짓는다 하던데, 이 늙은이를 위해 늙을 '노(老)'자를 넣어서 시 한 구절만 지어 줄 수 있겠느냐?"

그 말을 들은 김시습은 조금도 주저하는 기색 없이 즉석

에서 이렇게 시를 지었다.

> 늙은 나무에 꽃이 피니 마음만은 늙지 않았도다
>
> 老木開花心不老
>
> (노목개화심불로)

허조는 과연 신동이라고 감탄하며 돌아갔고, 그러한 소문은 급기야 대궐에까지 전해졌다. 당시 임금이던 세종은 박이창(朴以昌)에게 사실 여부를 확인해 보라고 지시하였다. 그래서 박이창이 대궐로 불려 온 어린 김시습에게,

"동자의 학문은 흰 학이 푸른 하늘 끝에 나는 것과 같소."

라고 했더니 그 말이 떨어지기가 무섭게,

"성주의 덕은 푸른 용이 벽해 가운데서 뒤치는 것과 흡사하오이다."

라고 대답했다. 계속해서 김시습의 능력을 여러 방면으로 시험해 봤으나, 어린 나이라고는 도저히 믿어지지 않을 만큼 김시습이 어느 것 하나 막힘 없이 대답하자, 항간의 소문이 틀림없음을 왕에게 보고했다.

보고를 받은 세종은,

"내가 직접 만나고 싶으나 남들의 이목이 번다하니 그대로 돌아가 교양에 힘쓰게 하라. 장성하기를 기다려 장차 크

게 쓰리라."

하면서 면포 오십 필을 상급으로 내렸다.

이에 박이창이 어린아이 김시습에게,

"상감께서 면포 오십 필을 내리셨는데 이것을 어떻게 가지고 가겠느냐?"

하고 물었더니 그는 각 필의 끝을 서로 묶은 다음 한쪽 끝을 허리에 묶어 쉽사리 궁중에서 끌고 나갔다. 때문에 그 광경을 목격한 사람들은,

"과연 기재로다."

"신동이 분명하다."

라면서 감탄했다.

그는 이처럼 다섯 살 때 이미 신동으로 이름이 높았으며 무한한 지혜를 가지고 있었다. 그러므로 그가 장차 크게 연마하여 출사할 것을 마음속 깊이 맹세하였음은 너무나 당연한 일이었다.

이계전의 문하에서 학문의 기초를 익힌 김시습은 이어서 성균관 대사성을 역임한 김반과 별동 윤상을 스승으로 모시고 공부를 계속하여 겨우 십여 세에 익히지 못한 책이 없을 정도였다고 한다. 더구나 세종대왕의 그처럼 막중한 지우를 생각하면 열심히 공부하지 않을 수 없었던 것이다. 그는 항상,

'언젠가 반드시 성은을 갚고 출장입상(出將入相)할 것이
다.'
라고 생각하면서 삼각산 높은 봉우리 밑에 얽어 놓은 조
그마한 암자에서 면학에 열중했다.

그러던 중 불세출의 영걸 세종대왕은 승하하고 문종이
보위에 올랐다. 병약한 문종이었지만 그런 대로 학문과 예
의를 숭상하는 임금이었다. 그러나 하늘은 그에게 긴 수명
을 내리지 않았기에 그는 재위 삼 년을 넘기지 못하고 신하
들을 돌아보며 단종을 부탁하면서 고명(顧命: 임금이 유언으
로 뒷일을 부탁하는 것)을 하기에 이르렀다.

수양대군은 그 틈을 타서 무뢰배들을 모으며 보위를 엿
보고 있었다. 그리하여 드디어 고명대신들을 모두 역적으
로 몰아 죽이는 데 성공했다.

단종대왕 3년 윤6월 11일은 무척이나 더운 날이었다. 이
날 몰리다 몰리다 진저리가 난 어린 왕 단종은 한확(韓確)을
불러, 수양대군에게 선위(禪位)를 할 테니 곧 차비를 하라는
교지를 내렸다. 한확 등은 크게 놀라며 만류했으나 단종의
뜻은 이미 정해져 있었다.

문무 대관이 경회루(慶會樓)에 모였다. 단종은 그들 앞에
서,

"수양대군(首陽大君)에게 선위(禪位)한다."

하고 엄숙히 선포했다.

이때 김시습의 문명(文名)은 이미 높아져 있었다. 그는 요로 당상관의 집에 드나들지 않았지만, 그의 영발호매(英發豪邁)하고 간솔경직(簡率勁直)한 성격과 말할 수 없을 정도로 뛰어난 문장력 앞에서 머리를 숙이지 않는 사람이 없었다. 그러한 시습이 암자에서 공부하다가 그처럼 기막힌 기별을 들었던 것이다.

통분을 금치 못하고 꼬박 사흘 동안 망연자실하여 방 안에만 틀어박혀 있던 김시습은 공부하던 책을 모아 모두 불태워 버렸다. 그리고는 머리카락마저 잘라 버리고 산에서 내려와 방황하기 시작했다. 그의 나이 스물한 살 되던 해의 일이었다.

"야, 미친 사람 봐라."

"미치광이다."

하고 떠들어 대면서 사람들이 그를 따라왔으나 그는 조금도 창피스러워하지 않았다. 오히려 그 자신이 미친 세상을 조소하고 있었기 때문이었다.

아무런 계획 없이 방랑길에 나선 김시습이었지만, 어려서부터 워낙 명성이 높았기에 어디를 가도 융숭한 대접을 받았다. 그러나 가슴 한구석에 맺힌 젊은 지식인의 회한은 지울 수가 없었다. 관서(마천령 서쪽, 즉 평안도를 말함) 지방으로 방향을 정한 김시습은 그러한 자신의 울적한 심정을 시 짓는 것으로 달래면서 각지를 유랑하기 시작했다.

김시습은 그로부터 많은 이름을 갖게 되었다. 그의 아호벽(雅號癖) 때문이었을까? 자기 표현으로서의 별호들이 상당히 많다.

1. 時習(시습)
2. 悅卿(열경)
3. 雪岑(설잠)
4. 東峰(동봉)
5. 淸寒子(청한자)
6. 碧山(벽산)
7. 淸隱(청은)
8. 贅世翁(췌세옹)
9. 梅月堂(매월당)

등인데, 이 밖에도 또 있을 것이다.

세조가 즉위한 후 성삼문들의 단종 복벽(復辟: 뒤집혔던 왕조를 회복하거나, 물러난 임금을 다시 임금 자리에 앉히는 것) 운동이 일어났지만 실패로 돌아가고 말았다. 성삼문·이개·하위지·박팽년 등은 모두 육시처참이 되었다. 역모에 가담한 육신들을 처형하는 날, 군기감(軍器監) 앞에는 삼엄한 경계가 펼쳐졌다. 성삼문을 위시하여 관련된 신하들이 모두 참수되어 목이 잘리고 그 위에 사지가 찢겨졌다.

어두운 밤이 되었는데도 군기감 큰 뜰에는 피비린내가 가득했다. 어느덧 밤이 깊어가고 있었다. 형장을 지키고 있던 병졸들 중의 하나가,

"아~ 추워."

하고 웅얼거리자 곁에 있던 동료도 투덜댔다.

"추운 건 둘째로 치구 피비린내 때문에 못 견디겠군."

"글쎄 말이야."

"아, 무서워."

병사들은 그렇게 떠들다가 잠을 자려고 막사 안으로 들어갔다. 졸병 하나만 남아 시체를 지키면서 밤의 어둠을 응시하고 있었다.

그로부터 밤이 깊어지자 그 병사는 몇 번인가 하품을 하더니,

"에라, 나도 눈 좀 붙여야겠다."

하고 중얼거렸다. 그리고는 다른 군졸과 교대도 하지 않고 막사 안으로 들어가 버리고 말았다.

바로 그때, 큰 자루를 들고 나타난 괴한 하나가 쏜살같이 시체들 옆으로 접근하더니 고요히 합장 명복하며 잠시 무

어라고 입속말로 중얼거렸다. 필시 시신들을 위해 염불을 모시는 모양이었다. 염불을 마친 그 괴한은 황황히 수급(首級: 베어진 머리)만을 골라 자루에 담기 시작했다. 자루에 여섯 개의 머리를 모두 담은 그는 어둠을 타고 군기감을 벗어났다.

머리들이 담긴 자루는 제법 무거웠으나 그 사나이는 그것을 걸머지고 나는 듯이 노량진으로 건너갔다.

그는 그 밤으로 충신들의 머리를 강가 모래사장에 곱게 묻었다.

성삼문의 모의 사건이 매듭지어진 후 세조의 신하들은 다시금 상왕(上王)을 강등하여 노산군(魯山君)으로 강봉(降封)했다. 뿐만 아니라 노산군을 강원도 영월로 귀양 보내게 만들었다.

노산군을 호위하는 군사들의 수는 매우 많은 편이었다. 첨지(僉知) 어득해(魚得海)는 마상에 높이 앉아 군사 50명을 두 패로 갈라서 왕을 경호했다. 의금부(義禁府) 도사(都使) 왕방연(王邦衍)은 노산군의 뒤에서 역시 말을 타고 따랐다. 군자정 김자형과 내서부사 홍득경도 말을 몰며 노산군의 가마를 경호했다.

유월 그믐이었다. 햇살이 뜨거워 땀이 온몸에 흘렀다. 육십여 명이나 되는 일행은 가다가 주막에 들러 막걸리 추렴을 하고는 했는데 노산군에게는 한 사발의 막걸리도 주지 않았다.

노산군이 참다 못해,

"이놈들아, 어디서 배운 버릇이냐!"

하고 고함을 질러 보았으나 아무런 소용도 없었다. 그들은,

"후후훗."

"당신에게 드릴 것은 없소이다."

하고 말하며 약을 올렸다.

"세상에 의(義)를 아는 놈은 한 놈도 없구나."

노산군은 크게 탄식하면서 고된 영월행을 계속했는데, 낮에는 그럭저럭 견딜 만했지만 밤이 되면 괴롭기 짝이 없었다. 온몸이 쑤시는가 하면 또 외롭고 구슬픈 심사 때문에 전전반측(輾轉反側: 누워서 몸을 이리저리 뒤척임)하며 잠을 제대로 이루지 못했다.

며칠 동안을 계속해서 걷다가 보니 발이 부르트더니 곪기 시작했다. 하지만 그대로 갈 데까지 가야 하는 슬픈 운명을 감수하지 않으면 안 될 노산군이었다.

그런데 어느 날 밤이었다. 밖에서 난데없이,

"상감마마."

하고 부르는 소리가 들려 왔다. 동시에 검은 그림자가 어른거리는 모습이 문틈으로 보였다. 노산군은 깜짝 놀라지 않을 수 없었다. 이 깊은 산 속에서 자신을 상감마마라고 부를 자는 한 사람도 없는데 이것이 어찌 된 일이란 말인가? 그때 다시,

"상감마마."

하고 부르는 소리와 함께 장한(壯漢) 하나가 방문을 열고 안으로 들어섰다.

"너는 누구냐?"

"놀라시게 해서 죄송하옵니다. 노중에 환후로 고생하신다 하옵기에 여기 고약을 조금 가지고 왔사옵니다."

"내가 앓는 것을 어찌 알았느냐?"

"멀리서 뒤따라오며 소문을 들었사옵니다."

"네 이름이 무엇이냐?"

"떠도는 구름 같은 운수(雲水)라고 하옵니다."

"오냐, 그래 고맙구나."

노산군은 그 약을 받아서 발의 상처에다 발랐다. 그리고 희미한 등잔불 아래에서 그 사람의 얼굴을 바라보았다.

"이 약은 너의 큰 정성이니 내가 깊이 간직하였다가 병이 나을 때까지 두고두고 바르마."

"열성조(烈聖朝)께 물려받은 보체에 이 무슨 고통이시오

니까."

그 사람은 그렇게 말하고는,

"으흐흑!"

하고 몸을 떨면서 흐느끼기 시작했다.

"네가 서울서부터 나를 따랐느냐?"

"그러하옵니다."

노산군은 눈물을 흘리며 말했다.

"나는 아마도 이 세상에 오래 머물러 있을 것 같지는 않다. 하지만 살아 있게 된다면 다시 만나게 되겠지. 그나저나 이곳은 네가 있지 못할 곳이니 어서 떠나거라."

그러자 그 사람은 공손히 국궁(鞠躬: 몸을 굽혀 존경하는 뜻을 나타냄)하여 절을 하고는 문을 열고 밖으로 달아났다.

노산군은 영월의 적소에서 나날을 보냈다. 고달픈 그의 젊은 생애는 한마디로 말해서 슬픔의 연속이었다. 그 슬픔을 노산군은 몇 수의 한시로 나타내곤 했다.

달빛이 흰 밤에 두견새 운다

수심을 품고 다락머리에 기대니

네 소리 슬프구나 내 듣기 괴로워라

네 소리 아니라면 내 수심도 없을 것을

이르노니 세상 근심 많은 사람아

춘삼월 자규루에 부디 오르지 마소

　피가 몸 속에서 쏟아져 나오는 것 같은 노래가 아닐 수
없다. 세상의 어느 누가 눈물 없이 이 시를 대할 수 있을 것
인가.

　　원통한 새가 되어 왕궁을 나왔으니
　　외로운 몸이 그림자 끌고 푸른 산 속에 있도다
　　밤이 거듭하여도 잠길은 멀고
　　해가 거듭하여도 한은 끝이 없네
　　두견새 우는 소리 새벽 뫼에 그쳤으니
　　쇠잔한 달빛은 아직도 하얗구나
　　뿜는 피 봄 골짜기에 흩어지는 꽃이 붉었느냐
　　하늘은 귀가 먹어 이 하소연 못 듣는데
　　수심 많은 사람의 귀만 홀로 밝아 애달프구나

　노산군은 영월 산 속에서 감상 시인 노릇을 철저히 하다
가 어진 목숨을 억울하게 끊기고 말았는데, 김시습은 그 동
안 홍산 무량사(鴻山無量寺)로 서울로 세상을 비웃으면서
쏘다니고 있었다.
　3년여에 걸쳐 관서 지방의 곳곳을 돌아본 김시습은 스물

네 살 되던 해인 세조 4년(1458)에 〈탕유관서록〉을 쓰고 나서 관동(대관령 동쪽, 즉 강원도를 말함) 지방으로 발길을 돌렸다. 스물여섯 살에 관동 지방의 유랑을 마치고 나서 〈탕유관동록〉을 정리한 후 이번에는 삼남 지방으로 다시 정처 없는 나그네 길을 떠났다.

스물아홉 살이 되던 해에 삼남 지방의 유랑을 끝낸 후 이번에도 역시 〈탕유호남록〉을 지었는데, 짓고 나서 문득 지난 세월을 되돌아보니 어느덧 가슴속의 회한은 희미해져 있었다. 오랜 기간의 객지 생활로 인해 몸은 많이 수척해져 있었으나, 심기일전하는 마음으로 새로이 공부하고 싶은 생각이 간절했다. 그리하여 세조 9년(1463)에 책을 구하기 위해 다시 서울로 돌아왔다. 실로 오랜만에 서울에 들른 김시습은 예전에 자신을 아껴 주었던 효령대군(태종의 둘째 아들)을 만나게 되었다.

김시습의 재능을 아깝게 여긴 효령대군은 조카인 세조에게 그를 적극 추천하였다. 그리하여 김시습은 세조의 불경(佛經) 번역 작업에 참여하게 되었다. 그러나 당시 조정의 대부분을 차지하고 있던 계유정난 때의 공신들이 거들먹거리는 모습을 보고 세상사가 다시 역겨워진 김시습은 경주에 있는 금오산으로 들어가 칩거했다.

모든 것을 결정하는 것은 세월(歲月)인지도 모른다. 세조도 어느덧 흰 털이 귀 밑에 나부끼는 노인이 되었으며, 불교에 깊이 귀의하여 지나간 죄과들을 뉘우치는 생활을 하고 있었다. 모든 것을 회개하면서 서울의 탑동에 큰 절을 지어 대원각사(大圓覺寺)라 이름 짓고 중들을 우대했다.

설잠(雪岑) 김시습은 이따금 서울에 나타나고는 했다. 언젠가 한번은 큰길 장터에서 누더기를 걸친 설잠 화상이 큰 양반의 행차를 멈추게 했다. 그가,

"야, 강중이 오랜만이다."

하면서 다가서자 그 양반은 수레를 멈추고,

"야, 열경 오랜만일세."

하며 여러 장사꾼들이 보는 가운데 한참 동안 이야기를 나누었다. 그 양반은 다름 아닌 '거정(巨正) 서가'였으며 그는 그때 좌찬성의 벼슬에 있었다.

"집에 한번 놀러 오게나."

거정이 청하자 김시습이 대답했다.

"기약할 수는 없지만 언제 한번 들르겠네."

시정배들은 두 사람이 수작하는 모습을 매우 의아해하며 바라보았다.

세조의 청으로 그가 대원각사 법회에 참석하였을 때 일이다. 설잠은 잠시 나타나기는 했는데 어디론가 자취를 감

추고 말았다. 중들은 모두 설잠을 찾았다. 포교와 나졸들도 설잠을 찾았다. 아무리 찾아도 그는 나타나지 않았다. 그러다가 드디어 대갓집의 큰 똥통에 전신을 빠뜨리고 있는 그를 찾게 되었다.

"미친 중이 똥통에 빠져 있다."

"설잠 화상이 똥통에 빠져 있다."

사람들은 그때 그렇게 말했지만 설잠은 미친 것이 아니었다. 그는 세조와 그의 일파를 똥처럼 더러운 것으로 비유하여 조소하기 위해 그런 짓을 한 것이었다. 세조는 그 뜻을 알고 매우 불쾌하게 생각했지만, 자기가 자기의 몸을 똥통에 빠뜨리는 행위를 뭐라고 탓할 수는 없었다. 영의정 정창손과 달성군 서거정 등도 김시습에게 질타를 받았지만, 그들은 미친개에게 당한 정도로만 여기고 크게 노여워하지 않았다. 그들도 김시습의 뛰어난 능력을 인정하고 있었기에 천재의 한풀이라고 이해해 주었던 것이다. 또한 망나니처럼 구는 그를 상대해 봤자 오히려 자신들의 체면만 훼손될 것이라고 생각했기 때문이다.

김시습은 젊었을 때 신숙주에게 많은 도움을 받아 항상 고맙게 생각하고 있었는데, 그가 세조의 왕위 찬탈에 동조하는 것을 보고 나서는 그를 증오하기 시작했다. 김시습의 재능을 아깝게 생각하던 신숙주가 한번은 술에 취한 김시습을 자기 집에 데려다 재웠는데, 다음날 김시습은 몹쓸 일을 당했다는 표정으로 아무런 말도 하지 않고 그냥 가 버렸다.

언젠가는 서강을 지나던 김시습이 강변에 있는 정자에 한명회의 시가 걸려 있는 것을 보았다. 그 내용은 다음과 같았다.

젊어서는 사직을 짊어지고 늙어서는 강호에 눕는다
青春扶社稷 白首臥江湖
(청춘부사직 백수와강호)

그 글을 본 김시습은 실소를 금치 못하며 분통을 터뜨렸다. 그리고는 '부(扶)'자를 '망(亡)'자로, '와(臥)'자를 '오(汚)'자로 고쳐 놓았다. 그렇게 두 글자를 고쳐 놓고 나니 시의 뜻은 완전히 달라졌다.

젊어서는 사직을 망치고 늙어서는 강호를 더럽힌다
青春亡社稷 白首汚江湖
(청춘망사직 백수오강호)

김시습이 바라본 세상은 온통 비뚤어져 있었기 때문에,

그는 끓어오르는 분노를 삭일 수 없어 기이한 행동을 일삼았다. 그 시절 김시습은 책을 읽다가 의분을 참을 수 없어 통곡하기도 했고, 시를 지어서는 마구 찢어서 던져 버리는 등 바른 정신으로는 도저히 견디지 못하여 혼이 나간 듯 살아가는 것이 당시 그의 모습이었다.

얼마 후 그는 효령대군과 세조의 만류를 뿌리치고 곧바로 다시 금오산으로 돌아가 버렸다. 그 곳에서 김시습은 속세와 완전히 단절하고 6여 년 동안 머무르면서 최초의 한문소설인 〈금오신화〉와 〈산거백영〉을 비롯한 여러 작품을 썼다. 그러는 동안 세월도 흘러 세조와 예종이 연이어 죽고 어느덧 성종이 왕위에 올랐다.

자신을 학대하고 세상을 야유하며 마치 불자(佛者)처럼 살아가던 김시습은 47세 되던 해인 성종 12년(1481)에 홀연히 머리를 기르고 고기를 먹기 시작했다. 예상치 못한 그의 또 한 번의 변신은 기인 같은 일생을 단면적으로 보여 준다. 어쩌면 인생의 후반에 접어들면서 자신에게 남겨진 시간이 얼마 남지 않았다는 초조감이 그를 세상으로 다시 나오게 한 것인지도 모른다.

김시습은 먼저 조상에게 그 동안 세상을 떠돌면서 집안을 제대로 돌보지 않은 죄에 대해 용서를 빌고는 안씨 부인을 맞아 가정을 꾸몄다. 그러나 모처럼의 가정 생활도 얼마 후 안씨가 세상을 떠났기에 끝나고 말았다. 그런 와중에 성종 13년(1482)에 폐비 윤씨(연산군의 생모)에게 사약이 내려지는 것을 본 김시습은 또다시 세상만사가 허무하고 혐오스러워져 방랑길에 나섰다. 변화 많고 한 많은 은둔 생활의 계속이었다. 그의 마음은 항상 단종과 세종(世宗)에게로 향해 있었다. 하지만 어느덧 그도 늙고 세상도 변했다.

그가 안응세와 술을 마시다가 읊었다는 다음과 같은 시가 있다.

광음이 번듯하기가 우렛소리와 같고
세월이 나와 함께 날려 볼까 하였으나
필경엔 헛된 데로 돌아가고 말았도다
내 몸이 내 것이냐 내 것이 아니러니
하루아침에 다시 이름은 없어지네
세상 영화 허무하니 어찌 족히 믿을쏘냐
하늘과 땅이 모두 쑥대로 된 집이로세
저 궁도에 든 사람을 세상이 비웃으니
울고 울고 또 울다가 끝마침이 어떠하오

그는 59세에 홍산(鴻山) 무량사(無量寺)에서 열반에 들었는데, 너무나도 풍진이 많았던 한평생이었다. 그는 실로 불

자이면서 거유(巨儒)였으며, 거유면서 불자였던 인간이었
다.

김시습은 죽기 전에, 화장을 하지 말라는 유언을 남겼다.
때문에 그의 시신을 절 근처에 안치했다가 3년 후에 장사
를 지내려고 관을 열었는데, 시신이 썩지 않았으며 얼굴도
마치 살아 있는 사람처럼 평온해 보였다고 한다. 그 모습을
본 스님들은 그가 부처가 되었다고 생각하여 시체를 화장
하고 사리를 보관하는 돌탑을 세워 그 뼈를 거두었다고 한
다.

어려서부터 천재로 불렸으며, 10대에는 자신의 존재조차
잊어버릴 정도로 학문에 몰두하다가, 20대에는 세상을 한
탄하며 전국을 방랑했던 김시습. 잠깐 세상으로 돌아왔으
나 현실을 비판하며 사색과 수도에만 정진하다가, 50대에
이르러 초연히 속박의 허울을 벗고 자연으로 돌아간 김시
습. 그는 너무나 고독했던 기인이었다.

능참봉이 된 가난한 선비

유지현(柳志鉉)은 매우 가난한 사람이었다.

삼순구식(三旬九食: 서른 날에 아홉 끼니를 먹는다는 뜻)이
라는 말이 지나치지 않을 정도로 가난하게 살고 있었는데,
때는 마침 삭풍이 몰아치는 겨울이었기에 하루하루를 살아
가는 것이 다른 때보다 더욱 힘들었다.

"이 추운 겨울을 어떻게 나려우? 친척이나 친구들을 찾
아가 돈을 좀 빌려 오구려."

그의 아내인 주(周)씨가 거의 매일같이 유지현에게 졸랐
다. 하지만 유지현은 아무런 대꾸도 하지 않았다. '근본이
양반이요, 선비인데 어떻게 동냥을 하느냐'고 생각해서다.
'굶어서 죽으면 죽었지 그런 짓은 할 수 없다'고 생각해서
다.

두 부부는 멀건 죽마저 제대로 먹지 못하며 그럭저럭 고
달픈 매일매일을 보냈다.

"오늘은 눈이 오려나 봐요."

유지현의 아내가 얼굴을 찌푸리면서 긴 한숨을 내쉬었다. 눈이 오는 것이 좋아서가 아니라 싫어서 하는 소리였다. 그들이 사는 집은 세조대왕을 모신 광릉(光陵)이 머지않은 곳이었기에 세찬 산바람뿐만 아니라 모진 눈바람에도 시달려야 했다.

"눈이 오면 어떻고, 오지 않으면 어떻소. 모든 것이 천지의 조화요, 법도이니 그것을 우리 사람들의 뜻대로 좌우할 수 있겠소?"

아내의 말에 대꾸하는 유지현의 귀에 밖에서 불기 시작한 찬바람 소리가 화살처럼 날아와 박혔다.

그 날 한낮이 기울었을 때, 스산하고도 차가운 바람을 일으키던 먹장구름이 광릉 산마루 쪽에서 잠깐 기세를 돋우더니 곧 솜뭉치 같은 눈이 쏟아지기 시작했다. 그리고 그것은 저녁 무렵이 되자 세찬 바람에 밀리며 사나운 눈보라로 변했다.

그런데 그들의 집이 밤의 어둠에 잠기기 시작했을 때, 느닷없이 누군가가 대문을 두들기는 소리가 요란하게 들려왔다. 설상가상이라는 말처럼 두 부부가 먹을 것도 모자라는 집에 심한 눈보라를 피하려는 길손이 찾아온 것이 분명했다.

유지현은 머뭇거리지 않고 밖으로 나가 대문을 열었다. 아무리 살림살이가 어려워도 찾아온 손을 모른 척할 수가 없었다.

"뉘시오니까?"

정중히 머리 숙이며 묻는 유지현의 야윈 얼굴에 눈바람이 휘몰아쳤다.

"지나가던 행각승(行却僧: 여러 곳을 돌아다니며 수행하는 중)이오. 하룻밤만 쉬어 가게 해 주시면 고맙겠소."

초라한 모습의 중이 합장하며 말하자 유지현이 대답했다.

"그렇게 해 드리는 것은 어렵지 않은 일이지만, 부끄럽게도 불을 때지 못한 냉방이어서 주무시고 가라는 말씀을 드리기가 매우 어렵사옵니다."

"눈과 바람만 피하면 족하니 과히 염려하지 마십시오."

"그렇다면 들어오시지요."

유지현은 행각승을 정중히 안으로 모셨다.

그는 근본이 양반이었기에 집을 제법 크게 지어 방이 여러 개 있었다. 하지만 나무를 살 돈이 없어 그들 부부가 거처하는 안방에도 불을 때지 못하고 있었다. 하지만 아무래도 그 방이 다른 냉방들보다는 온기가 있을 것이라고 생각하며 그 방을 행각승에게 내주었다.

두 사람은 잠이 들기 전까지 잠시나마 세상사에 대한 이야기꽃을 피웠는데, 유지현은 그 동안 그 행각승이 매우 유식하며 비범한 인물이라는 느낌을 받았다. 때문에 불쑥,

"대사님, 누추한 곳이지만 저의 집에서 며칠이고 묵어 가시옵소서."

하고 말했다. 좀 더 오랫동안 곁에서 모시며 그윽한 향기가 감도는 듯한 그의 영경(靈境: 영묘한 경지)에 빠지고 싶다는 생각이 강하게 일어서였다.

하지만 다음날 아침, 미음 한 그릇에 불과하기는 하지만 정성이 어린 대접을 받은 행각승은 떠날 채비를 했다.

눈은 멎었지만 산과 내에 수북이 쌓인 눈을 휘몰아치는 찬바람은 밤에 불던 바람 못지않게 사나웠다.

"주인어른의 심경은 참으로 존경할 만하오이다. 한낱 이름 없는 소승이 무엇을 아오리까만, 주인께서 소승이 시키는 대로만 어김없이 하시면 장차 크게 되실 것이외다. 다시 말하자면, 그것은 하룻밤 신세를 진 데 대한 보답이오."

단정히 앉아서 말하는 행각승의 모습이 마치 생불처럼 우러러보였기에 유지현은 머리를 조아리며 말했다.

"어서 말씀해 주시옵소서."

"대문 앞에 무성히 자라 있는 소나무들은 모두 주인어른의 것일 테니, 오늘 당장 모두 베어 버리십시오. 그러면 내년 한식날 주인어른께서는 능참봉(陵參泰: 능을 맡아 보던 종9품 벼슬)이 되실 것이오."

"예? 예…."

잠시 말을 끊은 행각승은 손에 쥔 염주 알들을 매만지며 뭔가 생각하는 표정을 짓다가 다시 입을 열었다.

"그리고 또 하나…."

"예."

"내년 칠월 칠석날 밤에 큰비가 내릴 것이니, 삼경(三更: 밤 11시부터 새벽 1시까지의 동안)에 깨끗한 옷을 입고 세조 대왕의 능 앞으로 가서 꿇어앉아 있으십시오. 그러면 좋은 일이 생길 것이옵니다. 아무쪼록 우스운 행각승의 헛소리라고 생각하지 마시고 잘 기억해 두었다가 그대로 행해 주시기 바랍니다."

"예. 명심하겠습니다."

"그리고 소승은 칠월 칠석날이 지난 후, 주인어른께서 서울로 가시기 전에 다시 이곳에 오겠습니다."

"예? 예…."

행각승은 수수께끼 같은 말을 남겨 놓은 채 어딘가를 향해 표연히 떠나 버렸다.

다음날 유지현은 그 중이 시킨 대로 대문 앞에 있는 소나무들을 모두 베어 버렸다. 때문에 그의 집 앞은 탁 트이게 되었으며, 그 나무들을 땔감으로 사용했기에 엄동설한을 따뜻하게 지내며 보낼 수 있었다.

다음해 한식날, 예종(睿宗)이 부왕인 세조대왕의 능에 거둥했다. 예종은 세조의 둘째 아들로서 단명하여 등극한 지 일 년 만인 이십 세 때 승하하는데, 부왕에 대한 효성이 매우 지극했다. 그런데 능으로 향하던 예종이 연(輦: 임금이 타는 가마)을 잠깐 멈추라고 명했다. 그리고는 가까운 곳에 있는 근신 하나를 불러서 말했다.

"저것을 좀 보아라. 짐이 여러 번 이 곳을 왕래했지만 저 집은 오늘 처음으로 본다. 웬일인지 저 집의 주인이 누구인지 알고 싶구나."

왕의 눈길은 유지현의 집에서 떠나질 않았다. 숱하게 많은 소나무들을 베어서 없앴기에 그 동안 보이지 않던 집이 보였기 때문이기도 했지만, 실은 그런 벽지에서는 좀처럼 보기 힘든 아담한 그 집의 풍채가 눈에 들었으며 그로 인해 그 집 주인의 인품과 근본이 어떤지 궁금해졌기 때문이었다.

어명을 받든 근신이 급히 유지현의 집으로 달려갔고, 잠

시 후 의관을 정제한 유지현이 급히 뛰어나와 왕 앞에 부복
했다.

"신 유지현 현신 아뢰오."

불려 온 이유를 알지 못했기에 유지현의 이마에는 굵은
땀방울이 솟았다.

그 모습을 내려다보면서 왕이 중얼거렸다.

"과연 저 집의 주인이로다!"

예종은 처음으로 본 유지현에게 호감을 느꼈다. 뿐만 아
니라 이상할 정도로 그에게 마음이 쏠리는 것을 느끼면서
물었다.

"그대의 소원은 무엇인가?"

그 말을 듣는 순간, 지난 겨울에 다녀간 행각승이 했던
말이 번개처럼 유지현의 뇌리를 스치며 지나갔다. 때문에
얼떨결에,

"광릉 능참봉이 되는 것이옵니다."

라고 대답했다. 그러자 예종은 얼굴에 가득하게 미소를
지으면서 말했다.

"그래, 그거 참 잘 됐다. 마침 능참봉을 시킬 사람을 찾던
차에 그대를 만나게 되어 매우 기쁘도다."

그 날 능참봉 벼슬을 얻은 유지현은 다음날부터 한시도
광릉 주위에서 떠나지 않으며 세조의 혼을 모시기에 정성

을 다했다. 예종이 베푼 은혜에 보답하기 위해서였다.

그러던 중 어느덧 7월이 되었는데, 불행하게도 그 해에는 이른 가뭄이 심해 온갖 곡식들이 익다가 말고 말라서 죽을 지경에 이르게 되었다. 구름 한 점 없는 맑은 하늘에서는 보름 이상이나 계속해서 태양이 뜨겁게 이글거리고 있었다.

"오늘이 칠석날이니 칠석물(칠석날에 오는 비)이 내려야 하는데, 하늘이 저 모양이니 이게 무슨 괴변이란 말인가!"

곳곳에서 기우제를 지내던 백성들이 그 자리에 앉아 땅바닥을 치면서 한탄했다. 땀을 흘리며 가꾼 오곡이 노랗게 시들어 가는 모습을 바라보는 백성들의 눈에서는 눈물이 솟았다.

때문에 보다 못한 예종이 광릉으로 거둥하게 되었다. 부왕의 능 앞에 엎드려 눈물짓는 백성들을 구해 달라고 빌기 위해서였다.

그런데 예종의 어가가 임시로 마련한 별궁에 마악 도착했을 때였다. 갑자기 먹장 같은 구름이 몰려들더니 '쏴아' 하는 소리를 내면서 비가 억수로 퍼붓기 시작했다.

메말랐던 논과 밭에 물이 넘쳐 흐르자 시름에 잠겼던 백성들의 얼굴에는 화기가 돌았다. 벌어진 입에서는 웃음소리도 나왔다.

때문에 비로소 안도감을 느끼며 온종일 별궁에 머물러 있던 예종은 밤이 이슥해져서야 자리에 들었다.

비는 계속해서 세차게 내렸다. 영창에까지 미칠 것처럼 바람에 밀려 몰아치는 억수였다. 하지만 그것이 바로 백성들을 잘살게 하고 나라를 풍족해지게 만드는 힘이었기에 예종은 기분이 매우 흡족했다.

밤은 하늘과 땅이 함께 내는 포효 속에서 깊어만 갔다. 그런데 웬일인지 잠을 이루지 못하던 예종은 문득 부왕의 모습을 머릿속에 떠올리면서 생각했다.

'지금 높은 산 위에서 혼자 비를 맞고 계신 대왕마마께서는 얼마나 괴로우실꼬?'

자리에서 일어나 앉은 예종은 금세 뜨거워지는 눈시울을 손등으로 만졌다. 자기만 따스한 이부자리 속에 편하게 누워 있는 것이 송구해서였다. 예종은 이어서,

'능을 지키는 능참봉은 지금 무엇을 하고 있을까? 설마 나처럼 누워 있지는 않겠지?'

하고 생각하다가 선전관을 불러 벽에 걸려 있는 상방검을 내주면서 말했다.

"너 지금 당장 능참봉의 집으로 가서 그가 무엇을 하고 있는지 보고 와라. 만일 술에 취했거나 계집을 품고 있다면

불문곡직하고 베어 버려라.”

“예!”

급한 어명을 받은 젊은 선전관은 억수를 맞으며 유지현
의 집으로 달려갔다. 하지만 유지현은 그때 관복 차림으로
산 위에 올라가 있었다. 그것은 물론 행각승에게서 들은 말
때문이기도 했지만, 왕이 거둥해 계신 터에 집 안에 틀어박
혀 있을 수가 없었던 것이다.

때문에 그의 집으로 달려간 선전관은 허탕을 칠 수밖에
없었는데, 그 집 상노 아이의 말에 의하면 유지현은 초저녁
때 관복을 입고 밖으로 나갔다고 하니 별궁 근처나 능 근처
에 있을 것이라고 짐작이 갔다. 그래서 선전관은 상방검을
쥔 채 별궁 근처를 살펴보고는 능이 있는 산 위로 향했다.

잠시 후 산 위에 오른 선전관은 ‘아!’ 하고 소리를 내며 두
눈을 크게 떴다. 능참봉 유지현이 세조의 능 앞에 엎드려
있기 때문이었다.

“이 폭우 속에서 무엇하고 있는 거요?”

곁으로 다가선 선전관이 유지현을 일으키려고 했다. 하
지만 유지현은 그의 손을 뿌리치면서 말했다.

“이대로 있게 해 주시오. 나는 능참봉이라는 중책을 맡은
사람이오. 설사 능참봉이 아니라 해도 옛 어른 생각을 한다
면 어찌 방 안에 편히 누워 있을 수 있겠소.”

선전관은 자기도 모르게 머리가 숙여지면서 말했다.

"참봉은 참으로 갸륵한 분이시오. 만고에 보기 드문 충신이시오."

돌아온 선전관에게서 보고를 받은 예종은 머리를 끄덕이면서 중얼거렸다.

"어허, 그런 신하를 잠시나마 의심한 짐이 매우 부끄럽도다."

예종은 무척이나 기뻤다. 또한 억수 속에서도 부왕의 묘를 지켜 주는 능참봉이 한없이 고마웠고 마음도 놓였다.

이튿날 아침, 예종은 유지현의 벼슬을 높여 주었다. 정9품의 미관말직인 능참봉 유지현을 정3품인 승지로 뽑아 올린 것이다.

"황공하여이다."

왕 앞에서 머리를 조아리는 유지현의 눈에 감격에 겨워 생긴 눈물이 가득 고였다.

생각해 보면 모두가 꿈같은 일이었다. 삼순구식을 하던 자기가 갑자기 능참봉이 되고, 몇 달이 지나지도 않아 승지가 되었다는 사실이 유지현은 쉽사리 믿어지지 않았다. 또한 그런 생각을 하면 할수록 귀신처럼 예언을 해 주었던 그 행각승이 보고 싶어졌다. 마치 멀리 떠난 어버이를 그리는 마음처럼 그 행각승이 그리워졌다. 이제는 그의 예언을 들어야만 거센 세파를 헤치고 살아갈 수 있을 것 같다는 야릇한 생각도 들었다.

유지현은 날이 밝으면 서울로 떠나야 했다. 그는 행장을 꾸리는 동안 몇 번이나 대문 쪽을 향해 귀를 기울였다.

"주인어른께서 서울로 가시기 전에 다시 이곳에 오겠습니다."

라고 말했던 행각승의 목소리가 생생하게 기억 속에 남아 있기 때문이었다.

밤이 어느덧 깊어 가고 있었다. 마당에서 서성거리던 유지현은 결국 그와의 재회를 포기하고 방 안으로 들어가려고 했다. 그런데 바로 그때 소리도 없이 그의 앞에 불쑥 나타난 사람이 있었다.

"아, 대사!"

그가 기다리던 행각승이 드디어 그의 집에 다시 온 것이다.

"무척이나 뵙고 싶었소이다. 대사…."

유지현은 그의 앞에 무릎을 꿇으며 머리를 조아렸다. 야릇한 두려움으로 인해 불안하던 그의 마음속으로 주체하기 벅찬 커다란 기쁨이 파도처럼 밀려들었다.

"소승도 많이 보고 싶었소. 크게 되신 승지어른의 장한 모습을 우러러 뵙고 싶었소."

앞에 앉으며 유지현의 손을 잡은 행각승도 역시 감회가 새로웠는지 정이 가득 담긴 목소리로 말했다.

"대사 덕분에 그렇게 되었소. 이 은혜를 어떻게 갚아야 할지 그저 난감할 뿐이오."

"은혜라니 당치도 않소. 승지어른의 심덕 덕분에 일이 잘 된 거요."

행각승은 유지현이 출세한 것은 자기의 공이라고 조금도 내세우지 않았다.

사랑으로 들어간 주인과 손은 밤이 새는 줄도 모르고 그 동안 쌓인 회포를 풀었다.

이튿날 아침이 되자 행각승은 길을 떠날 준비를 했다.

"언제 다시 또 뵙게 되오리까? 대사…."

유지현이 이별을 아쉬워하며 묻자 그는 또 이상한 소리를 했다.

"인연이 있으면 다시 만나게 되오리다. 그보다도 승지어른께서는 2년 후에 자당께서 세상을 떠나시게 될 터인데 그때 서울로 뫼실 생각을 하지 마십시오. 소승이 명당을 봐 드릴 테니까요."

"아… 예…."

행각승은 다시 또 어딘가로 표연히 떠나 버렸고, 유지현과 그의 아내는 서운해하며 오랫동안 멀어지는 그의 뒷모습을 바라보았다.

그 탁발승이 예언한 대로, 유지현은 승지가 되어 서울로 부임한 지 꼭 2년 후에 평안 감사의 중직을 맡고 임지로 내려갔으며, 그로부터 얼마 후에 고향에서 모시고 온 어머니가 밤 사이에 갑자기 별세했다.

때문에 유지현은 슬픈 중에도 행각승이 다시 나타나 자기를 도와주기를 기다렸다. 자기가 감사이니 모친의 시신을 서울로 옮기는 것은 그리 힘든 일이 아니었지만, 탁발승이 예언했듯이 그가 나타나 명당 자리를 찾아 주기를 초조해하며 기다렸다. 하지만 발상하는 날이 되었는데도 그에게서는 아무런 소식이 없었다.

'어떻게 된 일일까?'

상주인 유지현의 얼굴이 깊은 번뇌와 괴로움으로 인해 어두워지기 시작했다. 무턱대고 행각승이 오기만을 기다릴 수도 없고 발인 날짜와 시각을 어길 수도 없었다. 많은 조객들 앞에서 아직까지 산소 자리를 잡지 못했다고 말할 수도 없었다.

생각을 계속하던 유지현은 결국 상여를 모시고 근처에

있는 산 위로 무턱대고 올라갔다. 일단 아무 곳에나 모셨다가 훗날에 다시 명당 자리에 모시겠다고 생각한 것이었다.

산길을 얼마쯤 올라갔을 때 유지현은 무릎을 치면서 통곡했다. 모친을 잃은 슬픔 못지않게 앞일에 대한 걱정이 컸기 때문이었다.

그러자 맨 앞에서 가던 상두꾼(상여꾼) 하나가 힐끗 돌아보며 큰 소리로 말했다.

"대감, 어인 통곡이옵니까? 지금 가는 길이 바로 명당 자리로 가는 길이옵니다. 어서 울음을 거두시옵소서."

'으응?'

유지현은 무심코 고개를 들어 그 상두꾼을 바라보다가 소리쳤다.

"앗! 대사!"

너무나 크게 놀랐기에 유지현은 하마터면 타고 있는 교자 위에서 떨어질 뻔했다. 하지만 상두꾼의 모습으로 옷을 바꿔 입은 행각승의 안색은 태연하기만 했다.

"전일에 자당의 산소 자리는 소승이 봐 드리겠다고 말하지 않았습니까. 어서 가십시다, 대감."

무슨 인과 때문인지는 알 수 없었지만 그의 얼굴에는 괴로움이나 슬픔을 느끼는 빛이 조금도 없었다. 훤하고 평온하기만 했다.

"고맙소, 대사."

유지현은 진정으로 고맙고 황감하게 여기며 무사히 모친의 장례를 치렀다.

그런데 바로 그 날 밤, 의문의 행각승은 유지현의 만류를 끝내 뿌리치고 어디론가로 다시 사라지고 말았다. 그리고 유지현 앞에 다시는 나타나지 않았다.

양사언의 어머니 안변댁의 지혜

성종(成宗) 시대의 거인인 봉래(蓬萊) 양사언(楊士彦)은 선풍도골로서 천하 제일의 문장가이며 글씨도 또한 명필이었다. 그의 얼굴은 백옥 같았으며 용모도 또한 준수했다.

때문에 도가 높은 서산대사도 심허(心許: 진정한 마음으로 허락함)한 벗으로 여기며 항상 그를 그리워했다.

고운 사람이 어디에 있느뇨

멀리 하늘 가를 오늘도 바라본다

서산대사가 친구 양사언을 그리워하며 지은 시이다.

양사언이 서산대사와 같은 분의 지우(知遇: 남이 자신의 인격이나 재능을 알아서 잘 대접함)를 받은 일만 가지고 생각해 보아도 그의 인품과 식견과 도량이 어떠했을지 가히 짐작할 수 있다. 하지만 그가 서출(庶出)이었으면서도 능히

출세한 이면에는 다음과 같은 그의 모친의 기막힌 희생담
이 숨어 있다.

양사언의 부친은 승지 양희수(楊希洙)였다.

그는 나이 오십이 넘을 때까지 벼슬길에 나가지 않았으
며, 불행하게도 그 무렵에 상처를 했다.

홀아비가 된 후 그는 마음도 허전하고 또 풍류(風流)를
좋아했기에 말을 타고 팔도의 이곳저곳 경치가 좋은 곳을
찾아다니며 노래를 부르고, 시도 짓고, 술도 마시는 것을
낙으로 삼았다.

그는 이 지방에서 저 지방으로 방랑하는 나그네가 되어
백두산의 신비를 보고는 이어서 금강산으로 들어가 구경을
하고자 했다. 그리하여 북관에서 나와 안변 땅에 이르렀을
때 날이 저물었다. 하지만 주막과 마방이 보이지 않아 인마
가 함께 유숙할 수 없었기에, 할 수 없이 장거리를 지나 촌
가로 들어갔다. 그랬더니 물과 돌이 아름다운 작은 산골짜
기에 아담한 집 한 채가 보였다.

그가 반가워하며 안을 살피니 방 안에서 불빛이 새어 나
오고 있었다.

"주인 계십니까?"

양희수가 불렀지만 아무런 대답이 없더니, 잠시 후에 열

서너 살쯤 되어 보이는 계집애가 나타났다. 어스름한 어둠 속에서 바라보니 영리하게 생긴 얼굴이었다.

소녀는 손님이 사내라서 부끄럽다는 듯이 다소곳하며 낭랑하기 이를 데 없는 목소리로 물었다

"어디서 오시는 손님이세요?"

"오냐. 지나가는 길손이다. 이곳을 지나가다가 보니 날이 어두워졌는데 주막이 없어 당황하다가 너의 집에 불이 켜져 있기에 찾아왔다. 하룻밤만 신세를 질 수 있겠느냐?"

양희수가 청하자 소녀는 다소 난처해하는 얼굴이 되면서 말했다.

"오늘 마침 부모님께서는 친척 집에 제사가 있어서 그곳에 가셨어요. 내일에나 돌아오실 텐데요."

"허어, 그럼 큰일났구나!"

"……."

"주인이 없는 집에서 자고 가겠다고 말할 수도 없고…."

양희수는 실로 난처한 처지가 되었다. 그러자 보고 있던 소녀가 다시 입을 열었다

"그렇다면 할 수 없지요. 저의 집에서 주무시고 가십시오. 제가 그래도 말죽은 끓일 줄 아옵니다."

"호오, 그래? 정말로 고맙다. 미안하기 짝이 없는 일이라는 건 잘 알고 있지만, 하룻밤 동안 폐를 끼치는 수밖에 도

리가 없구나.”

비로소 안심한 양희수는 마당가에 있는 늙은 버드나무에다 말을 매어 놓고 사랑 안으로 들어가 휴식을 취했다. 그러는 동안 부엌에서 한동안 덜그럭거리는 소리가 나더니, 소녀가 마악 끓인 말죽을 말에게 주려고 들고 나오는 모습이 보였다. 그래서,

‘기특한 아이로다!’

하고 감탄하고 있는 중에, 소녀가 이번에는 밥상을 차려다가 양 승지 앞에 놓았다. 반찬이라고는 비록 산나물 무침밖에 없었지만 깔끔하게 만들어져 있었기에 입맛이 저절로 났다. 나이 어린 소녀답지 않게 참으로 맛깔스럽게 음식을 만드는 솜씨를 가지고 있었다. 때문에 양 승지가 놀라는 시늉을 하며,

“말죽만 좀 쑤어 달랬는데 웬 밥상이냐?”

하고 물었더니 소녀가 미소 지으면서 대답했다.

“말이 배가 고프다면 사람도 배가 고프지 않겠습니까?”

양희수는 이윽고 등잔 불빛 아래에서 소녀의 얼굴을 다시 바라보았다. 이런 산골 마을에서는 보기 드문 총명하게 생긴 얼굴이었기에 그는 지나가는 말처럼 물었다.

“올해에 나이가 몇이냐?”

“열세 살이옵니다.”

“부모님은 무슨 일을 하시는고?”

“농사를 지으면서 살아가십니다.”

양희수는 그처럼 영리한 소녀가 농사꾼의 딸이라는 말을 듣자 다시 한 번 감탄하지 않을 수 없었다.

소녀의 후한 배려 덕분에 하룻밤을 편하게 쉰 양희수는 이튿날 아침이 되자 은 몇 냥을 주면서,

“이 돈이 비록 적지만 받아 두어라.”

하고 말했다. 그러자 소녀는 받지 않으며 펄쩍 뛰었다.

“그게 무슨 말씀이옵니까? 저의 집에 찾아오신 손님에게서 어찌 밥값을 받겠습니까? 소녀에게 예로부터 전해 오는 고운 풍속을 깨뜨리라고 하시는 말씀이옵니까?”

때문에 양희수는 소녀의 신세를 지고 그냥 갈 수도 없는 실로 난처한 입장이 되었다. 그래서 짐짝 속에서 붉은 색과 푸른 색 부채 한 쌍을 꺼내 소녀에게 선물로 주면서 농담 삼아 말했다.

“아가야, 네가 끝까지 밥값을 받지 않으려고 하니, 그 대신 이 부채를 채단(采緞: 혼인 때 신랑 집에서 신부의 집으로 미리 보내는 청색·홍색 등의 치마·저고릿감) 삼아 주는 것이다.”

하지만 소녀는 그 소리를 진담으로 들은 모양이었다. 소

녀가,

"황송한 분부이시옵니다. 주시는 부채가 납폐(納幣)라면 어찌 맨손으로 받을 수 있사오리까. 그 청홍선자(靑紅扇子)를 이 보자기 위에 놓아 주소서."

하면서 손을 내밀기에 보니, 언제 준비했는지 두 손으로 붉은색 보자기를 펴고 있었다.

때문에 양희수는 뭐라고 말할 수 없을 정도로 총명한 그 소녀에게 또 한 번 진심으로 감탄하면서 입속말로 중얼거렸다.

"이처럼 궁벽한 산촌에 한 마리 용이 태어났구나."

그로부터 3년이라는 세월이 흘렀다.

양희수는 그 동안 글공부에만 몰두하여 비록 늦게나마 환로(宦路: 벼슬길)에 나섰으며 승지가 되었다.

그런데 어느 날 협수룩한 시골 노인 한 사람이 그의 집으로 찾아와 계하에 꿇어앉았다.

"그대는 누구이기에 나를 찾소?"

양 승지가 의아해하며 물었더니 노인이 얼굴의 근육을 씰룩거리면서 말했다.

"대감께 한 가지 여쭤 볼 말씀이 있습니다. 대단히 황송하기 짝이 없는 질문이오나, 3년 전에 안변 땅을 지나가실

때 어느 촌가에서 주무시고 그 집의 여자 아이에게 청홍색
부채 한 쌍을 주신 일이 있으시지요?”

“청홍색 부채?”

3년 전에 있었던 일이었기에 양 승지는 얼른 생각이 나
지 않았다. 한참 만에야 그가,

“그렇소이다. 곰곰이 생각해 보니 그런 일이 있었소이
다.”

하고 대답했더니 노인은 단번에 희색이 만면해지면서 말
했다.

“그때 그 아이가 바로 저의 딸자식이옵니다. 그 애가 올
해 열여섯 살이 되었기에 출가시키려고 했더니, 그 애가 글
세 ‘이미 대감에게서 예물을 받은 바 있으니 다른 곳으로는
절대로 시집갈 수가 없다’고 말하지 않겠습니까. 여러 번
타이르기도 하고 회유해 보기도 했습니다만, 그 애의 앙칼
진 마음을 바로잡을 수 없었습니다. 그래서 여러 가지로 생
각해 보니 딸의 갸륵한 생각을 저버리는 것도 잘 하는 짓이
아닌 것 같아 불원천리하고 대감을 찾아오게 되었습니다.”

노인의 말은 간곡했다. 하지만 그의 이야기를 다 들은 양
승지는 큰 소리로 웃었다.

“여보시오 노인, 내 나이가 벌써 육십이 다 되어 가오. 그
런 사람이 소녀에게 딴 생각이 있어서 그것을 폐백이라고

주었겠습니까? 영리하고 총명한 그 소녀가 굳이 밥값을 받지 않기에 그렇게 농담을 하며 대신 주었던 것인데 일이 이렇게 되었으니 어쨌든 내가 큰 실수를 했소.”

양 승지가 자초지종을 설명했으나 노인은 다시 간청했다.

“대감께서는 그렇게 말씀하시지만, 제 딸아이는 그것을 진담으로 받아들였기에 죽어도 다른 곳으로는 시집을 가지 않겠다고 하니, 대감께서는 그 같은 사정을 가납해 주시기 바라나이다.”

“허어, 이거 정말 큰일났군! 내가 노인의 여식을 거둔다고 해도 내 나이가 많으니 노인의 딸이 머지않아 소녀 과부가 될 것을 생각해 보시오. 그게 어디 될 법이나 한 일이오? 그러니 노인께서는 돌아가시어 이런 사유를 이야기해 주고 좋은 배필을 구하라고 타이르시오.”

양 승지가 진지하게 말하자 노인은 그 말에 수긍이 간다는 듯이,

“황송한 분부이십니다. 그럼 이만 돌아가 딸아이를 타이르겠습니다. 안녕히 계십시오.”

하고는 물러갔다.

그런데 그 노인은 십여 일 후에 다시 양 승지 앞에 나타났다. 그리고는 매우 침통해하는 얼굴로,

　"소인이 귀가하여 딸아이에게 그 같은 이유를 말해 주며 타일렀으나 딸아이는 조금도 생각을 바꾸지 않았습니다. 다른 곳으로는 가지 않고 굶어 죽겠다며 항거하니, 대감께서는 부디 제 딸아이를 종년으로라도 써 주시기 바라옵니다. 딸아이는 저와 함께 서울에 와 있사옵니다."

　하고 말했다. 때문에 양 승지는,

　"그렇게까지 마음이 정해져 있다면 할 수 없는 일이지. 딸을 데리고 오시오."

　하고 말했다. 그렇게 되어 양 승지는 오십이 훨씬 넘은 나이에 소녀를 첩으로 삼아 살게 되었다.

　양 승지는 본래부터 성품이 고결하고 청백했기에, 안변 땅에서 온 소녀를 소실로 삼기는 했지만 육체적인 관계를 맺지 않았다. 물론 그런 사람이 아니었다고 해도 며느리와 손자들이 보는 앞에서 나이 차가 너무나 많이 나는 어린 첩을 희롱할 수는 없었을 것이다.

　그래서 그는 한동안 사랑방에서 혼자 지내면서 안변댁의 존재를 무시했다.

　그러던 어느 날이었다.

　그가 오랜만에 안채로 들어가서 보니 뜰이 환하게 정돈되어 있고 마당에 만발해 있는 기화요초들은 무척이나 휘황했다. 뿐만 아니라 안방에서는 향기로운 냄새가 진동하고 집안 구석구석에서 윤기가 돌았다.

그것은 죽은 아내가 살아 있을 때에도 보지 못했던 일이었다. 때문에 양 승지는 몹시 놀라며 큰며느리에게 물었다.

"무슨 까닭으로 집안이 이렇게 정결하고 아름다워졌느냐?"

그랬더니 며느리가 부끄럽다는 듯이 얼굴을 들지 못하면서 대답했다.

"안변 서모님께서 오시고부터 그렇게 되었습니다. 안변 서모님은 바느질과 길쌈뿐만 아니라 집안을 가꾸고 다스리는 일에도 뛰어나십니다. 더욱이 집안의 일을 어떻게나 잘 챙기시는지 요즈음엔 집안에 부족한 것이 하나도 없게 되었습니다. 또한 덕성이 높고 순후(淳厚: 양순하고 인정이 두터움)하셔서 일가가 모두 화목하며 집안에는 항상 훈풍이 감돌고 있사옵니다. 안변 서모님과 같은 훌륭한 분은 생전 처음으로 보았습니다."

양 승지는 큰며느리가 입에 침이 마르도록 서모를 칭찬하는 소리를 듣고는 그제야 비로소 '내가 그 동안 소실을 너무나 괄대했구나!' 하고 생각했다.

안변댁은 양 승지의 집에 들어온 지 어느덧 3년이 되었기에 나이는 열아홉 살이 되어 있었다.

양 승지는 그 날 밤 안방에서 안변댁과 마주 앉았다.

"여보게…"

"예."

"집안을 어떻게 그리 훌륭하게 만들었나?"

"그렇게 하는 것이 계집의 본분입지요."

안변댁이 대답하며 화사하게 웃었다. 그러자 하얀 이가 모두 드러났다.

"너는 참 예쁘기도 하구나."

"저의 시골집에 오셨을 때도 그런 말씀을 하셨지요."

"맞아. 그랬었지."

"영감…."

"왜 그러나?"

부끄러움을 감추는 것 같은 안변댁의 고운 눈이 빛을 발하며 타오르고 있었다.

"이리 가까이 오너라."

"……."

그 같은 분부가 내리기를 기다리고 있었기에 안변댁은 양 승지 앞으로 다가앉았다. 안변댁의 얼굴은 빠르게 붉어지고 있었다. 양 승지가 안변댁의 몸을 안으면서 물었다.

"자네가 오늘부터 내 방을 맡겠나?"

"분부하신다면…."

양 승지의 품에 안긴 안변댁의 몸은 피어날 대로 피어 있었고 젖가슴도 부풀 대로 부풀어 있었다. 양 승지는 그 날 밤부터 안변댁을 품었다.

이튿날 아침 두 며느리가 함께 기뻐하며 안변 서모의 소박이 풀린 것을 경하했고, 양 승지는 그때부터 더욱 정기가 왕성해졌다.

"양 승지가 소실을 얻더니 스무 살은 젊어 보이는군."

"젊은 계집의 몸이 인삼 녹용보다 낫다더니…."

양 승지의 친구들이 양 승지를 놀리는 이야기인데, 하긴 늙은 사람이 젊은 여자와 살면 젊어진다는 말은 사실일 것이다. 신체의 내분비 작용이 활발해지니까.

그로부터 얼마 후에 양 승지는 젊은 안변댁과의 사이에 아들을 얻게 되었으니, 그가 바로 중종 12년(1517년)에 태어난 양사언이다.

늘그막의 세상살이가 양 승지만큼 유복했던 사람도 드물 것이다. 젊고 아름다운 안변댁은 아들을 낳았으나 집안의 법도를 조금도 흐리게 만들지 않았고, 양 승지의 집안은 안변댁의 능란한 치산(治産: 집안 살림살이를 잘 다스림) 덕분에 더욱 부유해졌으며, 일가가 화목하기는 그야말로 매우 화창한 봄의 날씨와도 같았다.

또한 양사언도 무럭무럭 자랐는데, 양사언이 열두 살이
되던 해의 어느 봄날 안변댁이 양 승지에게 말을 걸었다.

"영감!"

"왜 그러오?"

양 승지는 안변댁과는 나이 차이가 많았는데도 불구하고
말을 놓지 않았다.

"소첩이 영감에게 온 지 어느덧 십여 년…, 그 동안 참으
로 깊은 은고를 입으며 지냈사오나…."

"갑자기 왜 그처럼 비감한 말을 하는 거요?"

"그런 것이 아니옵고…."

"……?"

"소첩 소생의 사언이가 어느덧 아홉 살이 되었으니 장래
를 생각하여 집을 한 채 따로 지어 주셨으면 합니다."

"그건 어려운 일이 아니오. 어디에다 마련해 주면 좋겠
소?"

"자하문(紫霞門: 서울 북서쪽에 있는 성문. 창의문) 밖이 적
당할 것 같사옵니다."

"그렇게 멀리에다?"

"그 곳의 풍경이 명미하고 산촌이 수려하여 아이를 기르
기에 좋을 것 같아서…."

"그럼 그렇게 하시오."

"그런데 영감, 소청이 한 가지 더 있습니다."

"얘기하시오."

"집을 지을 때 대문을 숫을대문으로 크게 만들어 주시면 더욱 고맙겠습니다."

"그렇게 합시다."

양 승지는 안변댁이 놀라운 지혜를 가지고 있다는 것을 오래 전부터 알고 있었기에 그의 소청은 무엇이나 들어 주었다.

그리하여 그 해 여름이 시작될 무렵에 커다란 기와집 한 채가 자하문 밖에 지어졌고, 안변댁은 사언을 데리고 그 집으로 이사를 했다. 안변댁은 그 집에 살면서 사언을 훈육했다.

그 집으로 이사한 지 일 년 가까이 되는 어느 화창한 봄 날, 중종이 시종들 몇 명과 함께 자하문 밖으로 꽃놀이를 하러 나왔다.

중종은 그 날 신하들과 함께 사방에 핀 온갖 꽃들을 구경하며 하루를 즐기고자 했다. 그런데 한낮이 마악 지났을 무렵 갑자기 하늘이 흐려지더니 때아닌 소낙비가 우박처럼 쏟아지기 시작했다.

너무나 갑작스러운 일이었기에 임금과 신하들은 모두 당

황하다가 근처에 있는 안변댁의 집 솟을대문 앞으로 우르
르 몰려가서 비를 피했다.

그러던 차에 중종이 무심코 그 집 안을 들여다보니 마당
에는 기화요초들이 만발하여 완전한 별세계와도 같은 모습
을 이루고 있었다.

'오오, 정말로 아름답고 깨끗하게 꾸며 놓은 집이로다!'

크게 감동한 중종은 이윽고 곁에 있는 신하에게 물었다.

"이 집이 도대체 누구의 집인가?"

"예, 승지 양희수의 소실 집이라고 하옵니다."

"그래?"

중종이 머리를 끄덕이며 대꾸하는데, 그때 마침 십여 살
쯤 되어 보이는 어린아이 하나가 밖에서 놀다가 비가 오니
까 솟을대문 앞으로 뛰어들었다. 그런데 눈에 띌 정도로 기
상이 비범해 보였기에 중종이 앞으로 불러서,

"너는 어느 집의 아이냐?"

하고 물었더니 그 아이가 국궁 배례하며 대답했다.

"승지 양희수의 아들이옵니다."

"오, 그래? 그럼 이 집이 너의 집이로구나?"

"예…."

중종은 사언의 머리를 쓰다듬어 주면서 다시 물었다.

"글은 무엇까지 배웠느냐?"

"칠서(사서와 삼경)를 다 떼었습니다."

"벌써 다 떼었단 말이냐?"

"예."

"그래? 그럼 어디 〈논어〉의 첫 장을 한번 외워 보아라."

"예."

또렷한 목소리로 대답한 사언이 즉시 논어의 첫 장을 외우기 시작했는데 조금도 막히는 곳이 없었다.

"호오, 신통한지고! 그럼 시와 부(賦: 한시의 6의의 하나. 감상을 느낀 그대로 읊은 글)도 한번 지어 보라."

중종이 다시 시켰더니 사언은 다시 거침없이 응했다.

"으음, 장차 큰 인물이 될 아이로다!"

중종이 마음속으로 크게 감탄하고 있는데, 안에서 그 집의 청지기가 나와 공손한 태도로 읍하고는 물었다.

"지금 안에서 양 승지의 부인이 수라상을 준비하고 계시온데 어찌하시겠사옵니까?"

"뭐? 수라상?"

중종은 신하들과 함께 크게 놀라지 않을 수 없었다. 그날의 놀이가 미복 잠행이었는지라 일반 백성들은 그들이 왕과 신하들이라는 신분을 쉽사리 알 수 없을 것이기 때문이었다. 하지만 중종은 짐짓 내색하지 않으며,

"주인이 짐을 대접하려는 갸륵한 정성을 어찌 저버릴 수

있겠는가."

하고 대꾸하고는 신하들과 함께 청지기의 안내를 받아 사랑으로 들어갔다.

그로부터 잠시 후에 수라상이 들어왔는데 산해진미와 용미봉탕(龍味鳳湯: 맛이 썩 좋은 음식을 비유하여 이르는 말)이 수라간에서 만든 음식들 못지않았다.

"허어, 이 집 주인의 음식 만드는 솜씨가 참으로 대단하구나!"

음식 맛이 하도 좋았기에 중종은 친히 안변댁을 불러,

"이렇게 맛있는 여러 가지 음식을 어떻게 금방 만들었소?"

하고 칭찬했다. 그리고 환궁할 때,

"너를 장차 동궁을 보필할 신하로 만들고 싶으니 궁 안으로 들어가서 본격적으로 학문을 닦는 것이 어떻겠느냐?"

하면서 사언을 데리고 갔다.

따라서 안변댁이 자하문 밖에 집을 짓게 하여 숯을대문을 세우고 중종을 대접할 음식을 미리 준비한 일은 모두 그의 비범한 예견에 의해서 행해진 일임이 분명하다고 말하지 않을 수 없다. 다시 말하자면, 안변댁은 오래 전부터 뛰어난 선견지명을 가지고 있었으며, 그 현명한 모친 덕분에 양사언에게는 남들보다 빨리 출세의 길이 열린 것이다.

그로부터 십여 년 후인 중종 26년(1531년)에 양 승지는 둘째 아들인 사기(士奇)를 얻었으며, 그의 나이는 어느덧 칠순이 넘었다.

양 승지가 병을 얻어 자리에 눕자 안변댁은 정성을 다해서 간호했다. 하지만 워낙 노환이어서 소생할 가망이 없어 보이자 안변댁은 남들이 모르게 비수(匕首) 한 자루를 준비했다.

그로부터 며칠 후에 양 승지는 결국 세상을 떠났는데, 안변댁은 그때부터 사흘 동안 물 한 모금 마시지 않으며 슬퍼했다.

그리고 성복(成服: 초상이 났을 때 처음으로 상복을 입는 일. 곧 초상이 난 뒤 사흘이 되는 날)하는 날이 되자 여러 가족이 다 모인 자리에서 처연한 얼굴이 되어,

"종친 여러분께 제가 감히 간청할 말씀이 있습니다. 첩이 이 댁에 와서 그 동안 변변히 한 일은 없지만, 여러분께서 저의 청을 들어 주시겠는지요?"

하고 물었다. 때문에 적자(嫡子)인 맏아들이 나서서 대답했다.

"지극히 현숙하신 서모님께서 저희들에게 분부하시는 말씀을 어찌 함부로 거역할 수 있겠습니까."

그러자 안변댁은 적이 안심하는 얼굴이 되며 계속해서

말했다.

"첩이 이 댁에 들어와 대감을 모시면서 아들 형제를 두었는데, 뻬어나지는 못하지만 그다지 옹졸하지는 않다고 생각합니다. 하지만 우리의 국법은 적서(嫡庶: 적자와 서자) 간의 차이가 혹심하여 종헌(終獻: 제사 때 셋째 번으로 술잔을 올림)에도 참례할 수 없고, 앞길이 막막하여 두 아이의 장래가 크게 걱정되옵니다. 제가 살아 있는 동안에는 여러분의 가호를 입겠지만, 제가 죽은 후에는 첩의 소생인 두 아이가 어찌 활달하게 세상으로 나가 설 수 있겠습니까? 따라서 성복하는 이 자리에서 소첩이 자결하여 사라지면 적서의 구별도 역시 없어질 듯하니, 여러분께서는 저를 어여쁘게 생각하시어 저로 하여금 구천에서까지 한을 품는 일이 없도록 해 주시옵소서."

"예?"

그 말을 들은 종친들은 모두 크게 놀라지 않을 수 없었다. 맏상제는 손을 저으면서,

"서모님께서 자결하시겠다니 그게 도대체 무슨 말씀이십니까? 적서 차별을 하지 않겠다고 제가 약속하고 그대로 실천하겠습니다. 그러니까 서모님…."

하고 말하며 만류했다. 하지만 안변댁은,

"그렇게 말해 주어 깊이 감격하는 바이나, 첩의 뜻은 이

미 정해져 있으니 더는 만류하지 마시오."

하고 말하며 비수를 꺼내 가슴을 겨누어 찌르면서 앞으로 엎어졌다. 남편의 영구 앞에서 남편을 따라 다시 돌아올 수 없는 길을 떠난 것이다. 종친과 일가들이 크게 놀라며 안변댁을 소생시키려고 했으나, 안변댁의 숨은 잠시 후에 끊어지고 말았다.

양 승지의 일가들은 오랫동안 순후하고 현숙한 안변댁의 부덕(婦德)을 사모해 왔었기에 그가 자기의 몸을 희생하면서까지 부탁한 후사를 망각할 수 없었다. 그래서 양 승지의 후손들은,

"우리 집안에는 적서(嫡庶)가 없다."

라고 항상 말했으며, 양사언과 사기 형제는 소실이 낳은 형제들이었는데도 불구하고 크게 입신양명하여 후세에까지 그 이름이 알려지게 되었다.

양사언의 시는 천의무봉하고 기발했으며 그의 작품인 시조,

"태산이 높다 하되 하늘 아래 뫼이로다. ……."

는 매우 유명하다. 그는 일찍부터 금강산에 드나들며 〈금강산 유람기〉를 썼다. 초서와 큰 글씨를 잘 썼기에 안평대군, 김구, 한호와 함께 조선 전기의 4대 서예가로 불렸다.

　동생인 양사기도 역시 형처럼 시에 뛰어난 인물이었으
며, 자기가 죽을 날짜와 시간을 예언했는데 바로 그때에 죽
어 많은 사람들을 놀라게 했다.

자신의 수명을 나눠 준 정북창

정북창(鄭北窓)은 중종(中宗), 인종(仁宗), 명종(明宗) 시대의 이인(異人)이었을 뿐만 아니라, 인종대왕에 의하여 정신적인 높은 스승으로 우러러보게 된 분이었다.

그는 연산군이 망하고 중종(中宗)이 반정했던 중종 병인(中宗丙寅)년에 정순붕(鄭順朋)의 큰아들로 태어났는데 이름은 렴(磏), 자는 사결(士潔), 호는 북창이며 충청도 온양(溫陽) 사람이었다.

정순붕도 당시의 명사로 명성이 자자하였다. 북창은 어려서부터 모든 학문에 생이지지(生而知之: 배우지 않아도 스스로 깨달아서 앎)하는 재주를 타고났다. 좀 더 성장해서는 유불선(濡佛仙) 세 가지 도(道)에 특히 능통하여 모르는 바가 없었다. 그는 진실로 학덕의 고명함이 일세를 덮었으나, 끝끝내 벼슬을 좋아하지 않았다.

정북창이 살았던 전후의 시대는 연산군의 사화(士禍: 조선시대에 조신과 선비들이 반대파에게 몰려 참혹한 화를 입은 사건)와 그 여파 때문에 모든 벼슬아치들이 자기의 목숨을 예측할 수 없는 때였으니, 정북창도 어쩌면 그런 처지에 있었던 것 같기도 하지만 그는 선천적으로 벼슬길을 싫어한 사람이었다.

중종대왕의 세자, 후일의 인종(仁宗)도 역시 학문과 도덕이 상당히 높은 분이어서 함께 동방성인(東方聖人)이라는 소리를 듣고 있었으나, 그는 수한(壽限: 타고난 수명)이 길지 못했기에 등극한 후 재위 일 년에 승하하고 말았다.

어느 해 동짓(冬至)날이었다. 그가 아직 동궁에 있을 때였는데, 동궁 관원(東宮官員)들과 이야기하다가 별안간 큰 소리로 웃는 것이었다.

동궁 관원들은 매우 이상해서 물었다.

"어째서 갑자기 웃으십니까?"

그랬더니 인종이 대답했다.

"글쎄 웃지 않을 수 있겠느냐? 북한사(北漢寺)의 여승이 동지 팥죽을 쑤어 머리에 이고 댓돌 위로 올라가다가 넘어져 머리에서 발끝까지 팥죽을 뒤집어썼단 말이다. 우하하하!"

"여기 앉으셔서 북한사의 일을 어찌 아십니까?"

"그거야 다 아는 방도가 있지."

동궁 관원들이 하도 이상해서 나중에 사람을 북한사에 보내 알아보았더니, 과연 그날 그 시간에 여승이 팥죽 벼락을 맞은 일이 있다는 것이었다.

그 후 얼마 있다가 중종이 승하하고 그가 즉위하였는데 그는 병풍 뒤에다,

영의정 피장(領議政 皮匠)

좌의정 서경덕(左議政 徐敬德)

우의정 정렴(右議政 鄭廉)

이라고 써서 이미 삼정승을 내정하고 있었으니, 피장은 정암 조광조(趙光祖)를 말함이요, 서경덕은 화담이요, 정렴은 정북창이었다.

북창(北窓)은 산과 물을 좋아했다. 더욱이 그의 부친 정순붕이 강원감사(江原監司)로 있는 동안 그는 강원도의 명승지는 모조리 답파했다.

오대산(五臺山)에 있는 월정사(月精寺) 부근에 머물 때였다.

어느 청명한 날 산 아래에 있는 어느 농부의 집 울타리에

수많은 참새 떼가 모여서 지저귀고 있었다. 그는 그 소리를 듣자 무엇을 생각했는지 불쑥 중얼거렸다.

"허, 큰일 났구먼! 저 집에 사흘 후면 큰 변이 생길 텐데 그거 정말 안됐구먼. 하지만 천생 팔자니 할 수 있나. 별수 없지…."

옆에 있던 사람들은 모두,

'미친놈이 미친 소리를 한다.'

는 정도로만 생각했다. 하지만 그래도 혹시 무슨 일이 생길까 하며 그 날이 오기를 기다렸다. 그런데 사흘 후, 그 집 주인인 농부가 우물에서 물을 푸다가 별안간 오른발로 디딘 돌이 무너지는 바람에 온몸이 우물 속으로 빠져 들어가 필경은 목숨을 잃어버리고 말았다. 그제야 모든 사람들은 감탄하면서 말했다.

"정북창은 참으로 뛰어난 이인이다."

정북창은 참새 소리뿐만 아니라 모든 날짐승들이 지저귀는 소리를 모두 이해할 수 있었다. 그는 음악에도 또한 천재적인 재질을 가지고 있었기에 새 소리를 그대로 본떠 풍류 곡조로 만들어서 가락을 이루어 거문고를 뜯기도 했다.

그는 부친을 따라 금강산 구경을 간 적이 있었다. 그의 부친은 아들이 부는 퉁소 소리가 명인 수준이라는 말을 들

은 적이 있기에,

"애야, 그 퉁소 한번 불어 보려무나."

하고 말했다. 남들이 하도,

"당신 아드님이 부는 퉁소 소리가 기가 막히오."

하니까 한번 들어 보고 싶었던 모양이었다. 그러자 북창은 공손히 대꾸했다.

"나중에 불겠습니다. 관속(官屬)들이 보는 앞에서 불기가 거북하옵니다. 내일 비로봉에 올랐을 때 한번 불어 볼까 하옵니다."

그 이튿날 북창이 비로봉을 향해 떠나려고 할 때, 마침 동풍이 불며 궂은비가 내리기 시작하자 여러 사람들이 산에 오르지 말라고 만류했다. 그러자 정북창이 말했다.

"한나절이 가까워지면 반드시 개일 것이니 걱정하지 마십시오."

그리고는 죽장을 짚고 들메(신이 벗어지지 않도록 끈으로 발에 동여매는 일)를 하고는 비로봉 길을 떠나는 것이었다. 여러 사람들은 모두 의아해하며 비를 맞으며 산길을 올라가는 정북창을 바라다보고만 있었다. 그러다가 마지못해 뒤따라갔는데, 한나절이 가까워졌을 때 홀연히 비가 멈추며 씻은 듯이 날이 개이자 그들은,

"과연 정북창은 천문(天文: 천체에 일어나는 모든 현상)에

능통한 사람이다."

라고 말하면서 떠들어 댔다.

정북창이 비로봉을 향하여 떠난 뒤, 그의 부친 정순붕 강원 감사는 절의 중들을 몇 사람 데리고 비로봉 아래에 당도하여 자리를 깔고 앉아서 퉁소 소리가 들려오기만 고대하고 있었다.

북창이 비로봉 정상에 오르니 그 호연(浩然: 주위에 가득 찬 넓고 큰 원기)한 기운을 뭐라고 표현할 도리가 없었다. 구름이 벗겨지고 훤히 밝아 오는 동해 바다의 아득한 절경(絶景)… 군봉(群峰: 많은 산봉우리)을 응시하며 우쭐우쭐 춤추고 싶은 충동은 또한 무엇으로 표현해야 할 것인가? 그는 소매 속에서 퉁소를 꺼냈다. 그의 가슴속으로 울려오는 장엄한 산악(山嶽)의 아름다움은 그로 하여금 탁생(託生: 전세의 인연으로 중생이 모태에 몸을 붙임)의 조화가 담긴 퉁소 소리를 내게 했다. 비로봉의 웅장하고 수려함 같은 장쾌한 음률, 계곡 사이를 넘나드는 흰 구름처럼 유연한 가락, 골짜기에 쌓인 낙엽과 같은 슬픈 가락은 듣는 이들로 하여금 휩쓸려들지 않을 수 없게 만들었다. 퉁소 소리를 듣고 난 정 감사는 이윽고,

"난조와 봉황의 자식이로고."

하고 중얼거렸고, 옆에서 듣던 중들은,

"이 퉁소 소리야말로 인간의 재주가 아니요, 오묘한 신성이 하강하여 하계(下界: 사람이 사는 이 세상)에서 부르는 노래가 분명하오."

라고 말했다니, 그 퉁소 소리의 오묘한 가락을 능히 추측할 수가 있을 것이다.

정북창은 술을 즐겼다. 집안 살림이 넉넉한지라 그는 이르는 곳마다 술을 가지고 다녔다. 좋은 술을 한 말, 두 말씩 마시는 그는 한마디로 말해서 두주(斗酒: 말술)를 불사(不辭)하는 사람이었다. 이태백(李太白)이,

三盃通大道
(삼배통대도)
一斗合自然
(일두합자연)
석 잔을 마시면 노자(老子)의 대도에
통할 것이며
한 말을 마시면 자연의 도리에
합할 수 있다

라고 한 말과 같다고나 할까. 하여간 그는 술만 먹으면

천하태평가(天下泰平歌)를 부를 만하였다. 그러나 술이 억
병으로 취해도 제멋대로 행동하는 태도는 조금도 없었다.
그는 술에 취할수록 더욱 맑은 정신과 깨끗한 마음을 잃는
법이 없었던 것이다. 실로 주성(酒聖)이라고 부를 만했다.
술에 대한 예양을 그만큼 지킨 사람은 아마도 전무후무할
것이다.

　　금강산의 어느 절간에서였다. 금강산 유람을 마친 그가
한가한 틈을 타서 중들과 참선(參禪) 공부나 좀 할까 하고
며칠 동안 묵는 중이었다. 어떤 날 중 한 사람이 그의 신변
술수(神變術數: 사람의 지혜로는 알 수 없는 신비한 술수)가 놀
랍다는 말을 듣고 슬그머니 시험해 보고 싶어서,
　　"오늘은 무슨 일이 생기겠소?"
　　하고 정답게 물어 보았다. 그러자 그는 한참 동안이나 하
늘을 바라보고 있더니 이윽고 대답했다.
　　"천하의 진품(珍品)이 올 것일세."
　　"천하의 진품이란 대체 무엇입니까?"
　　"그대는 알아도 아무 소용이 없는 물건이야."
　　"승속(僧俗)이 동락이라는데 왜 아무런 소용이 없겠습니
까?"
　　"오늘 기막힌 술 한 말이 이 곳으로 올 거야. 어떤가? 곡

차(穀茶)라고도 하니 나와 한 번 동배주(同盃酒)해 보겠나?”

두 사람은 술이 온다는 말에 다 같이 미소를 지었다. 그러나 중은 마음속으로,

‘이 사람 말대로 정말 술이 올까?’

하고 의심하고 있는데 하늘의 한쪽을 보고 있던 정북창이,

“아뿔싸, 큰 낭패로군! 허허!”

하면서 혀를 찼다. 때문에 중은 다시 의심스러워하는 눈으로 보면서 물었다.

“낭패라니? 그건 또 무슨 말씀입니까?”

“그 좋은 곡차를 못 먹게 되었으니 낭패가 아니고 무엇인가.”

“가져온다는 술을 어째서 못 먹게 됐다는 거지요?”

“그건 두고 보면 알 수 있는 일이지.”

중은 한 번 더 의심하면서 온다는 술을 못 먹게 된 이유를 알려고 했다. 그러는 동안 저물녘이 되었고, 북창의 집 가복(家僕)이 땀을 흘리면서 나타났다.

“소인 문안드립니다.”

하고 말하는 종은 울상이 되어 있었다.

“오! 잘 왔느냐?”

“잘 온 것이 뭡니까. 죽을죄를 저질렀습니다.”

“오, 그것도 다 알고 있다. 별 걱정 말고 이야기나 해 봐라.”

“소인이 술 방구리를 짊어지고 오는 길에 산마루에서 이끼 긴 푸른 돌을 잘못 디뎌 가지고 자빠지는 바람에 그만 술 방구리가 깨지고 말았습니다. 이 일을 어찌하옵니까?”

“응, 그것은 내가 오늘 술 먹을 복이 없을 뿐 아니라 내게 술 못 먹을 죄가 있기 때문이니, 네가 걱정할 필요가 없느니라.”

그러자 옆에서 그 광경을 보던 중은 크게 놀라며 중얼거렸다.

“과연 정북창은 이인이요, 신인(神人)이 분명하다.”

정북창은 일찍이 심산 궁곡(深山窮谷: 깊은 산의 깊은 골짜기)에 들어가서 여러 가지 비밀스러운 공부를 많이 했다. 그는 그때 ‘치련단화후법(治練丹火後法)’이라고 하는 불 만드는 법을 배운 일이 있었다. 그가 이 술법을 익힌 지 얼마 지나지 않아서였다. 마침 엄동 설한이었기에 흰 눈이 산과 들을 덮고 모진 바람은 뼛속까지 스며드는 듯하였다. 때문에 그는 그 산 속에서 살고 있는 어느 친구의 집을 찾았다. 그 날은 너무나 추웠기에 그 친구는 집에서 오들오들 떨고 있었다.

“이 사람아, 선비가 그렇게 처량한 모습으로 떨고 있다니.”

“아무리 선비라고 할지라도 이런 추위에 떨지 않을 수 있겠는가. 자네는 안 추운가?”

“그렇게 춥다면 내가 한 가지 보여 줄 것이 있네. 여보게, 부서진 쇳조각이 없는가?”

친구는 밖으로 나가더니 낡은 호미 조각을 들고 들어왔다. 북창은 그것을 받아서 옆구리에 끼고 얼마 동안 있다가 이윽고 그 쇳조각을 꺼내 화로에 던졌다. 그랬더니 그것은 순식간에 새빨간 불덩어리로 변했고 방 안에는 훈훈한 기운이 돌았다. 처음엔 훈훈하기만 하던 방 안은 계속해서 견딜 수 없는 무더운 불기운에 휩싸였다. 밖에서는 ‘위잉 위잉’ 하고 소리를 내며 찬바람이 불었지만, 방 안에서는 화로의 철편이 더욱 열을 가하고 있었기에 두 사람의 몸에서는 비지땀이 샘솟듯 흘렀다. 북창의 친구는 드디어 참지 못하겠다는 듯이 말했다.

“이 사람아! 추운 것도 견디기 어려운 노릇이지만, 더운 것 또한 견딜 수 없는 노릇이군 그래. 제발 저것을 좀 식혀 주게. 아이고 땀이야!”

“밖에는 눈보라가 치고 있네.”

“누가 모르나. 다음부터는 춥다는 소리 않을 테니 제발 좀! 아, 더워!"

정북창이 무어라고 주문을 외우면서 그 철편을 손으로 만지자 그것은 금방 식어 버리고 말았다.

북창은 스스로 자기가 타고난 수명이 여든을 누릴 것을 알고 너무 길다고 생각하며 자괴 자탄하여 마지않았다.

"나 같은 것이 여든까지 오래 살아서 무엇을 하나. 나 같은 것은 갈 데로 빨리 가고 새로운 사람이 나와서 나라를 돌봐야 할 것이다. 목숨도 재물 같으면 누구에게 주어 버리기나 하지."

그는 이렇듯 생사(生死)의 문제에 범연했다. 그는 항상 앞을 내다보며 나라의 앞날을 근심했다. 그 시절엔 사화(士禍)가 크게 성행(盛行)하던 때문이었다. 죄 없는 어진 선비들이 사화만 일어나면 떼거지로 죽어 나가기 때문이었다. 백 년의 국가 앞날을 내다보면서 그는 이러한 혼란과 상잔을 방비하기 위해 훌륭한 선비가 있으면 거두어 두겠다고 마음먹었다.

그때 북창의 친구로서 윤춘년(尹春年)이라는 학덕 높은 착한 사람이 있었다. 춘년은 선도(仙道)를 닦았기에 마음도 몸도 함께 아름다운 사람이었다. 그는 후일 나라의 어지러움을 능히 안보할 수 있을 만한 인재이기는 하였으나, 그가

닦는 도가 사랑과 자비(慈悲)를 위주로 하는 불도(佛道)가
아니라 선도(仙道)였기 때문에 다소 근심하지 않을 수 없었
다. 피비린내가 나는 사화가 벌어지면 무서우리만큼 잔인
해지는 것이 선비들이었고 그것은 또 자신을 지키기 위한
최선의 수단과 방법이었던 것이다. 인간의 목숨이 파리 목
숨보다도 더 가벼워지는 것이 사화가 났을 때였다.

어느 날 윤춘년이 북창을 찾아왔다. 두 친구는 오랜만에
소회를 풀었다.

춘년은 무엇을 생각하였음인지 북창을 보면서 느닷없이
말했다.

"여보게, 점 하나만 쳐 주게나."

"선도(仙道)에 통했다는 사람이 점은 무슨 점인가?"

"그러지 말게. 이번에 과거(科擧)를 보려고 하는데, 붙겠
는지 떨어지겠는지 한번 쳐 주게."

"선도로 능히 알 수 있는 일이 아닌가?"

"중이 제 머리 못 깎는 격으로, 아무리 선도에 통했어도
내 일은 내가 잘 모르겠네."

"선도에 통한 사람이 우화등선(羽化登仙: 몸에 날개가 돋아
신선이 되어 하늘로 올라감)하면 그만이지, 그까짓 과거는 봐
서 뭘 하려고."

"내 점을 내가 치려면 욕심 때문에 눈이 흐려지네그려.

그러니 자네의 조력을 좀 받자는 거야. 그리고 지금은 벼슬을 하지 않아도 좋겠지만, 부모님을 모시고 있으니 하지 않을 수 없지 않은가. 봉양할 거리가 없네그려.”

북창은 이윽고 춘년의 얼굴을 한참 동안 뚫어지게 쳐다보다가 말했다.

“자네가 선도를 잘 닦고 있으나 지금의 자네 몸으로는 결코 신선이 될 수 없고, 자네가 죽은 후에 다시 인도환생(人道還生)하면 그 몸으로는 신선이 될 것이야. 아마 오십 년 후면 되겠네.”

“그러면 내 나이 지금 삼십이 좀 넘었으니 적어도 육십까지 살 생각을 하고, 후생에 가서 이십쯤 된 다음에야 신선이 된단 말인가?”

그의 말에 정북창이 자못 엄숙한 말로 대꾸했다.

“그렇다는 게 아니야. 자네가 후세에 가서도 한 오십 살이 되어야 신선이 될 것이라는 이야기야.”

춘년은 깜짝 놀라면서 물었다.

“이 사람아, 그 말이 참말인가? 그렇다면 내가 몇 해만 더 살면 죽는단 말인가?”

“자네가 비록 선도를 닦는다고는 하나 명(命)이 그것뿐이니 어찌한단 말인가. 그건 할 수 없는 노릇 아닌가?”

“이번 과거도 신통치 않겠네그려?”

"자네도 알면서 묻는 것이 아닌가?"

"과거는 의심이 생겼으나 타고난 수명까지 짧을 줄은 몰랐네."

그 후 윤춘년은 과거에도 낙방(落榜)하였거니와, 노부모와 어린 자식들을 데리고 제대로 살 수가 없게 되었다. 그는 어느 날 다시 북창을 찾아와서 말했다.

"여보게 북창, 과거에 떨어진 후 부모는 더욱 노쇠해 가시고 자식들은 아직도 미거한 터에 내가 죽게 되면 우리 집안은 아주 멸망하는 판이니, 자네가 내 목숨 하나 살려 주게. 자네로서는 도리가 있을 테니."

"하늘이 정해 준 목숨을 어떻게 늘이거나 줄일 수 있단 말인가?"

북창이 냉정하게 거절하자 춘년은 슬퍼하면서 울기 시작했다.

"여보게 북창, 자네가 나를 구해 주지 않으면 누가 구해 주겠나?"

"내 힘으로 맘대로 사람을 구할 수 있다면 우리 부모 형제는 장생불사(長生不死)하겠네그려."

북창은 그렇게 말한 다음, 무엇을 생각했는지 한참 동안 있다가 춘년을 바라보면서 말했다.

"이 사람아, 너무 상심하지 말게. 하늘이 무너져도 살아

날 구멍이 있는 법이니. 어디 좀 두고 생각해 보세. 다음에 또 한 번 들르게."

얼마 후 마음이 놓이지 않은 윤춘년이 다시 찾아와,

"이 해도 다 갔으니 내가 살 세월도 얼마 남지 않았네. 제발 좀 나를 살려 주게."

하고 말하자 북창은 웃으면서 대꾸했다.

"무얼 그리 서두르나? 아직도 이태나 남았는데. 그러니 걱정하지 말게."

"이 사람아, 그러지 말고 제발 좀 살려 주게."

"그러면 내 말대로 실행해야 하네."

"불이라도 밟으라면 밟을 테니 방법만 알려 주게나."

북창은 한참 동안 무엇을 생각하는 듯하더니 이윽고 말했다.

"내 말을 자세히 듣고 그대로 하게. 오는 새해 정월 보름날 남문(南門) 앞에서 기다리고 있으면 문이 열리자마자 제일 먼저 나무를 싣고 오는 노인이 있을 것이니, 그 노인에게 불문곡직하고 달려들어 살려 달라고 해 보게. 그 노인이 자네를 떠다밀고 함부로 구박해도 끝끝내 쫓아가면서 살려 달라고 애걸하게. 만일 중도에서 학대를 참지 못하고 떨어지면 자네는 죽네. 그리 알고 찰거머리처럼 붙어서 조르면 수가 생길 것일세."

윤춘년은 그 이듬해 정월 보름날 남문가에 가서 남문이 열리기만을 기다리고 있었다. 그는 그 날 아침에 일찌감치 그 곳에 가서 파루(破漏: 오경 삼점에 쇠북을 33번 치던 일) 치기를 기다리고 있었다. '둥둥' 하고 파루 소리가 나자 남문의 수문장(守門將)이 그 육중한 문을 열기 시작했다. 양쪽에서 대기하고 있던 숱한 사람들이 일시에 '와아!' 하면서 쏟아져 나가고 휩쓸려 들어왔다. 춘년은 눈을 크게 뜨고 들어오는 사람들을 바라보았다. 그랬더니 과연 그 중에 제일 앞에서 들어오는 노인이 있었다. 물론 나무를 싣고 들어오는 것이었다. 춘년은 벼락같이 달려가 그 노인을 붙잡고,

"여보시오. 제발 저를 한 번만 살려 주십시오."

하면서 꿇어 엎드렸다. 노인은 곰보에다 육척 장신이었는데, 노기 어린 목소리로 말했다.

"이놈, 너는 누구길래 남의 앞길을 막고 함부로 행패를 부리는 거냐?"

춘년은 더욱 공손한 태도를 보이면서 말했다.

"뭘 그러십니까? 다 아시고 계시면서. 제발 소인의 목숨을 살려 주십시오."

"이놈아, 도대체 무슨 수작이냐? 나뭇단이나 해다 팔아먹고 사는 사람이 어떻게 남의 목숨을 살린다고 야단이냐? 그런 재주가 있으면 이 꼴을 하고 다니겠느냐? 저리 썩 물

러서거라!"

노인은 고함을 지르며 떠들어 댔다. 오고가는 사람들이 모두 그 남루한 노인과 선비 사이를 의심쩍어하는 눈으로 바라보았다.

"영감님, 제발 그러지 마시고 살려 주십시오. 적선하십시오. 저의 목숨은 영감님의 마음에 달렸습니다."

노인은 소를 끌고 그냥 장안으로 들어가려고 했다. 춘년은 노인의 옷자락을 붙잡고 매달렸다. 그러나 노인은 그를 뿌리치고 가려고 했다. 그는 더욱 힘을 주어 옷자락을 잡으며 노인을 따라갔다.

"노인장, 제발 살려 주십시오."

그러자 노인은,

"이놈, 저리 비키지 못하겠느냐!"

하고 소리치더니 채찍을 들어 춘년을 때렸다. 그리고는 발길로 마구 차는 것이었다. 험악한 공기가 노인의 몸을 온통 휩싸고 있었다.

춘년은 옷이 찢기고 얼굴이 피투성이가 되면서도 그를 놓치지 않고 따라갔다. 끝까지 단념하지 않았다. 길을 가던 사람들은 모두 그와 나무장수 노인의 이상한 모습을 주시하고 있었다. 춘년이 하루 종일 노인을 쫓아다니면서 지성으로 빌었지만, 노인은 더욱 큰 목소리로 욕설을 퍼붓기만 했다.

"이 주릴 틀 놈아, 어디까지 쫓아오겠단 말이냐? 이 죽일 놈아!"

"황송합니다만, 노인장 댁에까지 모시고 갈까 합니다."

"이놈아, 네가 무슨 까닭으로 우리 집엘 간단 말이냐?"

"노인장의 가복 노릇이라도 하면서 모시고 지내겠습니다."

"이놈아, 내가 나무 장사나 해서 근근이 먹고 사는데 웬 종을 둔단 말이냐?"

노인과 춘년은 그렇게 하루 종일 승강이를 했다.

저녁 무렵이 되어 한강 나루 백사장 부근에 당도했을 때였다. 그제야 앞서 가던 노인의 얼굴빛이 부드러워졌다. 춘년이 슬슬 눈치를 엿보고 있었더니 노인이 말했다.

"저 모래밭에 좀 앉게."

그리곤 혼자서 중얼거렸다.

"정북창(鄭北窓)이란 놈 매우 고약한 놈이야. 그놈이 함부로 천기(天機)를 누설했단 말이야."

"노인장께서는 혹시 정북창을 아시옵니까?"

"알다 뿐인가. 그놈이 앞으로 팔십은 살 놈인데, 제가 안 살겠다니 할 수 있는가. 그놈 나이 삼십 년을 떼어서 자네에게 줄 테니, 걱정할 것 없이 안심하고 돌아가게."

그렇게 말한 노인은 유유히 흐르는 한강 나루에 붉게 떨어지는 저녁 노을을 바라보면서 어디로인지 사라져 버리고 말았다. 그것은 참으로 언뜻 보이다가 홀연히 없어지는 한 순간에 벌어진 일이었다.

춘년은 집에 돌아온 후 정북창을 찾아갈 면목이 없었기에 한동안은 두문불출하다가,

'정북창이 모두 다 알고 한 일이니까!'

하고 생각하며 오랜만에 그를 찾아갔다. 그랬더니 그가 말했다.

"어, 잘 왔네. 고마우이. 내 목숨 삼십 년을 자네가 떼어 갔으니 반갑네. 사실 나는 이 세상에 더 뜻이 없어."

춘년은 어느 정도는 짐작한 대답이었지만 그처럼 기이한 지혜와 신비한 술수에 새삼스럽게 놀라면서 물었다.

"자네 어떻게 알았나?"

"나는 이 난맥(亂脈: 이리저리 흩어져서 질서나 체계가 서지 않는 일)의 국토 위에서 이 이상 더 살고 싶지가 않네. 자네는 앞으로 삼십 년 동안 부귀와 영광을 누리면서 좋은 일을 많이 하고 오게. 그 동안 큰 변란이 여러 차례 일어나 선비들의 목숨이 초개 같아질 때가 있을 것이니, 그때 자네는 당로고관(當路高官)으로서 착한 인물을 등용하여 위태로운 국맥(國脈)을 보존하도록 하게. 그래서 자네의 수명을 더하

게 한 것일세."

윤춘년은 더욱 감격하면서 말했다.

"고마우이. 북창의 유언을 어찌 소홀히 하겠는가. 그때가 오면 노력하여 자네의 유촉을 저버리지 않도록 하겠네. 그런데 여보게, 그 노인은 대체 누구란 말인가?"

그러자 북창이 대답했다.

"아, 그 노인은 하늘의 사명성군(司命星君)일세."

그 날 춘년과 북창은 눈물을 흘리면서 이별했다.

그로부터 수십 년이 지났을 때 윤춘년의 벼슬은 이조 판서에 이르렀다. 그는 뇌물이 많이 생기는 이판 자리에 있었지만 항상 청렴결백하였으며, 정북창의 유촉을 따라 맑고 깨끗한 인물들을 등용하여 많은 공로를 세웠다.

북창이 어느 날 집에서 공부하며 깊은 생각에 잠겨 있는데 한 친구가 찾아왔다. 멀리 북국으로 장사를 하러 가는데 별일이 없겠느냐고 묻는 것이었다. 북창은 한참 동안 친구의 얼굴을 살피다가 말했다.

"별로 낭패될 일은 없겠지만, 귀로에 사고 하나가 생기겠네. 급해지면 내게로 오게."

그 친구는 북국으로 가서 볼일을 다 보고 두어 달 만에 집으로 돌아오게 되었다. 그가 도중에 다리가 아파 큰 영

마루 꼭대기에서 쉬고 있는데 한 사람의 마부가 말 한 필을 끌고 어슬렁어슬렁 다가오더니,

"서방님, 다리 아프실 텐데 이 말을 타십시오."

하는지라, 그는 다리도 아프고 몸도 고단했기에 그 말을 타게 되었다. 그러자 말이 느닷없이 달리기 시작했는데 마치 풍우처럼 달려가는 것이었다. 그는 거의 정신없이 서울의 자기 집 앞까지 와서 그만 쓰러지고 말았다.

한참 만에 정신을 수습하여 간신히 기어서 집으로 들어가니, 두 달 만에 돌아온 그를 가족들은 전연 알은체도 하지 않았다. 여편네는 저녁을 먹으면서도 밥 먹으란 말이 없고, 어린 자식들도 아버지라고 부르지 않는 것이었다. 그는 너무나 괘씸하게 생각하다가 문득 떠날 때 들었던 북창의 말이 생각났다.

그는 그 길로 집을 나와 북창을 찾아갔다.

"자네가 혼을 빼앗기고 왔으니, 자네 가족이 자네를 알아볼 수가 있겠는가?"

"그게 무슨 소린가, 혼을 빼앗기다니?"

"분명히 자네는 혼을 뺏겼네. 그래, 중간에 무슨 일을 당한 적이 없었나?"

"글쎄, 어느 영마루에서 이상한 말을 타고 오기는 했는데…."

"그것 보게. 그 말과 마부는 이 세상의 말과 인간이 아닐세. 오늘 저녁 때 시구문 안에 가 보게. 그러면 그 마부와 말이 자고 있을 테니 다짜고짜 때려 일으켜 세우면서, '속거 천리(速去千里), 속거만리(速去萬里)하라'고 말해 보게. 그러면 그 귀신들이 자취도 없이 사라질 것일세."

친구가 그 길로 시구문 안을 향하여 줄달음질쳐서 가 보니 과연 마부와 말이 자고 있는지라 무조건 두들겨패고는,

"속거 천리하고 속거 만리하라!"

하고 말했다. 그러자 말과 마부가 슬픈 소리를 내며 어둠 속으로 자취를 감추는 것이었다. 그가 그 길로 집으로 돌아오니, 집안 식구들이 모두 환영하며 이제야 오시느냐고 야단이었다. 그 마부와 말은 억울하게 죽은 역졸(驛卒)과 역마(驛馬)의 귀신이었던 것이다.

정북창은 그 후에도 다른 친구에게 십 년의 목숨을 선사한 적이 있다. 그의 친구 한 사람이 병이 들어 다 죽어 간다고 야단이었는데, 그 친구의 부친이 북창을 찾아와서는 조르는 것이었다.

"여보게, 내 아들을 좀 살려 주게나."

노인의 얼굴을 바라보던 북창은 이윽고,

"천명이 다한 것이니 그것은 인력으로 어떻게 할 수가 없

습니다."

하고 말했는데, 그래도 노인은 북창에게 단단히 달라붙는 것이었다. 하도 노인의 정성이 지극했기에 그는,

"그러면 노인장이 살아 계시는 동안만 살아 있게 하면 되겠습니까?"

하고 말했다. 노인은 감격의 눈물을 흘리면서 대답했다.

"이르다 뿐인가. 자네의 힘만 믿네."

"그러면 어르신, 오늘 밤 남산에 오르면 중 두 사람이 바둑판을 벌여 놓고 있을 테니 그 두 중에게 애걸하십시오. 그러면 좋은 수가 생길 것입니다."

노인은 그 밤으로 남산에 올랐다. 그랬더니 과연 북창의 말과 같이 두 중이 별빛 아래에서 바둑판을 사이에 놓고 앉아 있었다. 노인은 공손히 인사한 후,

"대사님들! 소인의 아들을 구하여 주십시오."

하고 애원했더니 그들이 의아해하며 반문했다.

"도대체 누구기에 이 밤중에 이곳에 와서 사람을 살리라고 하는 것이오?"

노인은 그들 두 중 앞에 엎드려서,

"대사님들, 그러지 마시고 한 번만 아들의 목숨을 보살펴 주시옵소서."

하면서 간곡히 빌고 또 빌었다. 그러자 중들은 투덜거렸

다.

"그 북창이란 놈이 번번이 이따위 짓을 한단 말이야. 그래, 할 수 없지. 그놈의 목숨을 또 십 년만 감하는 수밖에…. 이제 안심하고 돌아가시오. 당신 아들은 앞으로 십 년은 염려 없으리다."

그리하여 그 노인은 북창에게 무수히 사례하고 그 아들의 목숨을 이어 갈 수 있게 되었다.

정북창은 어떤 사화와도 관련이 없었지만, 그의 부친 순붕은 소인 무리들의 농간에 휩쓸려 을사사화(乙巳士禍)에 연관된 변을 당하게 되었다. 북창이 몇 번이나 부친에게 사화에 관련되면 좋지 않은 일을 당한다고 충간했지만, 그때의 형편으로는 그럴 수밖에 없었던 모양이다.

얼마 후에 북창이 죽고, 또 조금 있다가 그의 부친 순붕도 죽었는데 죽게 된 내막이 괴이하였다.

순붕이 을사사화 때 정승으로 있던 유관(柳灌)을 해한 후 그 집의 재산을 적몰하고 그 노비들은 공로 있는 대신들에게 분급(分給: 몫몫으로 나누어 줌)하였는데, 그 중에 정승 유관이 살아 있을 때 총애하던 갑이(甲伊)라는 여종 아이가 있었다. 순붕은 갑이를 데려다가 종으로 삼았다.

소녀 갑이는 전 정승이요, 주인인 유관의 원수를 갚고자 하여 기회만을 노리고 있었다. 그러나 귀신 같은 술수를 갖고 있는 북창이 순붕의 아들이었기에 감히 손을 대지 못하고 있었다. 갑이는 순붕에게 공손하고 심부름도 영리하게 잘 했으므로 순붕도 유관이 그랬던 것처럼 그 아이를 총애하였다. 그리하여 조그만 계집애가 사람을 해할 의사를 가지고 있으리라고는 조금도 생각지 못하고 있었다.

그때 여종 갑이는 나이가 어느덧 열여덟이었다. 그는 그집 종으로 있는 젊은 사내와 배가 맞았다. 그리하여 갑이는 순붕을 죽이고자 방자(남이 못되기를 신에게 빌어 재앙이 내리게 하는 짓)라는 것을 하였다. 염병을 앓다가 죽은 사람의 뼈를 갈아서 산 사람의 베개 속에다 넣으면 그 액으로 인하여 그 사람이 죽는다는 것이다. 그리하여 순붕은 목숨을 잃게 되었다. 그 일은 뒤에 베개를 뜯던 북창의 아내로 말미암아 탄로나게 되었는데, 죄를 추궁하는 그 집 사람을 보고 갑이는 노한 얼굴로,

"이 집의 연놈들아! 무죄하신 우리 유 대감을 몰아 죽이고도 그래 뱃속이 편했단 말이냐? 원수를 갚았다. 어쩔 테냐? 그 동안 북창 선생이 계셔서 감히 먼저 손을 쓰지 못했을 뿐이다."

라고 소리치고는 주춧돌에 머리를 들이받고 죽었다. 때문에 그 집에서는 창피하여 그 이야기를 세상에 전하지도

못했다.

북창은 벼슬이 겨우 장례 주부(掌禮主簿: 의학, 관상, 산학 등의 교수)를 지냈고, 나중에 포천 현감(抱川縣監)이 되었으나 오래 있지 않았다. 그에게는 벼슬이라는 것이 한낱 우스운 존재였기 때문이다. 그는 마흔네 살에 죽었는데, 그가 죽을 때 지은 다음과 같은 글이 있다.

顔淵三十稱亞聖
(안연삼십칭아성)
小生之壽何其久
(소생지수하기구)
안연은 나이 삼십에 아성이라 칭했는데
소생의 목숨은 어찌 그리 긴고

철모를 쓰고 다닌 토정 이지함

이토정(李土亭)은 너무나 유명한 사람이다.

요즘도 음력 정월이 되면 많은 사람들이 일 년 신수가 쓰여 있는 토정비결(土亭秘訣: 조선 명종 때 토정 이지함이 지은 일종의 도참서)을 본다. 이 토정비결은 이토정이 지은 운명 판정의 술수서(術數書)이다. 때문에 이토정은 후세에도 모르는 사람이 없을 만큼 유명해졌다.

토정은 조선시대 제11대인 중종대왕(中宗大王) 12년에 한산 이씨(韓山李氏)의 가문에서 출생했으니, 저 유명한 고려조(高麗朝)의 거유(巨儒) 목은 이색(牧隱李穡)의 육대 손이요, 이치(李穉)의 아들이었다. 그의 본명은 지함(之菡)이고 토정(土亭)은 별호(別號)였다. 그는 실로 명문거족(名門巨族) 출신이었으니 영의정 이산해(李山海), 판서 이산보(李山甫) 같은 인물이 그의 조카였던 사실로 미루어 능히 그의 가문이 얼마나 대단한지 짐작할 수가 있다.

　이토정은 그처럼 훌륭한 가문에서 출생했기에 그가 영달을 꿈꾸고 출세를 원했다면 그의 지위는 일개 현감(縣監)에 그치지 않았을 것이다. 천재적인 재질과 뛰어난 두뇌로 능히 한 세상을 주름잡았을 것이 분명하다. 하지만 그는 모든 기인(奇人)과 이인(異人)들이 그랬던 것처럼 공명(功名)과 부귀와 권세(權勢) 따위에는 뜻이 없었다.

　그는 그의 별호가 뜻하듯이 흙을 쌓아서 정자를 만들어 놓고 그 위에서 한평생을 살았으니, 그것만 보아도 기이한 인물이라고 말하지 않을 수 없다. 백여 척이나 되는 높이의 토정을 만포에 만들어 놓고 그 스스로 토정이라 칭하며 그 토정 위에서 태평하게 세월을 보냈다. 이따금 사람들이,

　"토정살이가 어떠한가? 재미있는가?"

　하고 물으면,

　"온 세상이 다 근심 걱정투성이지만 토정살이는 홀로 평안하며, 온 세상이 모두 시비 분분하지만 토정살이는 홀로 평화롭네."

　라고 대답하면서 아무런 근심 걱정이 없는 것처럼 그 높은 토정 위에서 세상의 일을 잊고 살았던 것이다.

　토정은 어려서부터 동정심이 많은 사람이었다. 그는 형님인 지번(之蕃)을 따라 당시의 거유(巨儒: 이름난 유학자)인 모산수(毛山守)의 문하에 다니면서 공부를 했는데, 학문이

실로 일취월장했을 뿐만 아니라 성실했다. 하루도 빠짐없이 그 문하에 드나들었기에 그를 칭찬하지 않는 이가 없었다.

어느 날 서당에 갔던 그가 도포를 입지 않고 그냥 홑고의 적삼 차림으로 귀가했다. 그의 어머니가 이상하게 생각하며 물어 보았더니 그는 천연덕스럽게 대답했다.

"그거야 사람이 입었을 것 아닙니까. 아무런 걱정도 하실 것 없습니다."

"그게 아니라, 어찌했느냐는 말이다."

"집으로 돌아오다가 보니 홍제교(弘濟橋) 아래에 거지 아이들 세 놈이 쪼그리고 앉아 있는데, 이 추운 날에 벌벌 떨고 있지 않겠어요. 그래서 도포를 벗어 세 조각으로 나누어 드러난 살을 가려 주고 왔지요."

이처럼 그는 어른도 감히 하지 못할 일을 하고는 했다.

일찍이 청양(靑陽) 땅에 친구 하나가 있었다. 어느 날 토정은 보령(保寧)에 있는 선산(先山)에 참배도 할 겸 해서 서울을 떠났다. 아침에 마포에서 떠난 토정은 저녁 무렵에 청양 땅에 당도했다. 친구는 무척이나 반가웠는지 그를 극진히 대접했다.

"먼 데서 여러 날 오느라고 객지 고생이 심했을 테니 푹 쉬게. 대접할 것은 아무것도 없네마는 우선 편히 쉬게."

"보령 선산으로 가는 길인데 과문불입(過門不入: 아는 사람의 문 앞을 지나면서 들르지 않음)할 수가 없어서 들렀네. 그리고 그다지 피곤하지도 않네. 아침나절에 마포를 떠나서 이제 여기에 왔으니까."

"무엇이 어째? 서울서 여길 하루에 왔어? 아니, 사백 리 길을 하루에 오다니… 희한한 일일세. 자네는 요즘 축지법(縮地法)까지 배웠네그려?"

청양 친구는 놀라며 경탄할 뿐이었다.

그가 청양 친구의 집에서 하루를 쉬고 다시 보령 선산으로 가 보니, 여러 해 만에 보는 선영은 말이 아닐 정도로 퇴락해 있었다. 봉분이 파이고 떼가 떨어져 나간 상태였다. 그것을 개수(改修)하려면 상당한 돈이 있어야 하겠는데 그는 그때 마침 수중에 돈이 한 푼도 없었다. 하지만 산소는 그대로 두면 깊은 골로부터 매년 흘러넘치는 물 때문에 더욱 크게 훼손될 상태가 되어 있었다.

이에 그는 그 근방의 촌가에서 콩과 호박씨를 다량으로 얻어 가지고 그 부근에 있는 무인고도로 들어가 그것들을 모두 뿌려 놓고 나왔다. 여름에 가서 그 곡식을 가꾼 적도 없었건만, 가을에 추수를 하러 가 보니 실로 대풍작이었다. 그것을 근처 마을의 유지에게 팔았더니 그 돈이 예상했던 것 이상으로 막대하였다. 그는 그 돈으로 아무런 힘도 들이지 않고 선영 개수 공사를 했다. 그리고 남은 돈은 한 푼도 자기가 가지지 않고 그 부근에 사는 빈민들에게 나누어 주었기에 많은 사람들이 그의 적선을 칭찬해 마지않았다.

그는 조금도 재물에 욕심이 없었다. 욕심이 없었기에 그에겐 수월하게 돈이 잘 모이는 것인지도 몰랐다.

그는 한평생 상당히 많은 기간을 방랑하는 데에 할애했다. 실로 행운유수(行雲流水)의 행장(行裝)이었다. 죽장 망혜(대지팡이와 짚신. 먼 길을 떠날 때의 간편한 차림새)로 길을 떠나는 그의 괴나리봇짐에는 언제나 서너 개의 뒤웅박(쪼개지 않고 꼭지 근처에 구멍만 뚫어 속을 파낸 바가지)이 달려 있었다. 사람들이 그것을 가지고 가는 이유를 물으면 그는 그저,

"아무것도 아니오."

하고 히죽이 웃을 뿐이었다. 때문에 그것으로 무엇을 하는지 아는 사람이 없었다.

그러다가 어느 해 그가 장삿속으로 제주도(濟州道)엘 가는데 중간에서 크게 풍랑이 일어났다. 배는 산산이 부서지고 사람들은 모두 물귀신이 되고 말았는데, 그만은 홀로 망망한 바다에서 뒤웅박을 안고 생명을 유지하다가 얼마 후에 다른 배의 구함을 받아 제주에 안착했다고 한다. 그는

뒤웅박을 요즈음의 구명대(救命帶)로 삼았던 것이다. 얼마나 신비한 지혜인가. 그는 강을 건너갈 때에도 여러 번 그 뒤웅박을 사용했으며, 그것으로 생사의 위기 때마다 생명을 보존할 수 있었다. 그는 제주도에서 여러 해 동안 많은 돈을 벌어 가지고 돌아왔는데, 돈은 항상 모두 빈민들에게 그냥 나누어 주는 것이 그의 습성이었다.

그는 평생 동안 많은 돈을 벌었으나 행색은 항상 초라하기 짝이 없었다. 그는 아무리 돈이 많이 생겨도 그것을 자기가 소유하지 않았다. 그는 높은 집과 넓은 방을 꾸미지 않았으며, 오히려 부귀가 그를 따를 것을 겁냈다.

그는 한평생 과객질을 했으나 밥을 얻어먹지 않았다. 조그만 솥을 한 개 행구 속에 넣고 다니면 그만이었다. 그러므로 그의 행장은 참으로 야릇했다. 그것을 본 사람들은 모두 흉만 보았다. 그래서 그는 한 가지 기묘한 것을 고안해 냈으니 요즈음 군인들의 철모와 같은 관(冠)을 발명한 것이다. 그는 그 관을 쓰고 다니다가 그것으로 밥을 지었고, 또 그 속에 밥을 담아 먹고는 깨끗이 씻어 다시 머리에 쓰고 다녔다.

'이건 근사한 물건이야. 몇 가지로 겸용할 수 있으니까.'

그는 스스로 자신을 칭찬했다. 그는 그 철모를 쓰고 팔도 강산을 두루 방랑했는데 발길이 가지 않은 곳이 없었다.

그는 모든 소원을 거의 다 이루었으나 이루지 못한 것이 하나 있었다. 남에게 호되게 매를 맞아 보았으면 하는 것이 마지막으로 남은 소망이었다. 그것을 한 번 당해 보면 더 이상의 바람은 없을 것 같았다.

그는 명문의 후손이었을 뿐만 아니라 문장과 덕행이 일세를 풍미했기에 항상 높은 양반들과 교우하고 있을 것도 같은데, 그가 매일 만나는 인물들은 모두 하층 계급들이었다. 그는 양반이었지만 양반들과는 별로 상종하지 않았다. 못난 사람들, 상놈 계급, 중인 계급, 그들을 동정하고 도와주는 것이 그의 타고난 천직인 것 같았다. 그는 하층 계급들이 양반에게 두들겨 맞는 것을 볼 때마다 생각했다.

'얼마나 그들의 볼기가 아플까? 나도 한번 저렇게 맞아 보았으면 좋겠구먼. 그러면 그들의 아픔을 짐작할 수 있으련만.'

언젠가 그 아픈 매를 한 번만 맞아 보았으면 하는 것이 그의 최후의 염원이었다. 어느 날 그는 한 꾀를 생각해 내어 남의 집 내정(內庭), 부인이 있는 곳에 돌입(突入)하기로 했다.

어느 큼직한 양반의 집이 눈에 띄었다. 그는 후다닥 뛰어들어가 안방 부근의 뜰에 돌입하여 그 집의 젊은 부인에게 수작(殊酌)을 걸었다. 밖에서 하인들이 달려오고 큰 소동이

벌어졌다. 주인이,

"어느 미친놈이 남의 집 내정에 돌입하였느냐?"

하고 고함을 지르며 뛰어들었다. 토정이 속으로,

'오, 이제야 소원 성취를 하는가 보다.'

하고 생각했으나, 몽둥이를 들고 쫓아 들어오던 주인이 토정을 보고는 부드러운 목소리로 말했다.

"보아하니 점잖으신 노인네가 장난을 하십니다그려. 그만 밖으로 나가시지요."

토정은 뜻을 이루지 못했음을 속으로 슬퍼하면서 마음속으로 중얼거렸다.

'매 한 번 맞아 보겠다는 소원을 풀기가 이렇게 어렵구나.'

주인은 그를 당시 성행하던 암행어사가 아닌가 하고 생각했기에 그렇게 했다고 한다.

언젠가는 또 원님의 행차가 지나가는 것을 보자 느닷없이 앞으로 뛰어들었다. 원은 노발대발하여 토정을 포박해 가지고 동헌으로 가서 형구를 갖추어 문초를 하려고 하는데, 뒤늦게 보니 토정의 풍채가 너무도 의젓하여 매를 대지 못하고 그를 꾸짖어 내보냈다. 그러자 토정은,

"으응!"

하는 소리 한마디만 남기고 돌아갔는데, 그 후에도 매에

대한 소망을 풀 생각을 하지 않았다.

토정은 방랑하는 동안 제주도를 제일 많이 찾았다. 때문에 그가 제주도에 출현하면,
"바가지 장수 서울 이 생원이 왔다."
하면서 몰라보는 사람이 없을 정도였다. 특히 제주 목사는 그가 나타나기만 하면 특별히 대우했다. 그것은 토정의 조카들이 현직 판서다 영의정이다 하면서 쩡쩡 울리는 가문의 사람이기 때문이었다.

언젠가는 제주 목사가 토정을 대접할 겸, 여색에 대한 그의 지조를 시험해 보고자 하여 제주도에서 첫째가는 미색인 옥주(玉珠)라는 기생으로 하여금 하룻밤 수청을 들게 하였다. 촛불이 휘황한 토정 선생의 방에 옥주는 그린 듯이 앉아 있었으나, 토정은 요지부동의 자세를 취하고 있었다. 태산 같은 그의 지조는 조금도 흔들리지 않았다. 옥주가 토정 가까이 가서 다리를 주무르고 팔도 주무르면서 갖은 아양을 다 떨었으나, 그는 조금도 반응을 보이지 않았다. 옥주는 다음날 아침 전후 사연을 모두 목사에게 고하였다. 제주 목사는 무릎을 치면서 탄성을 토했다.
"과연 토정은 아성(亞聖: 성인에 버금간다는 뜻)이로군!"
재물과 색을 탐내지 않는 자는 없는 법인데, 오직 토정만

이 그것을 스스로 멀리하였던 것이다.

"무엇보다도 여색을 경계하라. 여색에 얼마나 엄한가 그것만 보면 다른 것은 보지 않아도 다 알 수 있느니라."

그것은 그가 자기 조카들에게 항상 훈계하는 말이었다.

토정이 그의 조부의 장사를 지낼 때 한 지관이 산지를 택하고 말했다.

"이 곳에 장지를 잡으면 당신 자손만은 좋지 않고, 친척의 자손들은 좋게 될 것이외다."

그러자 토정은,

"그래? 그러면 어서 일을 시작해라. 모든 재앙은 다 우리가 겪게 될 테니 무슨 걱정이 있단 말인가?"

하고 말하면서 그 곳으로 결정하여 장사를 지냈다. 그 후 풍수의 말이 옳아서 그랬던지, 그의 후손은 영달치 못했는데 그의 조카들은 이산해(李山海)를 위시하여 모두 크게 등용되었다. 그는 원래 부귀영달에 뜻이 없었던 것이 분명했다.

어느 해인가, 율곡 이이(栗谷李珥)의 집에 명사들이 많이 모여서 크게 성현의 도를 토론하고 있었다. 토정도 그 자리에 참석했다가 한마디 하지 않을 수 없게 되었다. 그것은 율곡이 병을 칭탁하고 벼슬을 사퇴하고 있었기 때문이었다.

"공자는 병을 칭탁하고 유비(孺悲)를 보지 아니하였으며, 맹자도 병을 칭탁하고 제왕(齊王)을 보지 아니하였다. 오늘날 이른바 선비라는 사람들이 툭하면 병이 났다 칭탁하고 옛 사람들을 모방하는 것은 우습기 짝이 없는 행동이다. 대개 병을 일컫고 일을 하지 않으려는 태도는 남의 집 게으른 종놈이나 하는 짓이거늘, 어찌 선비로서야 할 수 있으랴. 소위 성현이라는 공맹은 무슨 심술로 후세의 병폐인 그따위 풍속을 끼치고 말았는가."

하면서 공자와 맹자를 욕하고 이어서 율곡을 경계했다. 그는 실로 거리낌이 없는 인간이었다.

토정은 인간이 부지런하면 굶주리는 법이 없다는 확신을 가지고 있었다. 어느 해인가 그는 가난한 사람들이 먹지 못하여 남루한 옷을 걸치고 떼를 지어 걸식 유랑하는 참상을 보게 되었다. 때문에 커다란 집을 여러 채 지어 많은 유민(流民)들을 수용했다. 그리고 무위도식시키면 오히려 그들에게 해로울 것이라 생각하고, 제각기 재간에 따라 수업(手業)을 장려하여 물건을 만들어 팔게 하였다. 땀 흘려 공 들여서 만든 물건이 안 팔릴 리가 없었고, 물건이 팔리니 하루의 식생활이 또한 안 될 까닭이 없었다.

그 중에도 가장 무능한 사람들에게는 짚을 주어 짚신을 삼게 했다. 하루에 평균 열 켤레씩을 삼게 되니 그것을 팔아 하루의 양식을 구할 수 있었고, 심지어는 남는 돈을 모아 의복도 장만할 수 있었다. 그렇게 계속하기를 여러 달이 지나니 수용되었던 사람들은 기아를 모르면서 살게 되었고, 더러는 밑천을 장만하여 스스로 넉넉히 생계를 이을 수 있는 가족도 생겼다. 그들은 토정의 무언의 가르침에 의해 근면하면 먹고 살 수 있다는 교훈을 배웠던 것이다.

그러나 그럼에도 불구하고, 그 중에는 그만한 수고도 못 견디겠다면서 인사도 없이 도망가는 자들도 있었다. 그러자 토정은 한숨을 쉬면서 말했다.

"보라! 민생(民生)은 나태하기에 굶주리는 것이다."

그는 말년에 무슨 생각에서였는지 그토록이나 싫어하던 벼슬을 했다. 처음엔 포천 현감(抱川縣監)으로 있다가 다시 아산(牙山) 현감으로 전임되었다. 수령으로서 백성들을 잘 다스린다는 명망이 조정에까지 전해졌다. 그런데 사람의 운명은 인력으로는 어떻게 할 수 없는 것인지, 그는 어이없는 일로 인해 죽게 된다.

토정은 아산에 부임한 지 얼마 후에 늙은 아전 한 사람을 심하게 꾸짖은 일이 있었다.

"너는 늙은 놈이 아직 어린애만도 못하구나!"

아전이 쓴 삿갓을 벗겨 하얗게 센 상투를 풀어 땋아 늘이게 하고 붓과 벼루를 들려 서 있게 하였다. 그것은 기막힌 굴욕이었다. 늙은 아전은 이를 갈았다.

"어디 두고 보자!"

토정은 그즈음 매일같이 지네 즙을 먹고 그 독을 제하기 위해 생밤을 먹고 있었다. 그런데 어느 날 토정이 지네 즙을 먹은 다음 아전이 생밤을 드리지 않아 토정은 그만 죽고 말았다.

그의 나이 육십이 세 때의 일이었다. 그가 지네 즙을 매일 먹은 까닭은 앞으로 이십여 년을 더 살아 임진왜란을 당하게 되는 백성들을 구제하기 위해서였는데, 하늘은 그에게 수명을 더 주지 않았던 것이다.

숙종(肅宗)은 계사(癸巳)년에 그에게 이조판서(吏曹判書)를 증(贈)했으며, 나중에 문강(文康)이라는 시호(諡號)를 내렸다.

도술로 세상을 놀라게 한 전우치

중종대왕(中宗大王) 때 있었던 이야기이다.

경기도 송도(松都)에 이상한 선비가 한 사람 살고 있었으니 이름은 전우치(田禹治)라고 했다. 그는 원래 전라좌도 담양(潭陽) 사람인데 송도로 이사해 온 지가 얼마 되지 않았다. 담양은 자고로 풍광이 명미한 곳이었다. 경치가 좋은 추월산을 비롯하여 용연(龍淵)이라는 폭포가 유명하며, 명산품인 석류, 호두, 대, 차, 감, 매화, 복령 등이 다량으로 산출되었다.

이곳에서는 옛날부터 뛰어난 인물들을 많이 배출했는데 재상으로는 이승, 전녹색, 이영간, 곽근 등이 있다. 또한 많은 열녀 효부들도 이 고을에서 쏟아져 나왔다. 전우치는 아마 그러한 곳에서 태어났기에 더욱 유명한 인물이 되었는지도 모른다.

그는 나면서부터 비범했다. 우선 골격이 장대하고 키가

컸으며 매우 총명했다. 어려서부터 글을 배웠는데 문일지십(聞一知十)이었다. 한 가지를 들으면 열 가지를 깨달았고, 모든 사물에 대해 능통치 않은 것이 없었다. 또한 기이한 것을 무척이나 좋아하여 그 기이한 속으로 파고 들어가 기이한 현상을 해부하지 않으면 견디지 못하는 습성을 가지고 있었다. 때문에 여러 사람들이 전우치의 이상한 점에 대해서 이야기를 주고받게끔 되었다. 실로 그는 이상한 재주가 많은 기이한 사람이었다.

성장할수록 재주가 더욱 비상해지자 사람들은 그를 이인(異人)이라고 부르게 되었다. 더욱이 그는 당대의 명현인 신령성군(申靈聖君) 신광한(申光漢)과 송문충공(宋文忠功) 송인수(宋麟壽) 등과 교류가 두터웠기에 모두들 더욱 높게 평가했다.

전우치의 기행과 이적들이 계속해서 알려지게 되자 신광한과 송인수 등은 그를 만나기 위해 자주 놀러 오고는 했다.

신령성군으로 불리는 신광한은 중종 때의 강직한 명현으로서 중종대왕의 특별한 대우를 받았는데, 고령 사람인 그는 남의 결점을 보지 않기로 유명한 사람이었다.

어떤 두 사람이 이 신광한에게 시비흑백(是非黑白)을 가리러 온 적이 있었다. 그랬더니 그가 먼저 온 사람을 보고,

"그대가 옳은가 하오."

하고 말했으며, 나중에 온 사람에게도

"그대가 옳은가 하오."

하고 말했다는 이야기 하나만으로도 그의 천품이 얼마나 너그럽고 인자한지를 미루어 알 수 있다. 학식과 시문(詩文)이 당대에 으뜸이었으니, 전우치와 서로 상종하는 것은 조금도 이상한 일이 아니었다.

송인수는 조선시대 오백 년을 통하여 여자에 대해서 근엄했던 사람으로 유명하다. 여자라고 하면 아무리 아름다운 여자가 접근해 와도 그는 눈도 꿈쩍하지 않았다.

그에게는 천성적으로 타고난 효성이 있었으니, 모친이 돌아가신 후에 조석으로 밥상을 올리고는 어떻게나 슬프게 울었던지 그 집에 새끼를 친 제비들도 모두 흰 색깔이 되었다고 한다. 제비들까지도 함께 상을 입었던 것이다. 그는 또한 학문을 숭상하여 책밖에는 아무것도 모르는 사람이어서 신혼(新婚) 초야에도 책만 읽었다는 이야기가 있다. 이러한 당대의 기벽(奇癖)을 가진 사람들과 만나 교류하는 사람이 전우치였다. 송사리 떼들은 송사리 떼들과 놀고 비늘이 돋친 큰 잉어는 큰 잉어들과 함께 노는 것과 마찬가지였다.

전우치와 신광한과 송인수는 당대의 고붕(高朋)이었다.

높은 벗들은 높은 벗들끼리 모여 앉아서 노는 법이다.

어느 봄날 전우치가 신광한의 집으로 찾아갔다. 때마침 송인수도 신광한의 집에 와 있었다. 세 사람은 환담의 꽃을 피우기 시작했다. 동서 고금의 정치, 외교, 문학, 흥망 기복에 이르기까지 고담과 준론이 끝없이 오고갔다. 이들 세 사람은 술이 있고 벗만 있으면 그만인 듯하였다. 이야기는 이야기의 실마리를 붙잡고, 그 이야기는 또다시 다른 이야기의 실마리를 이끌어 무수한 환담이 쏟아졌다. 세 사람은 웃고 떠들어 대면서 긴 하루를 즐겼다.

그들의 이야기는 드디어 기인(奇人), 술객(術客), 요술(妖術), 마술(魔術)의 세계에까지 미치게 되었다. 한창 이야기꽃을 피우던 중에 신광한이 전우치를 보면서 넌지시 말했다.

"그깟 옛날 이야기들은 모두 집어치우고 전형(田兄)의 재주나 한 가지 구경해 봅시다.

"거 참, 좋은 말이오."

"내게 무슨 재주가 있단 말씀이오?"

"형의 재주는 이 세상이 이미 다 알고 있는 재주이니 한 번만 보여 주구려."

"허 참! 그럼 별 재주는 없지만….."

하고 말하며 전우치가 두 친구를 바라보고 있을 때 마침 저녁상이 나왔다. 주인과 객이 상 앞에 다가앉으며 마악 숟가락을 들려고 하는데, 전우치가 먼저 아무 말도 없이 밥 한 술을 떠서 입에 넣고는 질겅질겅 씹었다. 때문에 주인은 다소 무색해지지 않을 수 없었다. 먼저 밥을 먹으란 소리도 하지 않았는데 객이 먼저 밥을 먹는 것을 이상하게 생각하며 두 사람은 전우치를 바라보았다. 그런데 전우치는 한동안 밥을 씹기만 할 뿐 삼키지는 않았다. 때문에 신광한과 송인수는 속으로,

'아마도 무슨 술법을 베푸는가 보다.'

하고 생각하며 그의 행동을 계속해서 주시하게 되었다.

전우치는 이윽고 한참 동안 씹던 밥을 뜰에다 뱉어 버렸다. 두 사람은 씹힌 밥알들을 유심히 바라보았다. 그랬더니 그 밥알들이 천천히 꿈틀거리기 시작했다. 전우치는 그 광경을 바라보면서 그윽한 미소만 지을 뿐 아무 말도 하지 않고 그대로 앉아 있었다. 두 사람은 밥상을 옆으로 밀어 놓고 꿈틀거리는 밥알들을 더욱 유심히 바라보았다. 밥알들은 한층 더 빠르게 꿈틀거렸다. 실로 야릇한 일이었다. 두 사람은 함께 입을 모아 말했다.

"저런 것을 보이려고 밥을 먼저 씹었구려."

전우치는 이윽고 입을 열어 말했다.

"두 분의 간곡한 분부를 저버릴 수가 없기에 한번 해 보는 것이니, 조금만 더 기다리십시오."

두 사람은 꿈틀거리는 밥알들을 놓칠세라 정신을 집중시켜 들여다보았다. 그랬더니 그 밥알들이 갑자기 벌레의 알로 변하는 것이 아닌가. 순식간에 벌어진 일이었다.

"참으로 이상하오. 씹은 밥알이 벌레의 알이 되다니…."

신광한이 얼떨떨해하며 중얼거리자 전우치는 싱긋 웃으면서 말했다.

"조금만 더 기다려 보십시오."

진짜 재주는 조금 더 있다가 피운다는 얘기였다. 다음 순간 송인수가 소스라치게 놀라며 소리쳤다.

"아아! 저… 저걸 좀 봐! 저럴 수가!"

그가 놀라는 것은 너무나도 당연했다. 그 벌레 알 속으로부터 배꽃처럼 하얀 무수하게 많은 나비들이 일시에 날아오르는 것이 아닌가. 그리하여 뜰 안은 때 아닌 흰 나비들로 가득 차게 되었다.

한참 동안 흰 나비들이 춤추는 모습을 바라보던 두 사람은 너무나 신기해하며 감탄을 금치 못했다. 그러자 전우치는 잔잔한 목소리로 말했다.

"재주를 부린다는 게 겨우 저런 것이올시다."

다가오는 황혼 속에서 신광한의 집 뜰은 흰나비들의 춤

으로 인해 봄바람에 나부끼는 벚꽃과 같은 풍광을 누렸다. 신광한과 송인수는 너무나 신기하여 더 이상 아무 말도 하지 못했다.

"오동낙일엽(梧桐落一葉)에 가지천하지추(可知天下之秋)"

오동 잎새 하나 떨어지매 이미 천하에 가을이 온 것을 알겠다는 글을 가지고 선비들이 정자에 앉아 이야기를 나누고 있는데 여러 사람이 찾아왔다. 그 중의 한 선비가 엉뚱한 말을 했다.

"하늘에 천도 복숭아가 있다는 것이 사실인가?"

전우치를 보고 묻는 말이었다.

"있다 뿐인가. 있어도 아주 많지."

"우리들 인간으로서도 한 번 맛볼 수 있을까?"

"아무렴! 맛볼 수도 있는 노릇이지…."

전우치의 말을 듣고 있던 여러 선비들 중에는 군침을 꿀꺽 삼키는 사람도 있었다.

"그럼 자네의 재주로 그것 한 쪽만 먹어 보게 해 주게나."

전우치는 슬쩍 꽁무니를 뺐다.

"내가 무슨 재주로 그것을 따 오겠나."

선비들은 모두 전우치를 보면서 말했다.

"그러지 말고 어디 한 번 해 보라니까…."

엎드려서 축수하는 사람, 무당처럼 두 손을 모아 싹싹 비는 사람 등 모두들 전우치가 재주 피우기를 원했다. 전우치는 졸리다 졸리다 못해 속으로 은근히 이 사람들을 한 번 혼내 줘야겠다는 생각을 하면서 천도 복숭아를 따 오겠다고 대답했다.

한참 동안 뭔가 생각하던 전우치는 그들에게 노끈 백여 뭉치를 구해 오라고 했다. 그러자 그들은 기이한 술수를 보기 위하여 많은 노끈을 구해 왔다. 전우치가 그 많은 노끈들을 이었더니 그 길이가 한이 없을 정도로 길었다. 이윽고 그가 그 노끈 뭉치를 공중을 향해 던지자 노끈은 흰 구름을 꿰뚫으며 위로 올라갔다. 한 끝은 땅에 있고 한 끝은 하늘에 닿은 셈이었다. 여러 사람들이 그 같은 신기함에 감탄하고 있을 때, 전우치가 어린아이 하나를 부르더니,

"너, 그 노끈을 붙잡고 있어라. 그러면 자연히 하늘을 통하게 되리라."

하고 말했다. 어린아이는 겁을 내면서 대답했다.

"싫어요, 떨어지면 죽게요?"

"너를 죽이지는 않을 테니 어서 올라가거라."

여러 사람들이 신기한 구경을 하기 위해서 그 어린아이를 억지로 노끈에 매어 놓았다. 그랬더니 아이는 당겨지는 그 노끈을 따라 빠르게 공중으로 떠올랐다. 그러자 전우치

는 그 아이를 올려다보며,

"하늘까지 올라가면 천도 복숭아 밭이 있을 테니, 그 복숭아를 따서 땅으로 떨어뜨리고는 내려오너라."

하고 일러 주었다. 아이가 이윽고 흰 구름 속으로 들어가는 광경을 바라보던 모든 사람들은 너무나 신기하여 입을 쩌억 벌렸다.

아이는 드디어 흰 구름 속으로 들어가 버리고 말았다. 이제는 노끈도 아이도 보이지 않았다. 그런데 잠시 후 공중으로부터 복숭아 잎사귀들이 어지럽게 날리면서 천도 복숭아들이 뜰 안에 무수히 떨어졌다. 그것은 인간 세상의 복숭아보다 크고 둥글며 붉게 익은 모습을 가지고 있었다. 여러 사람들은 그것을 골고루 나누어 먹었는데, 그 맛은 이루 형용할 수 없을 정도로 좋았다. 달고도 시원하고 꿀맛 같았다. 여러 사람들은 그것이 생시인지 꿈인지 알 수가 없었다. 다만 황홀한 기분이었다. 한참 그렇게들 맛있게 천도 복숭아를 먹고 있는데, 하늘에서 웬 붉은 핏방울이 땅으로 떨어져 내렸다. 전우치는 그것을 보자 크게 놀라는 듯하더니,

"그것 참 대단히 안되었는걸."

하고 중얼거렸다. 때문에 여러 사람들이 모두 입을 모아서 물었다.

"뭐지요? 저 붉은 핏방울은?"

전우치는 한숨을 내쉬면서 대답했다.

"그 애가 그만 천도 복숭아를 훔치다가 밭을 지키는 선관(仙官)에게 들킨 모양이오."

"들키면 들켰지, 웬 붉은 피란 말이오?"

"옥황상제(玉皇上帝)께 여쭈어 아이를 참형(斬刑)에 처한 모양이오."

"예? 이거 큰일났구나, 큰일났어!"

여러 사람들의 얼굴은 모두 흙빛이 되고 말았다. 특히 그 아이의 부모는 어쩔 줄 몰라 하면서 쩔쩔매고 있는데 별안간 하늘에서,

"철커덕!"

하는 소리가 나더니 뭔가가 땅을 향해 떨어졌다. 그것은 그 아이의 두 다리였는데 선혈이 낭자했다. 여러 사람들은 천도 복숭아 맛이 다 어디로 흘러갔는지 알 수가 없을 지경이 되고 말았다. 모두 후들후들 떨기만 하였다. 그럴 즈음에 또 한 번,

"철커덕!"

하는 소리가 나더니 이번에는 아이의 머리와 두 팔이 공중에서 떨어져 내려왔고, 잠시 후에는 몸뚱이가 떨어졌다. 모두들 눈을 감으며 그 무시무시한 광경을 보지 않으려고

했는데, 전우치는 성큼성큼 뜰로 내려가더니 그것을 모두 거두어 가지고 왔다. 사람들은 더욱 혼비백산(魂飛魄散)하며 물었다.

"그걸 어떻게 하려고 그러시지요?"

그러자 전우치는 조용히 웃으면서 대꾸했다.

"뼈다귀라도 처리해 줘야겠기에…."

다음 순간 사람들은 더욱 크게 놀라지 않을 수 없었다. 하늘로 올라갔던 아이가 원래의 모습 그대로 전우치의 옆에 서서 웃고 있는 것이 아닌가. 사람들은 그제야 안도의 한숨을 내쉬며,

"원, 사람들을 그렇게 놀라게 하는 법이 어디 있소."

하고 중얼거렸다.

전우치는 그처럼 신비스럽고 불가사의한 술법으로 여러 사람들을 놀라게 하였다.

그는 어느 날 하늘나라 옥황상제(玉皇上帝)의 어명을 받든 사람이라면서 대명국(大明國)으로 들어갔다. 전우치는 명나라 황제를 보고 말했다.

"나는 해동(海東) 조선 사람인 바, 하늘나라의 일을 좀 보고 있소이다. 이번에 옥황상제께서 백옥루(白玉樓)를 중수(重修)하시는데 대들보를 황금으로 만들게 되었소. 그래서

옥황상제께서 명나라 황제게 분부하시는 말씀을 전하고자
하오."

황금 대들보 만드는 일을 명나라 황제가 담당하라는 말
에 명황은 감읍하면서 대답했다.

"하다뿐이겠습니까."

드디어 황금 대들보가 완성되자, 전우치는 그것을 받아
가지고 학(鶴) 두 마리를 불러 한 마리는 한 끝을 물고 한
마리는 또 다른 끝을 물고 공중으로 날아 올라가게 한 다
음, 자기도 또한 학 한 마리를 타고 공중으로 날아 오르며
황금 대들보를 쫓아갔다. 그것을 바라보고 있던 명황은 일
관(日官)에게 시켜 전우치가 가는 방향을 탐지케 하였다.

한참 동안 전우치가 가는 방향을 바라보던 일관은 이윽
고 말했다.

"황금 대들보와 전우치가 해동 조선으로 가는 듯하옵니
다."

그러자 명황은 크게 놀라 즉시 조선으로 사신을 보냈다.
전우치는 나라의 빈곤을 구하기 위해 그렇게 황금 대들보
를 가져오기는 하였으나, 그가 하늘로 올라가지 않고 해동
(海東)으로 흘러가는 것을 보고 명나라 황제가 사신을 보낸
것을 알고는 그 황금 대들보를 쉽사리 쓰기가 힘들겠기에,
담양(潭陽)에서 십 리 밖에 있는 원률천(原栗川)이란 시내에

내동댕이쳐 버려 아무도 그것을 아는 이가 없게 되었다.

그런데 전우치의 이 같은 신비한 행위는 뭇 사람들이 시기하게 되는 원인이 되었고, 조정에서는 결국 혹세무민(惑世誣民)한다고 하여 그를 잡아 엄형(嚴刑)에 처하기로 하였다.

그가 황해도 신천(信川) 땅에 있을 때였다. 그는 조용히 입을 다문 채 아무런 변명도 하지 않았다. 승천입지(昇天入地: 하늘에 오르고 땅에 숨어 자취를 감추고 없어짐)도 마음대로 할 수 있는 그였지만, 그도 한 명의 나라의 신하이며 백성이었다. 때문에 왕명(王命)을 거역하지 않으려고 했던 모양이었다. 그는 얼마든지 피할 수 있는 자기의 몸을 형리(刑吏)들에게 내맡겼다. 그런데 그는 형리들에게 문초 받을 때의 혹독한 매질과 고문을 피하기 위해서였는지 신천옥(信川獄)에 갇힌 지 얼마 지나지 않아 이름을 알 수 없는 병을 얻어 죽었다.

전우치가 옥중에서 세상을 떠난 지 얼마 후, 차오산(車五山)의 부친인 차식(車軾)이 서재에서 책을 뒤적거리고 있을 때였다. 그는 호를 이재(頤齋)라고 했으며, 열 살 때 이미 시서(詩書)를 암송할 수 있었기에 신동이라고 불리던 사람이다. 그는 서화담, 김모재 등에게 글을 배워 문명을 일세에 떨치고, 후에 벼슬을 하여 재상까지 된 사람이다. 그러한 차식이 서재에서 책을 뒤적이고 있는데 전우치가 나타났다. 그리고는 잠시 이야기를 나누다가 차식에게 말했다.

"잠시 보고 드릴 테니 두보(杜甫) 시집을 빌려 주시오."

그러자 차식은 쾌히 승낙하고 두보 시집을 빌려 주었다. 책을 빌린 전우치는 고맙다고 치하하면서 돌아갔다. 그때 마침 차식의 아들 차오산(車五山)이 출타하였다가 돌아왔다.

오산은 들어오면서 부친에게 물었다.

"지금 어떤 손님이 왔다 갔습니까?"

"전우치가 왔다가 두보 시집을 빌려 가지고 갔다."

그러자 오산은 크게 놀라 당황하며 말했다.

"전우치가 신천에서 옥사한 지가 오래 되었사온데 어떻게 그가 왔다는 거지요? 아버님께서 혹시 잘못 보신 건 아닌지요."

차식은 아들의 말을 듣고서야 비로소 전우치가 죽은 줄을 알았는데, 그가 산 사람처럼 나타나 책을 빌려 간 전후 사정을 이야기하면서 아들에게 말했다.

"전우치야말로 기이한 인물이다. 그는 실로 생사의 구별이 없는 인물이었구나."

차오산은 부친의 말을 듣고 하도 신기하여 그가 쓰던 〈오산설림(五山設林)〉이란 책에 그 이야기를 모두 기록하여 두었다.

　신천 현감(信川縣監)은 전우치의 죽음을 동정한 사람이어서 죽은 시체를 엄장하여 양지바른 곳에 초빈(初殯: 어떤 사정으로 인해 장사를 지내지 못하고 송장을 방 안에 둘 수 없을 때 한데나 의지간依支間에 관을 두고 이엉 등으로 그 위를 이어 눈이나 비를 가리게 하는 일)해 두고는 유가족에게 이장해 가라고 통지해 주었다. 전우치의 부인과 아들들은 크게 통곡하며 수의(壽衣)와 관을 준비하여 신천으로 달려가 제물을 갖추어 전(奠: 장사 지내기 전에 영좌 앞에 간단하게 술·과일 등을 차려 놓는 예식)을 올리고 초빈을 파서 수의와 관을 새것으로 하고자 했다. 그런데 관을 열어 보았더니 이게 도대체 어찌 된 일인가! 빈 관만 있고 송장은 온데간데없지 아니한가! 유가족들은 황급히 신천 현감에게 알리는 동시에 시체의 행방을 물었다. 그러자 신천 현감은 이렇게 대답했다.
　"나도 전우치가 하도 신기한 사람이란 말을 들었기에 혹시 무슨 일이라도 있을까 하여 초빈할 때 시체를 검사하고 관에 넣었소."
　상주들은 그 이야기를 듣고는 어찌할 도리가 없기에 빈 관만 그대로 땅에 묻는 공관이장(空棺移葬)을 했다.

전우치가 차식에게 빌려 간 책은 그 후 다시 돌려보내지 않았는데, 차오산이 그가 죽었다는 이야기를 하지 않았다면 그는 또 한 번 차식 앞에 나타나 빌려 간 두보 시집을 반환했을지도 모른다.

그는 세상에서 죽었다는 말이 난 뒤에 살아 있다는 것을 알리기가 싫었던 모양이다. 그는 끝내 그의 가족 앞에는 나타나지 않았는데, 실로 이인이라고 말하지 않을 수 없다. 그는 신선처럼 묘향산이나 구월산 같은 데서 세상을 비웃으며 아직까지 살아 있는지도 모른다. 얼마나 기괴한 이야기인가.

누르하치도 벌벌 떤 용장 박엽

광해군(光海君) 때 사람 박엽(朴燁)은 탁월한 재주를 가졌음에도 불구하고 광해군의 동서라는 이유 하나만으로 임금의 몰락과 함께 억울한 죽음을 당하고 말았는데, 그의 죽음이 본인 한 사람의 불행으로 끝나지 않고 나라의 환난으로 이어졌으니 안타까운 일이 아닐 수 없다.

박엽은 어렸을 때부터 기운이 장사여서, 오줌을 눌 때 아랫배에 힘을 주면 오줌발이 지붕을 넘을 정도였다고 한다.

그는 글을 읽기 시작한 뒤부터 〈사서삼경〉에 능통했을 뿐만 아니라 천문 지리와 병서까지 두루 꿰뚫었고 술수에도 조예가 깊어 축지법으로 하루에 수백 리를 바람같이 달릴 수 있었다.

박엽은 일찍이 과거에 급제하여 벼슬이 차차 오르다가 광해군 5년에 평안 감사로 나갔는데, 그가 관서 지방을 다스리는 동안 그 위엄이 평안도 한 곳에만 떨쳐진 것이 아니라 만주에까지 떨쳤기에 오랑캐들도 무서워하게 되었다.

그의 감사 재직 기간은 10여 년이나 되었는데, 조정에서 그에게 그처럼 오랫동안 평안도 한 곳을 맡긴 까닭은 만주 오랑캐의 기세가 심상치 않을 뿐 아니라 그들이 자주 우리 국경을 침범했기 때문이다. 그만큼 박엽이 국방의 최적임 자였던 셈이다.

당시 만주의 오랑캐 중에 누르하치라는 영웅이 나타나 다른 부족들을 차츰 정복하여 세력을 키우다가 마침내 후 금나라를 세웠으며, 곧이어 청나라로 국호를 고치고 태조 가 되었다.

청 태조는 머잖아 명나라를 쓰러뜨리고 중원의 패권을 차지하려는 야심을 키우고 있었는데, 배후의 조선이 신경 쓰였다. 조선은 오랫동안 명나라와 깊은 관계를 맺고 있었 기에 자기들이 명나라와 싸우게 되는 경우 협공 당하지나 않을까 염려되었기 때문이었다. 그러다 보니 조선과 청나 라 사이에는 견제와 경계라는 미묘한 기류가 흐르지 않을 수 없게 되었다.

"여봐라! 호방 비장을 불러라!"

어느 날 밤에 자다 말고 일어난 박엽이 느닷없이 호령을 했다.

밤중에 급한 부름을 받은 호방 비장이 선화당에 당도했더니, 박엽은 뜻밖의 지시를 했다.

"날이 밝는 대로 급히 쓸 것이니, 술과 안주를 잘 장만하여 멀리 가져가기 편하도록 꾸려 두게."

호방 비장은 어이가 없었으나 감히 불평하지 못하고 물러나와 지시대로 부랴부랴 술과 안주를 만들었다.

이윽고 아침이 되어 호방 비장이 술병과 찬합을 갖다 바쳤더니, 박엽은 여러 비장들 중에서도 제일 튼튼하고 영리한 사람을 불러 조용히 말했다.

"이 술과 안주를 가지고 곧장 중화 고을 매지고개로 가거라. 거기서 기다리고 있으면 건장한 두 사나이가 지나갈 것이다. 그러면 그들한테 이것을 대접하며 '너희들이 국경을 넘어와 함부로 돌아다니는 줄 아는 사람이 한둘이 아니다. 냉큼 돌아가지 않으면 살아남지 못하리라. 고생이 심했을 터이기에 이 음식을 대접하는 것이니 돌아가서 너희 주인더러 엉뚱한 마음먹지 말라고 전해라' 하고 단단히 일러서 보내라. 알겠느냐?"

"예, 분부 알아 모시겠습니다."

절을 하고 물러나오기는 했으나, 비장은 속으로 그것이 무슨 미친 짓인가 싶었다. 그러나 사또의 명령이니만큼 군말 없이 시행하지 않을 수 없었다.

　마침내 목적지인 매지고개에 다다른 비장은 말을 길가의 나무에 매 놓고 넓적한 바위 위에 올라앉아 땀을 식혔다.

　'아무리 감사또 어른의 재주가 영민하다지만, 이런 얼토당토않은 노릇이 있나. 아무래도 내가 덕분에 잘 먹고 잘 취해서 산놀이를 잘 하고 가게 되나 보다.'

　비장이 그런 생각을 하며 무료하게 시간을 죽이고 있을 때, 문득 고개 아래쪽으로부터 인기척이 들려왔다.

　긴장하여 바라보니, 이윽고 괴나리봇짐을 지고 지팡이를 끌며 올라오는 두 사나이의 모습이 눈에 들어왔다. 과연 두 사나이 모두 건장한 체격에 우락부락한 인상이었다.

　'옳거니! 저놈들이로구나.'

　비장은 박엽의 신통술에 찬탄을 금치 못하며,

　"여보시오, 나 좀 봅시다."

　하고 우렁우렁한 목소리로 말을 붙였다.

　"왜 그러시오?"

　"여기 술과 안주가 있으니 올라와서 자시고 가는 것이 어떠하오?"

　두 사내는 걸음을 멈추고 서로를 쳐다보더니 두말 없이 바위 위로 올라왔다. 목마르고 출출했던 차라 거절할 이유가 없었던 것이다.

　비장은 술을 부어 주고 안주를 대접하며 말했다.

"솔직히 말하자면 나는 평안 감영의 구실아치이고, 이 술과 안주는 우리 감사또 어른이 보낸 것이라오. 나더러 노형 두 분을 기다렸다가 대접하라고 지시하셨소."

그 말을 들은 두 사내는 눈이 휘둥그레졌다.

"두 분이 국경을 넘어와 염탐하고 돌아다니는 줄을 아는 사람이 한둘이 아니오. 붙잡아서 당장 요절을 낼 판이지만, 특히 우리 감사또 어른은 생각이 깊은 분이라 이런 호의를 베풀면서 나더러 잘 타이르라고 하십디다. 돌아가거든 당신네 주인한테 똑똑히 이르시오. 우리나라에는 박엽 감사또 어른과 같은 이인 재사들이 수두룩하니 엉뚱한 야망으로 노략질하여 화근을 만들 생각은 아예 말라고 말이오. 노형들은 이 술과 안주를 자시고 한달음에 돌아가도록 하시오. 괜히 어정거리다가는 목이 열 개라도 모자랄 테니."

두 사내는 넓죽 엎드려 비장에게 절을 하며 한마디씩 했다.

"그렇게 선처해 주시니 그 은혜가 하늘과 같습니다."

"박엽 어른은 듣던 바와 같이 참으로 대단한 분인 줄 이제 똑똑히 알았습니다."

그리고는 술과 안주를 채 비우지도 못하고 허둥지둥 달아나고 말았다.

'우리 감사또 어른은 참으로 귀신이로다.'

비장은 탄복해 마지않으며 돌아와 박엽에게 그 같은 경위를 보고했다.

"그랬느냐. 수고가 많았다."

"그 두 사내의 정체는 무엇이며, 감사또께서는 그들이 그곳을 지나갈 줄 어떻게 아셨습니까?"

"그것은 차차 알게 될 것이다."

박엽은 빙그레 웃기만 했는데, 비장이 고개에서 만난 두 사내는 바로 청 태조의 용맹스런 장수인 용골대와 마부대였다. 두 사람은 그 후 병자호란 때 선봉이 되어 우리나라에 쳐들어왔거니와, 전쟁에 대비하여 청 태조의 밀명을 받고 미리 조선의 산천 지리를 조사하고 나라 안 사정을 염탐할 목적으로 들어왔다가 박엽에게 걸려든 것이었다.

자기 나라에 돌아간 용골대와 마부대는 청 태조에게 자초지종을 보고한 다음,

"박엽은 천하에 둘도 없는 이인이요, 무서운 장수이니 경계해야 합니다."

하고 충언을 올렸다.

"아하! 조선에 그 같은 인물이 있는 이상 함부로 범할 수 없구나."

청 태조는 탄식해 마지않았다.

어느 날 밤 박엽은 수청 드는 기생을 보고 웃으며 물었다.

"너 지금 나를 따라가서 좋은 구경을 해 보겠느냐?"

"좋습니다. 가고말고요."

"그러면 따라나서거라."

기생을 조용히 데리고 나간 박엽은 마구간에서 자기의 애마를 끌어내었다. 그러고는 기생의 눈을 수건으로 가린 다음 말에 태우고 자기도 올라타서는 두 몸뚱이를 피륙으로 둘둘 말아 묶었다.

박차를 가함과 동시에 말이 내닫는데 얼마나 빨리 달리는지 기생의 귀에는 세찬 바람 소리밖에 들리지 않았다.

얼마나 그렇게 달렸을까. 마침내 박엽은 고삐를 당겨 말을 멈추고 기생의 몸을 피륙과 수건으로부터 해방시켜 주었다.

기생이 둘러보니 달빛 아래에 무수한 군막들이 끝이 어딘지도 모르게 쳐져 있는데, 박엽은 그 중에서 가장 큰 군막 안으로 기생을 데리고 들어갔다.

군막 안에는 교탁을 사이에 두고 의자만 두 개 놓여 있을 뿐 아무도 없었다.

"여기가 대관절 어딥니까?"

기생이 눈이 휘둥그레져서 묻자 박엽은 싱긋 웃었다.

"차차 알게 될 것이니 우선 저 장막 뒤에 숨어라."

기생은 영문도 모른 채 시키는 대로 했다.

잠시 후 요란한 말발굽 소리가 나더니 장막 밖에서 멈추었다. 한 무리의 기마대가 들이닥친 것이다.

뒤이어 한 장수가 군막 안에 들어서는데, 키가 여덟 자나 되고 몸집이 황소 같았으며 붉은 갑옷을 입고 손에는 보검을 들고 있었다. 그 장수는 박엽을 보자마자 우렁우렁한 목소리로 말했다.

"오! 과연 와 주었구나."

"대장부가 어찌 약속을 어기겠나."

"여러 말 필요 없이, 오늘 밤에는 검술로써 자웅을 가리자."

"여부가 있겠는가."

그와 같은 수작에 이어 두 장수는 군막 밖으로 나가서 칼솜씨를 겨루기 시작했는데, 그 손놀림이 어찌나 빠른지 칼은 보이지 않고 부딪치는 불똥과 금속성만 눈을 부시게 하고 귀를 아프게 할 따름이었다. 나중에는 한 덩어리 눈부신 검광이 공중에 떠올라 어지럽게 움직일 뿐 사람의 모습마저 보이지 않았다.

기생은 무작정 따라나선 길이 여간 후회되지 않았다. 간이 콩알만 해진 중에도 박엽이 제발 다치지 않게 해 달라고 하늘에 빌고 빌었다. 자칫하다가는 자기마저 돌아가지도 못하고 험한 봉변을 당할 판이었기 때문이다.

한참 그렇게 칼 바람이 일어나던 중에 '쨍그렁' 하는 소리와 함께 한 사람이 땅 위에 털퍼덕 떨어졌다.

"자, 어떠냐?"

상대자가 그렇게 물으며 뒤미처 땅 위에 내려섰는데, 기생이 들으니 박엽의 목소리였다.

"내가 졌소. 일찍이 장군의 명성을 익히 들었지만 과연 명불허전이로군. 깨끗이 승복하리다."

"그 솔직한 태도가 마음에 드는구려."

박엽은 그 장수를 일으켜 데리고 장막 안으로 들어왔다. 그러고는 미리 준비해 온 술과 안주를 내놓고 술판을 벌였다. 두 사람은 언제 살벌한 칼부림을 했느냐는 듯 친구처럼 대화하며 술을 마셨다.

이윽고 그 장수가 먼저 돌아갈 뜻을 비쳤다. 두 사람은 군례로써 작별 인사를 했고, 그 장수는 말에 올라 먼지를 일으키며 부하들을 데리고 사라져 버렸다.

"사또 어른!"

기생이 기다렸다는 듯이 달려 나오자 박엽은,

"아직 그대로 있거라."

하고 교의에 올라앉은 그대로 눈을 감고 뭐라고 중얼거

렸다.

잠시 후, 그곳을 떠났던 장수가 후줄근해진 꼬락서니로 되돌아와 박엽 앞에 한쪽 무릎을 꿇고 말했다.

"장군, 내가 이미 승복했는데 더 무엇을 시험할 필요가 있다고 이러시오?"

그 장수는 돌아가다가 난데없는 회오리바람을 만나 부하들을 모두 날려 보내고는, 그것이 박엽의 조화술에 의한 것임을 알아차리고 목숨을 구걸하기 위해 되돌아왔던 것이다.

박엽은 한껏 위엄을 부리며 준엄하게 말했다.

"그럼 들으시오. 내가 여기 올 때는 그대를 죽여 화근을 없앨 작정이었으나, 보아하니 그대는 크게 융성할 천운을 타고났으므로 차마 죽일 수가 없어 돌려보내는 것이오. 그러나 만일 교만한 마음을 품고 나중에 우리 조선을 넘보는 날에는 내가 그 천운을 꺾어 버리고 반드시 살려 두지 않을 것이니 부디 명심하시오."

"잘 알았소."

그제야 박엽은 회오리바람을 거두고 그 장수가 돌아갈 길을 터 주었다. 그리고는 비로소 장막 뒤의 기생을 불러내어 올 때와 마찬가지로 꾸며 가지고 귀로에 올랐다.

"사또 어른. 쉰네는 도무지 꿈을 꾸는 것 같고, 아직도 두

근거리는 가슴을 달랠 수가 없습니다. 대관절 어떻게 된 연유입니까?"

"구경만 잘 했으면 됐지 곡절은 알아서 무엇 하느냐?"

박엽은 기생의 궁금증을 그런 식으로 받아넘기기만 했다.

기생으로서는 꿈에도 짐작할 수 없었지만, 그들이 갔던 곳은 오랑캐들의 소굴인 심양이었고, 군막들은 군사를 교련하는 연무장이었으며, 문제의 장수는 바로 청 태조였다. 청 태조는 용골대와 마부대가 돌아와서 박엽에 대해 침이 마르도록 이야기를 하므로 그가 과연 그렇게 무서운 인물인지 확인해 보고 싶어 은밀히 연락을 취하여 만나게 되었던 것이다. 그런데 만나서 검술을 겨루고 술잔을 주고받으니 소문대로 굉장한 인물임에 틀림없었다.

진심으로 감복한 청 태조는 박엽이 존재하는 한 조선을 넘보아서는 안 되겠다고 생각했다. 그러나 하늘의 뜻 역시 어쩔 수 없는 것이다.

박엽이 조정 정변의 소용돌이에 휩쓸려 억울하게 목숨을 잃게 되니, 나라로서는 크나큰 화근을 사서 불러일으킨 격이요, 청 태조로서는 춤을 추어야 할 일이 아닐 수 없었다.

어느 날 박엽은 자기 휘하의 요직에 있는 구인후를 불러

뜻밖의 지시를 했다.

"내 일찍이 홍전(紅氈) 열 바리를 준비해 둔 것이 있으니, 상경하게 될 때 가지고 가오."

홍전은 짐승의 붉은 털로 짠 피륙인데, 그 말을 들은 구인후는 어안이 벙벙해졌다.

"사또, 갑자기 상경은 웬 상경이며, 홍전은 또 열 바리씩이나 어디에다 쓰라는 말씀입니까?"

"두고 보오. 영감은 반드시 상경할 일이 있을 것이니. 그때 홍전을 가지고 가면 요긴하게 쓰일 데가 있을 것이오."

구인후는 평소의 박엽이 앞일을 훤히 꿰뚫어 보는 재주가 있는 줄은 알지만 도무지 납득이 가지 않았다.

그런데 며칠이 지나 김유, 이귀 등 인조 반정을 꾀하는 사람들로부터 빨리 상경하라는 기별이 왔다. 구인후 또한 그 동아리였던 것이다.

구인후는 박엽의 식견에 다시 한 번 감탄하며 찾아가 작별 인사를 하자, 박엽이 뜻밖의 부탁을 했다.

"영감, 이번에 헤어지면 또 만나기 어려워지게 될 거요. 내가 간곡히 부탁할 일이 하나 있소."

"무엇입니까?"

"내가 죽거든 내 시신을 영감이 거두어 주기 바라오."

"아니, 그게 무슨 해괴한 말씀입니까?"

구인후가 깜짝 놀라서 묻자, 박엽은 쓸쓸히 웃었다.

"하늘이 정해 준 운수를 내 무슨 재주로 피하겠소. 영감도 나중에 알게 될 것이오."

구인후는 영문을 알지 못한 채 박엽이 주는 홍전 열 바리를 가지고 상경길에 올랐다

광해군 15년 3월 30일 밤, 반정을 꾀하는 사람들이 드디어 행동을 개시할 무렵이었다.

박엽은 홀로 촛불을 밝히고 칼을 어루만지며 광해군의 운명을 한없이 슬퍼했다.

그때 밖에서 기침 소리가 들려왔다.

"거 누구냐?"

"용골대올시다."

"음, 그대가 찾아올 줄 알았다."

박엽은 그를 불러들였다.

"어찌 왔느냐?"

"중요한 의논을 드릴 일이 있어서 왔습니다."

"무엇인가?"

"저희 황제께서는 머잖아 귀국에 큰 정변이 일어날 것이라고 하셨습니다. 그렇게 되면 필경 장군께서 화를 입게 될 것이므로 걱정이라며, 저더러 찾아뵙고 도움 말씀을 올리

라고 하셨습니다."

"흠, 너의 군주도 보통 위인이 아니지. 그래, 도움말이란 대체 어떤 것인가?"

"정변이 일어나 세상이 바뀌는 경우, 장군께서 취하실 방안은 세 가지가 있습니다. 첫째, 군사를 일으켜 남쪽을 경계하고 우리나라와 통하면 임진강 이북의 조선 북서부 땅은 장군의 차지가 될 것이므로 그것이 상책입니다."

"중책은 무엇이냐?"

"장군께서 휘하의 군대를 이끌고 상경하여 반정을 진압하는 것입니다. 그러나 그 승패는 점칠 수 없으므로 중책이라고 생각합니다."

"그럼 하책은?"

"장군께서 대대로 국록을 받은 가문의 명예를 생각하셔서 오직 조정의 명령이 떨어지기를 기다려 순응하는 것입니다."

"그렇다면 내 마땅히 하책을 따를 수밖에 없지 않겠느냐."

"그러실 줄 알았습니다."

용골대는 한숨을 쉬며 자리에서 일어나 인사를 하고 물러가 버렸다.

조선의 사정을 염탐하다가 반정의 움직임을 포착한 청

태조는 가장 마음에 걸리는 존재인 박엽이 어떤 태도를 취할지 알아보려고 용골대를 보냈던 것이다. 그런데 박엽이 스스로 죽는 길을 택하겠다고 말했다니 기쁘지 않을 수 없었다. 박엽이 죽고 나면 조선의 장수 재목으로는 임경업밖에 없는데, 자기가 보기에 그 또한 머잖아 화를 입을 운수였다. 따라서 이제는 조선에 대하여 아무리 함부로 굴더라도 꺼릴 구석이 없어지는 셈이었다.

박엽은 광해군의 동서로서 특별한 신임을 받고 있었고, 그래서 오랑캐들의 불안한 움직임을 감안해 그를 오랫동안 서북쪽 국방 책임자로 앉혀 두었던 것이다.

과연 반정이 성공하여 인조가 즉위한 뒤 조정에서는 박엽의 처분 문제로 의견이 분분했는데, 광해군의 동서이므로 후환이 두려워서도 죽이지 않을 수 없다는 쪽으로 결론이 났다. 그러나 그가 용맹하고 재주 많은 장수이기 때문에 섣불리 건드릴 수 없어 다들 걱정일 때 구인후가 말했다.

"박엽은 범 같은 용맹을 가졌으나 그 기개는 순수한 사람입니다. 나라의 명령이면 순순히 복종할 것입니다."

그의 선견지명에 감복하여 구명 운동에 앞장섰던 구인후도 대세가 기울자 어쩔 수 없었던 것이다. 그리하여 도원수 한준겸이 평양으로 가서 박엽을 만났다.

"어명이니, 죄인 박엽은 나와서 처분을 받으시오."

"내가 여태 오직 나라를 위하여 살아왔는데 어째서 죄인 이라고 하오?"

"세상이 바뀌었기 때문이오."

"흠, 그렇군. 새 전하께서는 어지신 분이나 김유 따위는 소인이니 앞으로 나라의 일이 걱정이구려."

박엽은 탄식하고 엎드려 목을 늘여 순순히 칼을 받았다. 당시의 국방 정세에서 꼭 필요한 인물을 그처럼 허망하게 없애고 만 것이다.

그런데 인조반정이 일어나던 날 밤, 반정 지휘부는 어 둠 속에서 관군과 반정군을 어떻게 구별할지 몰라 고민이 던 중에 문득 박엽이 구인후 편으로 보낸 홍전이 생각나 그 것으로 털벙거지를 만들어 반정군이 하나씩 쓰게 함으로써 문제를 손쉽게 해결했던 것이니, 그때부터 우리나라에 털 벙거지가 전해지게 되었다.

한편, 박엽이 있는 동안은 감히 압록강을 넘어오지 못하 던 청나라는 박엽이 죽었다는 소식을 듣자 자주 압록강을 넘어왔고, 마침내 병자호란이 일어나 인조는 청나라 장수 용골대 앞에서 무릎을 꿇는 치욕을 당해야 했다. 이때 용골 대가 "이제 박엽을 죽인 것이 후회되겠지?" 하고 조롱하며 호통을 쳤다고 한다.

병자호란을 예언한 문경새재 성황신

최명길(崔鳴吉)은 임진왜란 때의 이항복(李恒福)만큼이나 유명한 사람이다.

이 이야기는 성황당 산신이 병자호란(丙子胡亂)이 일어날 것을 예고하였다는 내용을 담고 있다. 사실 병자호란 때 남한산성(南漢山城)에서 치욕을 당하기는 했지만, 김상헌(金尙憲)과 같은 주전론자(主戰論者)들만 있었다면 조선의 국맥(國脈)을 이어 가지 못했을지도 모른다. 따라서 최명길을 가리켜 '주화매국(主和賣國)'한 사람이라고 평할 인사들도 많겠지만, 그는 진정으로 나라를 아꼈기 때문에 '화(和)'를 주장했던 것이다. 절대로 청국에 나라를 팔기 위해 화를 주장한 것이 아니었다.

그가 젊었을 때 안동 부사(安東府使)로 있는 외삼촌을 만나기 위해 길을 떠난 적이 있었다. 안동으로 향하는 길 도중에는 무시무시한 문경새재가 가로놓여 있었는데, 그 높은 재는 늘 음산했으며 도적이 잘 끓었다.

문경새재를 무사히 지나 안동으로 가는 길로 들어서서 얼마쯤 서서히 말을 몰고 가는데, 그는 문득 한 여인이 뒤에서 따라오고 있는 것을 깨달았다.

'웬 여인일까?'

힐끗 쳐다보니 상당한 미모를 가진 여인이었다. 나이는 중년이 거의 다 되어 보이는데 옷차림이 매우 찬란했다.

'양반집 부인 같기는 한데, 이 깊은 산길을 혼자서 가다니 잘못하면 도적들을 만나 화를 입게 될 텐데. 더욱이 젊은 부인이어서 도적맞을 것이 한 가지 더 있지 않은가.'

그는 그런 걱정까지 하면서 말고삐를 늦추었다.

그런데 그는 은근히 놀라지 않을 수 없었다. 여인이 어느 샌가 십여 간이나 그의 앞에서 걸어가고 있지 않은가!

'희한한 일이다. 어느새 나를 앞질렀을까?'

그는 뭔가 좀 이상하다고 생각하며 한참 동안 여인의 뒤를 따라갔다.

얼마쯤 가다가 보니 한 주막이 보였다. 여인은 주막에 들르지 않을 생각인지 그냥 지나쳐 가고 있었다.

'별 걸음도 다 있다! 부즉불리(不卽不離: 두 관계가 붙지도 떨어지지도 않음)라더니.'

그를 태운 말이 걷는 속도보다 떨어지지도 않고 그렇다고 별로 앞서지도 않는 매우 신비한 걸음이었다.

'대체 저게 사람인가, 요귀인가?'

그는 그렇게 생각하며 머리를 갸우뚱하는데, 앞서 가는 여인은 뒤돌아보며 생긋 웃기까지 했다. 대체 무슨 요물인가? 너무나 이상한 여인이었다.

최명길은 원래 정신이 건강한 사람이었을 뿐만 아니라 정정당당한 성품을 가지고 있었으며, 오랜 지병 때문이었는지 여색을 그다지 좋아하지 않았다. 그러므로 수십 리를 함께 걸어가며 이따금 해죽해죽 웃어 보이는 그 요망스런 여인이 이상하게 생각되기만 했다. 그렇다고 그 모습에서 음탕한 점이 엿보이지는 않았다. 그녀는 어디까지나 양반집 부인같이 얌전해 보였다.

그럭저럭 그들은 안동을 지척에서 바라볼 수 있는 지점에까지 이르렀다. 고개에 이른 최명길은 말에서 내려 소변을 보고 잠시 잔디밭에 앉아서 쉬었다.

"서방님은 어디로 가시는가요?"

홀연히 바로 옆에서 제법 고운 목소리가 들려 왔다.

'움찔' 하고 놀라며 고개를 들어 보니 아까 그 여인이 방긋이 웃으며 서 있었다.

"예, 안동까지 가는 길입니다. 댁은 어디까지 가시는지요?”

“저도 안동까지 가는 길이랍니다. 서방님하고 같이 걷게 되어 적이 마음이 놓이는군요.

최명길은 호기심이 생겨 다시 물었다.

“젊은 부인께서 무슨 일로 안동까지 이렇게 혼자 가시는 겁니까?”

“원래 저는 문경에 사는 사람입니다.”

“문경 어디에 사시나요?”

“놀라지는 마세요. 저는 문경새재의 성황신(城隍神: ‘서낭 신’의 원말)이올시다.”

최명길은 젊은 사람이었지만 그다지 놀라지 않으며 말을 이었다.

“그러세요? 그런데 무슨 일로 이렇게 어려운 행차를 하시나요?”

“그럴 만한 일이 좀 있습니다.”

“말씀해 보시지요. 혹시 제가 도와 드릴 일이라도 있으면….”

그가 슬쩍 호의를 보이자 그녀는 그 말을 기다리고 있었다는 듯이 말했다.

“글쎄, 안동 좌수놈이 서울에 갔다 오다가 제 비단 치마를 훔쳐 갔답니다. 고얀 놈이지요. 그 치마는 문경에 사는 최 부자 집에서 해 온 것인데, 그놈이 서울에 갔다 오다가 탐이 나서 그만 가져가지 않았겠어요. 그놈을 그냥 두지 않으렵니다.”

그녀의 얼굴에는 크게 노한 빛이 어려 있었다.

“그때 제가 집에 있었으면 벼락을 쳤겠는데, 나들이를 잠깐 하고 왔더니 그놈이 훔쳐 가지 않았겠어요.”

“과히 좋은 일은 아니군요.”

“그놈을 당장 죽여야겠습니다.”

“부디 그러지는 마십시오.”

“그건 왜요?”

“제 외삼촌의 부하가 되는 사람이니 좀 봐 주십시오.”

“하지만 사는 사고 공은 공이 아니겠어요?”

“그건 그렇습니다만.”

“하여간 혼을 내야겠어요.”

“혼은 내셔도 죽이지는 마시오.”

“그놈의 딸을 혼내 줘야겠어요.”

“그건 처분껏 하십시오.”

문경새재는 옛날부터 험준한 요새지(要塞地)로서 별장(別將)을 두어 지켜 오던 지대였다. 그러한 곳이니만큼 성황신은 매우 영검스러웠다.

안동읍에 거의 다 왔을 때 성황신이라는 여인은 갑자기

어디로 사라졌는지 보이지 않았다.

　그로부터 얼마 지나지 않아 최명길이 안동읍으로 들어가 보니 좌수의 집이 별안간 난가(亂家: 화목하지 못하고 어수선한 집안)가 되어 곡성이 낭자했다. 최명길은 속으로,
　'허어, 정말이었군!'
　하고 감탄하면서 우선 그 집으로 들어갔다. 그러나 난가가 된 집이었으니 누구 하나 그를 맞아 주는 이가 없었다. 그는 성큼성큼 걸어서 안으로 들어가 좌수인 듯한 사람을 향해 말했다.
　"나는 안동 부사의 생질인데 할말이 있소이다."
　부사의 생질이란 말을 듣자 좌수는 얼른 일어나 그를 맞이했다.
　"따님이 지금 죽었지요?"
　최명길이 홍두깨 내밀 듯이 그렇게 말하자 좌수는 깜짝 놀라며 대답했다.
　"손님께서 어찌 그것을 아시지요?"
　"그 때문에 내가 온 것이오. 내가 따님 방에만 들어가면 살릴 수가 있소이다."
　"송장이 있는데 어찌 고귀하신 몸이 들어가시려는 겁니까?"

"원 별 말씀을 다 하시오."

좌수는 일어나더니 그를 딸의 방으로 인도했다. 최명길이 그 방으로 들어가자 성황신은 뒷문으로 해서 도망쳐 버렸다. 그 순간 좌수의 딸은 숨을 쉬기 시작하면서 다시 살아났다.

"여보시오. 이제 따님 인중(人中: 코의 밑과 윗입술 사이의 우묵하게 파인 곳)에 손을 대 보시오."

인중에 손을 대 보니 과연 소생하는 뜨거운 기운이 느껴졌다. 그러자 가족들은,

"여보 마누라, 얘가 살아났소."

"아이구, 아가!"

"아가, 도대체 어떻게 된 일이냐?"

하면서 떠들어 댔다.

그때 최명길이 말했다.

"차차 더 완구히 치료할 수 있소이다. 그러니 병이 깨끗이 다 나았다고는 단정하지 마십시오. 병 낫는 방법을 내가 가르쳐 드릴 테니 나를 따라 나오시오."

잠시 후 좌수의 사랑방 안에서 최명길은 말했다.

"여보시오, 그 문경새재 성황신의 치마를 돌려주시오. 그러면 병이 완전히 나으리다."

"그건 또 어떻게 아셨소?"

“아는 길이 있지요.”

“그러면 어떻게 하오리까?”

“치마를 불사르고 무당을 들여 크게 치성을 드리시오.”

“즉시 그렇게 하겠소이다.”

좌수는 곧 무당을 불러 치성을 드렸다.

그랬더니 얼마 후, 성장한 성황신 여인이 최명길 앞에 나
타나서,

“서방님 덕택에 치마도 찾고 제사도 잘 얻어먹었습니다.
그 깊은 은혜를 갚겠으니 돌아가실 때 반드시 저를 찾아 주
십시오.”

하고 말하더니 사라졌다.

최명길은 한동안 안동 부사인 외삼촌네 집에서 머물며
놀다가 십여 일 후 돌아가는 길에 문경새재에 이르게 되었
다. 그가 드디어 드높은 새재 고개에 당도했을 때 숲 속에
서 그 여인이 불쑥 나타났다.

“그 동안 안녕하셨습니까?”

하고 성황신에게 인사를 했더니 웃는 얼굴로 대꾸했다.

“서방님은 참으로 기특하십니다.”

“꼭 들른다고 했던 약속을 어길 수야 있으리까.”

“아이구 고마우셔라.”

"무슨 좋은 말씀을 해 주신다더니."

하고 명길이 묻자 그녀는 이상한 대답을 했다.

"좋은 말씀은 아닙니다만 하지 않을 수도 없습니다."

"무슨 말씀이신지?"

"값비싼 말씀이기 때문이라오."

"아니, 얼마나 비싼 말씀이기에?"

"지금 내가 만주로 가려고 하는데요."

"무슨 일로 그 먼 곳까지?"

"만주에서 황제가 탄생했소. 하느님이 그를 보호하라고 하시기에 가는 길입니다."

"그러면 그 아이가 나중에 황제가 된다는 겁니까?"

"분명히 그 아이는 천하의 천자가 될 것이오."

"정말입니까?"

"지금부터 몇 십 년이 지나면 그의 군대가 이 나라에 침입하여 큰 난리가 나게 될 것이오. 선비들이 신흥하는 그 국가를 무시하고 배척하다가는 큰코다치게 될 것이오. 그 때 만주의 황제와 화합하십시오. 그 사명이 서방님께 달려 있습니다. 뽐내지 마시고 이를 악물고 굴복하도록 하십시오. 그러면 소생할 수 있는 길이 나올 것이오."

"반드시 그렇게 될까요?"

"틀림없소이다."

“고맙습니다.”

“제가 그 부탁을 하려고 서방님을 기다리고 있었습니다.”

“고맙습니다.”

최명길이 그렇게 말하면서 허리를 굽혔다가 다시 앞을 보니 아무것도 보이지 않았다. 그녀의 모습이 다시 홀홀히 없어지고 만 것이다.

그런 일이 있었기에 최명길은 구구한 억측과 배격을 물리치고 청국이 중원을 얻을 것을 알고 있었다. 그리하여 병자호란을 겪으면서 평화를 주장하여 그것을 관철시켰다는 이야기이다.

귀신도 감복한 이항복의 담력

선조대왕 초엽의 어느 날, 사직동에 자리 잡고 있는 김 진사의 집에는 근심스러워하는 기색이 첩첩이 싸여 있었다. 80여 세의 늙은 부인과 60여 세의 부인 그리고 40여 세로 보이는 삼대 고부가 사랑에 있는 그 집 주인 김 진사의 병상을 둘러싸고 앉아 안타까워하고 있었다. 40여 세로 보이는 부인은 김 진사의 이마를 만지다가 무릎 위에 그를 눕혀 미음을 먹이고, 비복들은 사랑 밖에서 서성거리며 발을 동동거렸다.

김 진사의 아내인 젊은 부인은 노부인들 이상으로 속이 탔지만 층층시하였기에 사랑에 들어가 병구완을 하지도 못하였다. 하인들 앞에서 울거나 한숨을 쉴 수도 없어서 애써 침착한 모습을 보이고 있었다. 하지만 만일 남편이 불행하게 된다면 자기도 따라 죽겠다는 생각을 하고 있었다.

그처럼 침울한 공기 속에서 이따금 들려오는 소리는 고

통스러워하는 김 진사가,

"제발, 잠깐만 뇌 주시오. 내가 이 집의 삼대 독자인데, 위로는 누대봉사하는 조상의 신주와 삼대 과수인 할머니들과 어머니를 남기고, 아래로는 일점혈육도 없이 청춘 요사하는 몸이 되었는데, 고별인사 한마디도 고하지 못한다면 얼마나 유감이 되겠소. 그만한 청도 들어 주지 못한다면 아무리 귀신이라고 해도 너무나 박정하오."

라고 하소연 같기도 하고 애걸하는 것 같기도 한 말들뿐이었다. 때문에 그럴 때마다 삼대 과부들은 서로 마주 보며 눈물만 흘렸다.

김 진사는 당년 이십 세 청년으로 삼대 독자인 외로운 신세이기는 하지만, 누대에 걸쳐 공경 벼슬을 한 명문의 후예로서 재산도 많고 증조모와 조모와 어머니의 사랑을 독점하며 금지옥엽으로 자랐다. 또한 17세 때 이미 소과에 급제하여 태학에 출입할 정도로 학식이 출중했으며 활쏘기와 말타기에도 뛰어났고 천문, 지리, 의약, 복서 등에도 능통했기에 주위 사람들이 모두 그를 우러러보았다. 또한 몸이 매우 건강하여 병을 모르고 자랐다.

이러한 김 진사가 며칠 전에 갑자기 위급한 병에 걸려 명의들이 온 힘을 다해서 치료하는데도 불구하고 병상에서 일어나지 못한 채 일찍이 그의 조부와 부친이 그랬던 것처럼 저승길로 향하고 있었다.

정말로 딱한 일이었다. 그의 조부와 부친은 죽을 때 유복아일망정 일점혈육은 남겼기에 대를 이으며 제사를 지낼 수 있었는데, 김 진사는 결혼한 지 육칠 년 정도가 되었으나 부인이 태몽 한 번 꾼 적이 없었으며, 그런 상태에서 부조(父祖: 아버지와 할아버지)의 뒤를 따르려 하고 있었다.

이처럼 김 진사 집의 사람들 모두가 비탄에 잠겨 있는 가운데 해는 어느덧 서산에 걸리고 있었는데, 바로 그때 장님 하나가 긴 막대기로 길바닥을 두드리면서,

"쉬이여…!"

하고 소리지르며 김 진사의 집 대문 앞을 지나갔다

그러자 김 진사의 어머니 되는 중년 부인이 시조모와 시모의 눈치를 살피면서 낮지만 비통한 목소리로,

"헛일이 될 것이 뻔합니다만, 장님을 한번 불러들여 물어 보시면 어떠하올는지요. 예법을 지키는 사대부 집안으로 무당이나 장님을 불러들이는 것은 있어서는 안 될 일이오나, 이 애가 죽으면 김씨 집안이 망하는 것이니 부디 소부의 특청을 들어 주소서."

하고 말했다. 그러자 늙은 부인들이 이구동성으로 대답했다.

"그렇게 해라. 우리가 대신 죽어 저 애가 살아날 수만 있

다면 우리는 당장이라도 자결할 것인데, 어찌 그런 청을 들어 주지 않겠느냐."

그렇게 되어, 당시에 명복(名卜: 이름난 점쟁이)으로 장안에서 이름이 높던 홍계관(洪繼寬)의 뒤를 잇는 또 하나의 홍계관이라고 소문이 자자하던 새문 밖 평동의 홍 판수를 김 진사 집의 사랑으로 청하게 되었다.

삼대 고부들 앞에서 보이지 않는 두 눈을 번득거리며 산통을 흔드는 동안 집안 사람들은 모두 극도로 긴장하며 침묵을 지켰다.

그런데 이윽고 산통을 거둔 홍 판수는 한참 동안 뭐라고 중얼거리며 생각하는 표정을 짓더니,

"이 댁 주인의 증조부 되시는 분이 형조 당상 벼슬을 하실 때 술에 만취하여 부질없는 노여움과 객기를 내어, 빨리 거행하지 않았다는 죄명으로 서리와 사령에게 중장(重杖: 몹시 치는 장형)을 치게 하여 원통하게 죽게 만든 일이 있습니다. 서리도 억울하게 죽었거니와, 사령은 오늘날 이 댁의 형편처럼 삼대 독자이며 자식도 없는 젊은 몸이었는데 한 집안에 4대 과부들을 남겨 놓고 증조부의 술주정의 희생물이 되었던 것입니다. 그래서 그 사람들의 원혼이 호소하여 보복으로 이 댁의 주인을 잡아 가도록 지부(地府: 저승)의

판결을 얻었으니, 이미 정해진 운명이라 인력으로는 어떻게 할 수가 없소이다."

하고 말하더니 매우 딱하다는 듯이 한숨을 쉬면서 자리를 뜨려고 했다. 그러자 제일 늙은 부인이 홍 판수의 손을 잡으며,

"그대의 말을 듣고 보니, 실수로 사람을 죽인 죄를 지어 자손에게 무서운 벌이 이르도록 만든 사람은 나의 남편이 되는 어른이시다. 따라서 부부 일체이니 남편의 죄를 내가 인수하여 내가 죽어서 원혼들에게 사죄하고자 한다. 그러면 우리 증손이 살아날 수 있는 길이 생길 것인지 다시 한 번 점을 쳐 다오."

하면서 애원했다. 옆에서 보고 있던 김 진사의 조모와 어머니도,

"이 애가 죽으면 우리가 세상에 살아 있을 이유가 없소. 기왕에 소용없는 몸이 되었으니 어찌 시할머니 혼자서만 사죄의 희생물이 되시게 할 수 있겠소. 우리도 함께 죽어서 사죄할 테니 그래도 원혼의 노여움이 풀리지 않을 것인지 한 번 더 점을 쳐서 알아 주시오."

라고 말하자, 밖에 있던 김 진사의 아내도 안으로 뛰어들어와 홍 판수의 손을 잡으며 말했다.

"젊은 부녀자가 어른들 앞에서 외인 남자와 접어(接語: 서

로 말을 주고받음)하는 것은 매우 수괴스러운 일이지만 나도 부탁해야겠소. 나 역시 남편이 죽어 세상을 떠나면 따라서 죽겠다고 결심한 사람이오. 그래서 웃어른들을 대신하여 나 혼자서만 죽고자 하니, 그렇게 하면 원혼이 노여움을 풀 것인지 다시 한 번 추수해 주시오."

때문에 홍 판수는 어이없어하는 얼굴이 되며,

"내가 원혼이 아니니 그렇게 한들 무슨 소용이 있으리까. 하지만 마님들과 아씨의 정경이 하도 딱하니 내가 단 한 가지뿐인 좋은 방법을 가르쳐 드리리다. 그러면 주인 양반은 혹시 살아나실지 모르지만, 나는 분명히 원귀의 노여움을 사서 화를 당하게 될 것입니다. 하지만 그것도 역시 저의 운명과 재수라고 생각하고 분수 모르는 적선을 하고자 하니, 훗날 댁에서 잘되시는 때 저의 후손들이나 잘 돌봐주시오."

라고 말하고는 감사의 눈물을 흘리는 네 여인 앞에 주저앉아 다시 점을 치기 시작했다. 그리고는 한참 만에 말했다.

"마님들과 아씨의 정성은 더없이 지극하나 복운이 없군요. 아무리 몸을 희생하셔도 원귀를 제어할 수가 없습니다. 오직 적덕누인(積德累仁: 덕을 쌓고 어진 일을 많이 함)한 명문가의 자제로서 그 기개와 복록이 명세(名世: 한 시대에 이름난 사람)의 영웅 대인이며 훗날 국가의 동량이 될, 많은 사람들이 존경하고 귀신도 보호하고자 하는 인물에게 주인 양반의 생사를 위임하여 그 사람이 잠시도 옆에서 떠나지 않고 지켜 주면서 오늘 밤만 무사히 넘기면 살 길이 생길 뿐만 아니라 주인 양반도 훗날 큰 이름을 남기며 자손이 창성하고 부귀와 작록이 대대로 끊어지지 않을 것입니다.”

“…….”

여인들이 모두 절망했지만, 홍 판수의 말은 좀 더 계속되었다.

“하지만 부인들이 지금 어디에 가서 그런 인물을 구해 이토록 박두한 위급함을 면할 수 있겠소. 따라서 그렇게 되면 나는 천기만 누설했을 뿐이지 주인 양반의 위급한 화를 면하는 데 아무런 도움도 주지 못하는 꼴이 되니, 훈수를 하는 김에 그 인물까지 천거하겠소이다.”

“예?”

절망하고 있던 부인들의 얼굴에 희색이 떠올랐다. 그리고 자기의 생명을 돌보지 않는 홍 판수의 몸에서는 거룩한 서기가 발하는 듯했다.

홍 판수가 추천한 인물은 사직동 김 진사 집과 인접해 있는 필운대에 사는, 우참찬 벼슬을 지낸 이몽량(李夢亮)의 아들 이항복(李恒福)이라는 역시 당년 이십 세 청년이었다. 이

참찬은 여러 해 전에 작고했기에 이항복은 홀어머니 최씨의 자애와 엄격한 교훈을 받으며 호방하고 활달한 천품을 학문과 수양으로 도야하고 있었다.

홍 판수는 이 참찬이 생존해 있을 때부터 그 집에 출입했었기에 항복이라는 인물의 출중한 식견과 아울러 그의 앞날에 부귀공명이 혁혁할 것을 이미 통관했기 때문에 그의 복록을 빌어 김 진사의 화를 구하고자 했던 것이다.

하지만 사직동과 필운대가 지척이라 해도 피차간에 교유가 없어 안면이 없었기에 그런 청을 하는 것이 매우 곤란했다. 하지만 김 진사의 증조모와 조모는 손자를 살리겠다는 일심으로 홍 판수가 가르쳐 준 대로 그 집을 찾아가 이항복의 어머니에게 전후 사정을 말하고는 손자를 살려 달라고 애걸했다.

이항복은 원래부터 의협심이 강했고 최씨 부인도 역시 적선하기를 좋아하는 성품을 가진 여인이었기에, 어려울 줄 알았던 부탁은 쉽게 용납되어 이항복은 그 날 저녁때 김 진사의 집으로 와서 죽어 가는 환자를 껴안고 있게 되었다.

그로부터 얼마나 시간이 지났을까. 밤은 어느덧 삼경(三更: 밤 11시부터 새벽 1시까지의 동안)이 지나 만뢰가 고요한 중에 뜰에서 우는 벌레 소리만 들려 오고 있었다.

그런데 그때 갑자기 창을 치는 음산한 바람이 촛불을 명 멸케 하더니 모골이 송연해지게 만드는 귀기가 침입했고, 다음 순간 김 진사가 몸부림치며 두 눈을 부릅떴다. 이어서 이를 악물고 게거품을 뿜으며 숨을 가쁘게 몰아쉬었다.

이항복이 보통 사람이었다면 이 때 크게 놀라 기절했을 것이다. 하지만 그는 정신을 더욱 가다듬고 김 진사를 껴안 으며 촛불 너머를 응시했다.

그곳에는 검은 옷 위에 남색 전대를 찼는데 머리에는 털 벙거지를 쓰고 붉은색 포승과 칼을 들고 미투리를 신은 원 귀가 서 있었다.

이윽고 원귀가 와락 달려들자, 청년 이항복은 더욱 힘을 주어 김 진사를 끌어안으며 몸으로 가려 주었다. 때문에 무 서운 형상을 한 원귀는 김 진사의 멱살을 잡으려다 이항복 앞에서 발을 멈추고, 다시 멱살을 잡으려다 이항복 앞에서 발을 멈추곤 하는 동작을 되풀이하다가 벌컥 화를 내며 소 리쳤다.

"이항복아, 부질없는 짓 하지 말고 그 사람을 속히 내게 넘겨 다오. 내 말에 복종하지 않으면 네게도 화가 미칠 것 이다."

하지만 이항복은,

"남아 일언 중천금이다. 나는 부탁을 받아 이 사람을 구하러 왔으니, 내 목숨이 있는 한 이 사람을 네게 넘겨주지 않을 것이다. 그러니 나까지 죽이든 말든 네 마음대로 해라.”

하고 대꾸하며 끄떡도 하지 않았다.

“호오, 그래?”

험상을 드러낸 원귀는 이윽고 이항복에게 칼을 겨누며 덤벼들었다. 그러자 이항복도 겁내지 않으며 호령했다.

“아무리 귀신이라 해도 무례함이 심하면 용서하지 않을 것이다!”

이항복의 사기가 너무나 늠연했기 때문인지 원귀는 감히 이항복을 베지 못했고, 그러는 동안 시간이 흘러 새벽닭이 울었다. 동시에 원귀는 칼을 던지고 이항복 앞에 엎드리며,

“오늘이 지나면 저 사람에게 영원히 복수할 수 없게 되는데, 대감께서 갑자기 나타나 소인이 하고자 하는 일을 방해하시니 너무나 원통하옵니다. 제발 그 사람을 제게 넘겨주십시오.”

하고 애원했다. 그러자 이항복이 정색을 하며 그의 말을 막았다.

“귀신의 일은 내가 알 바 없으며, 양계(陽界: 사람이 사는 세상)의 대장부는 한 입으로 두 가지 말을 하지 않는다. 이 사람을 네게 넘겨 줄 것이라면 네가 처음 말했을 때 내주었

지 어찌 지금까지 있었겠느냐. 나는 너와 하등의 은원 관계가 없고 이 사람과도 면분조차 없다. 하지만 우연히 삼대 요절로 인해 향화가 끊어지려는 이 집의 내력과 4대에 걸친 며느리들이 대신 죽어서 속죄하고자 하는 비참한 정경을 알게 되어 크게 감동했으며, 내 목숨이 있는 한 이 사람 몸의 털끝 하나도 건드리지 못하게 할 것이다. 그러니 원한을 풀려면 나를 먼저 죽여라."

그러자 원귀는 눈물을 흘리며,

"대감이 이토록 소신의 일을 방해하시니 어찌하오리까. 소신이 원수 갚기에 급급하다고 해도 대감 같은 일국의 주석지재를 칼로 찌를 수는 없사오니 소인은 이만 물러가오만, 대감께서도 차후에는 극히 자중하시어 장래의 나라와 세상을 위해 몸을 아끼시며 경솔히 이런 일에 참섭하지 마시기 바랍니다."

라고 하직을 고하고는 밖으로 나갔다. 그리고는 섬돌 아래에 이르러 앙천 통곡하며,

"오늘을 넘겼으니 다시는 원한을 풀 수 있는 날이 없도다. 모두 평동 홍 판수 놈의 부질없는 작희 때문에 생긴 일이니 그놈을 대신 잡아다가 설분하리라."

하고 외치더니 여명의 어둠 속으로 달려갔다.

그때 김 진사는 전신이 굳어지고 사지가 얼음처럼 차가

윘지만 오직 명치 부근에는 온기가 남아 있었다.

이항복이 부르자 다른 방에서 대기하고 있던 집안 사람과 의원들이 달려왔다. 그리고는 청심환을 갈고 생강차를 달여서 먹인 뒤에 쓸고 주무르고 했더니 김 진사는 서서히 의식을 회복했는데, 여러 날 동안의 숙취에서 일시에 깬 사람처럼 눈을 번쩍였다가 다시 감으며 코를 골면서 잠이 들었다. 비로소 온 집안에 쌓였던 근심스러운 기운이 풀어진 것이다.

하지만 평동의 홍 판수는 원귀의 손에 희생되고 말았다. 그 후 초종 장례 때부터 삼 년 동안 죽은 이와 남아 있는 가족들이 필요로 하는 일체 비용을 김 진사 집에서 보내 주었고, 홍 판수의 기일이 되면 그의 자손이 참례치 못하는 경우는 있어도 김 진사가 궐석한 적은 없었다.

선조 대왕 10년(1577년), 이항복과 김 진사는 알성시(謁聖試: 조선 시대에 임금이 문묘에 참배한 뒤 성균관에서 보이던 과거)에 우수한 성적으로 급제했다. 이때 당시의 대제학이며 이조 판서를 겸해 상하의 신망이 두터웠던 율곡 이이(李珥) 선생이 어전에 나아가 진하(進賀: 나라에 경사가 있을 때 버슬아치들이 임금 앞에 나아가 축하하던 일)하기를,

"소신이 주상과 국가의 후은을 입어 용렬한 몸으로 재상

자리에 있었으나 보답할 길이 없어 항상 황공해하다가, 이번 과거에서 이항복, 이덕형(李德馨), 김여물(金汝岉), 오덕령(吳德齡), 한준겸(韓浚謙) 등을 선발하여 조정에 수용되게 하였사옵니다. 이 사람들은 모두 약관의 백면서생이지만 재주와 문무를 겸했고 문학은 천인(天人)을 관철하여 훗날 국가의 동량이 될 사람들이라, 신은 나라를 위해 이들을 전하께 천발하여 국은의 만분의 일이나마 갚게 된 것을 심히 기뻐하나이다."

라고 했다. 이것 하나만 가지고도 이이 선생의 지인지감이 뛰어나다는 것을 알 수 있는데, 다섯 사람 중의 하나인 김여물은 물론 이항복이 구해 준 김 진사였다.

그로부터 15년 후인 선조 25년(1592년) 4월에 임진왜란이 일어나자 김여물은 왕의 특명으로 신립(申砬)과 함께 충주를 방어하러 나섰다. 그리고 새재의 지세를 이용하여 방어할 것을 건의했으나 신립이 듣지 않아 충주 달천을 등지고 배수진을 쳤으나 적군을 막지 못하고 탄금대 아래에서 신립과 함께 물에 투신하여 자결했다.

그때 이항복은 도승지로 있었기에 어가를 모시고 평양에서 의주에 이르러 병조판서로 등용되어 군국의 기무를 장악했으며, 예조참판이었던 이덕형은 서둘러 요동과 연경으로 달려가 명나라에 응원병을 청했다.

그즈음 이항복은 순국 충혼이 된 김여물이 전사 직전에 발신한 유서를 받아 읽었는데,

"그대와 나와는 전생과 차생에 무슨 업연이 그리도 지중한지 십여 년 전에 죽어 없어졌을 목숨을 그대 덕분에 보전하여 오늘날 나라에 바치게 되니 그 은공은 나의 후생에 백 번 천 번을 두고 그대의 견마로 다시 태어난다고 해도 갚을 수가 없을 것이오. 그럼에도 불구하고 이제 전지에서 목숨을 다하고자 하는 나는 우둔하고 미련한 외자식을 그대가 맡아 지도하고 보호해 달라고 부탁하오. 너무나 염치없는 부탁이오만, 의협심 많은 그대가 기왕에 그 아이의 아비를 살렸으니 이제 다시 한 번 그 아이도 인수해 주기를 굳게 바라오."

라는 내용이었다.

김여물의 아들은 이름이 류(鎏)였는데 그의 아비가 전사한 임진년에 나이가 스무 살이었다. 풍신이 준위하고 재질이 초인적인 것이 당년의 김여물 그대로였다.

김류는 그 후부터 이항복의 문하에 출입하며 부형에 대한 예로 이항복을 섬겼으며, 이항복은 자식에 대한 애정으로 그를 가르치며 보살폈다.

김류가 선조 28년(1595년)에 이십삼 세의 약관으로 충량

과(忠良科)에 장원급제했을 때 이항복은 왕년의 율곡 이이 선생처럼 이조판서와 대제학을 겸임하며 선조의 커다란 신임을 받고 있었다. 그는 선조에게 김류라는 이름을 말하며 사직을 위해 큰 인물을 얻게 된 것을 축하했다. 그러자 선조는 김류의 손을 잡으며,

"네 아비가 일찍 죽어 내가 크게 쓰지 못한 것을 한탄했는데, 이제 너를 보니 네 아비의 당년 모습과 틀림이 없어 네 아비가 더욱 그리워진다. 부디 충효를 다해 선대의 명예를 유지하고 과인의 기대를 저버리지 말라."

하고 말했다. 때문에 김류는 감읍했고 이항복도 크게 기뻐했다.

그 후 김류는 한림과 옥당을 거쳐 승지, 참판에까지 이르렀는데, 그의 나이가 사십을 넘기도 전에 그처럼 영달했기에 많은 사람들이 부러워했다. 그는 밖으로 나가서는 지우(知遇: 남이 자신의 인격이나 재능을 알아서 잘 대접함)를 받았고, 안으로는 늙은 조모와 어머니에게 효양을 다했으며, 조석으로 스승인 이항복의 문정에 사후하여 자제의 예를 다했다. 또한 동문인 이시백(李時白), 최명길(崔鳴吉), 장유(張維) 등과 교유하며 사생의 의를 맺었다. 더욱이 어버이들이 함께 순국한 신립 장군의 아들 경진(景禛)과는 친형제처럼 지냈는데, 김류는 신경진의 무예를 사랑했고 신경진은 김

류의 학식을 존경하며 서로 힘을 다해서 왕을 섬기자고 약속했다.

결국 홍 판수의 예언은 모두 적중했다. 김 진사의 생명을 원귀의 손에서 구해 낸 이항복은 나이 삼십에 재상이 되고 사십에 대신이 되었으며, 8년 전란 때는 안팎으로 움직이면서 활약하여 조선 중흥의 위업을 성취했다. 그는 문장과 재덕이 당세에 제일인 인물이었기에 백사(白沙) 선생으로 추앙을 받았으며, 오성 대감의 이름은 남녀노소를 불구하고 모르는 사람이 없을 정도였다. 또한 누군가가,

"오성 대감이 조정에 나오셨다더라."

하고 말하면 백성들은 그가 묘당(廟堂: 의정부의 별칭)에서 아무런 건의를 하지 않았어도,

"그 대감이 나오셨다니 이제 나라의 일이 바로잡힐 것이다."

라고 말하며 안심하면서 뭔가 기대를 했고, 반대로 그가 조정에서 물러났다는 말을 들으면,

"그 대감이 없으면 성상께서는 이제 누구와 의논해 나라의 일을 하실 것이며 우리는 누구를 믿고 살아야 한단 말이냐?

하며 한탄했다고 한다.

오성 대감에 대한 놀라운 이야기는 좀 더 계속된다.

광해 왕이 즉위한 후부터 간사하고 흉악한 무리들이 조정에 웅거하여 음모를 꾸며 임해, 진릉, 능창 등 선조의 왕자와 왕손들이 차례로 피를 흘렸고, 영창대군과 연흥부원군을 참살한 그들은 드디어 인목대비를 서궁에 유폐시키는 만행을 저지르기에 이르렀다.

광해 9년(1617년) 폐모 모의가 있을 때 오성 부원군 이항복은 동대문 밖 망우리 고개 아래에 있는 노원촌에 은거하고 있었다. 그는 벼슬을 떠난 지 이미 오래 되었으나, 이덕형이 세상을 떠나고 이원익(李元翼)은 외방으로 귀양을 가 있었기에 조야를 통틀어서 유일한 원로대신이었다. 그는 폐모 모의에 대해서 침통한 내용의 문장으로 삼엄한 의리를 진술하여 많은 사람들을 울렸으나, 광해 왕은 오성의 충간을 받아들이지 않았다.

이항복은 결국 간신들의 탄핵을 받아 북청(北靑)에 유배되어 적소에서 세상을 떠났으며, 김류도 폐모 문제로 간신들의 지목을 받아 낭인 생활을 하게 되었다.

오성 이항복은 배소로 향하던 날 작별하러 온 김류의 손을 잡고,

"차후에 세상 일이 잘되고 못 되는 것은 오직 그대의 손에 달렸으니, 부디 선대왕과 선대인의 유훈과 기대에 어긋

남이 없도록 자중하여 종사를 바로잡도록 하라."

하고 신신당부하면서 영결하는 정표로 그림 한 장을 주었다.

그런데 김류가 집에 돌아와 그것을 펴 보았더니, 버드나무 밑에 사람도 없이 말 한 필만 매어져 있는 그림이었는데 필법도 유치했으며 제목과 낙관도 없었다. 그래서 김류는 약간 실망했지만, 은혜가 깊은 스승이 마지막으로 주신 물건이었기에 장식을 하여 벽 위에 걸어 놓고 그것을 볼 때마다 이항복 대감을 생각하고는 했다.

그런데 어느 날 친구인 신경진이 김류의 집에 찾아와 함께 술을 마시게 되었는데, 신경진은 그 날 다른 때처럼 기염을 토하는 대신 눈물을 머금으면서 침통한 목소리로 김류에게 간신들을 제거하고 종사를 바로잡자고 권유했다. 때문에 김류는 절대적인 동감의 뜻을 표했으며, 그로부터 심기원(沈器遠), 장유(張維) 등 여러 동지들을 모아 의거에 참가했을 뿐만 아니라, 주모자 이귀가 자기는 늙었으니 대장 자리를 굳이 사양하겠다며 김류를 추천했기에 거사를 총지휘하는 대임까지 맡게 되었다.

일이 비밀리에 계획대로 착착 진행되자 구굉(具宏)을 통해 능양군에게 연락을 취하려고 했다. 하지만 능양군과 여러 의사들을 감시하는 눈길들이 있었기에 서로 간에 연락을 취하기가 매우 어렵고 불편했다.

그런데 어느 날 김류가 외출했을 때 갑자기 소나기가 쏟아지고, 상복을 입은 귀인 하나가 그의 집 대문 앞에서 비를 피하게 되었다.

마침 심부름을 하러 나갔다가 돌아오던 계집종이 그 모습을 보고는 김류의 부인 유(柳)씨에게,

"우리 집 문 앞에서 상주님 한 분이 비를 피하고 계시는데 심한 비바람에 방립과 의복이 젖어 보기에 매우 딱합니다."

라고 말했다. 그러자 전날 밤에 꾼 꿈을 이상하게 생각하고 있던 유씨 부인은 계집종에게,

"주인이 없는 집이지만 잠시 들어오셔서 비를 피하시는 것이 좋을 듯합니다."

라고 전갈케 하여 그 상주를 사랑으로 영접했다. 그리고 문틈으로 안을 들여다보고는 깜짝 놀랐다. 전날 밤에 임금께서 자기 집에 행차하셨기에 두 부부가 어전에 나아가 행례하는 꿈을 꾸었는데, 그 임금의 모습이 상주의 모습과 똑같았기 때문이었다.

한편 사랑에 들어온 그 상주도 역시 벽에 걸려 있는 그림을 보고 놀라고 있었으니,

'저 그림은 내가 열한 살 때 선대왕 앞에 나아가 하교에
따라 그린 유하계마도(柳下繫馬圖) 아닌가.그때 배석했던
원로대신들에게 마음에 드는 대로 한 폭씩 가져가라고 하
셨기에 오성부원군이 가져갔다고 기억되는데, 저 그림이
어찌하여 이 집에 있는가?'

하는 의문이 생겼기 때문이었다.

잠시 후에 비가 그치자, 유씨 부인은 사랑에서 나오는 상
주를 비복들로 하여금 만류하게 하며,

"머지않아 출타했던 주인이 돌아오실 테니 약주라도 한
잔 잡수시고 가십시오."

라고 말하게 하고는 산해진미인 성찬을 준비했고, 상주
는 상주대로 그 집의 주인이 누구인지 궁금했기에 못 이기
는 체하면서,

"그러면 주인 영감께 인사라도 고하고 가리다."

라고 말하고는 다시 자리에 앉았다.

외출했다가 돌아온 김류는 주인 없는 방에 생면부지의
그것도 상복을 입은 손님 하나가 앉아 있는 것을 보고 깜짝
놀랐다. 하지만 그보다 더 놀랍게 느껴진 것은 자기 아내
유씨가 음식을 만드는 모습이었다. 예법과 생활 규모를 옳
게 지키는 부인이 주인 없는 사랑에 생면객을 불러들이고,
옷과 패물을 전당 잡히면서까지 생면객을 위해 음식을 준

비하는 것이 매우 의아스럽게 생각되었다.

어쨌든 김류는 현명한 부인 덕분에 잠시 후 사랑으로 나가 주야로 사모하며 목숨까지도 바치겠다고 작정했던 능양군을 어렵지 않게 배알할 수 있는 기회를 얻었다.

반정의 영주가 될 능양군과 편안해진 조선의 원훈이 될 김류는 이처럼 이상하게 만나 유씨 부인이 내보낸 성찬과 미주를 즐기며 밤이 깊도록 심금을 털어놓으면서 물과 물고기 같은 군신의 친분을 맺었다. 또한 능양군은 유하계마도가 김류의 집 사랑에 걸리게 된 내력을 듣더니,

"이항복은 과연 신처럼 밝은 사람이다."

라고 말하며 감탄했다.

이 때 홍 판수의 손자가 김류를 따라 반정 의병에 참가해서 공을 세워 절충(折衝) 장군의 작위와 토지, 노비 등의 상을 후하게 받아 안락하고 영화로운 생활을 했다.

북벌을 향한 이완 대장의 꿈

　봉림대군은 인조(仁祖)의 둘째 아들로서, 1636년에 병자호란이 일어났을 때 형인 소현세자와 함께 청나라에 볼모로 잡혀 갔다가 돌아왔으며, 세자가 병사하는 바람에 그 지위를 물려받았다. 그러다가 1649년 기축년 5월에 부왕이 세상을 떠나자 뒤를 이어 보위에 오르니, 그가 곧 17대 효종(孝宗)이다.

　효종은 지난날 조선을 온통 쑥대밭으로 만들고 부왕에게 죄인처럼 땅바닥에 꿇어앉히는 치욕을 안겨 주었을 뿐 아니라 자기 역시 볼모로 끌고 가서 고생시킨 청나라에 대한 복수심을 불태웠는데, 그 북벌 계획 수립 및 추진에서 왕의 오른팔이 되어 동분서주한 사람이 훈련대장 이완(李浣)이었다.

　이완은 인조 때 경기도 여주에서 태어났으며, 어려서부터 기운이 장사였다. 추운 겨울에도 벌거벗고 뛰어다녔고 어린 나이에 어른을 능가할 정도의 힘을 가지고 있어 사람들을 놀라게 했다.

아버지 이수일은 아들의 그런 괴력을 좋아하기는커녕 오히려 걱정이 태산 같았다. 상민의 집안 자식이 힘깨나 쓴다면 막벌이라도 시켜 입에 풀칠하기에 걱정이 없을 것이니 나쁘지 않다고 하겠지만, 양반의 집안에서는 그렇지 않았다. 문존무비의 그릇된 풍조는 임진왜란 같은 참혹한 꼴을 당했으면서도 바뀌지 않았고, 오히려 선비의 집안에서 장사가 나는 것은 장차 나라에 화근이 될 가능성이 있다 하여 경계의 대상으로 삼았기 때문이었다.

이수일은 아들의 장래를 걱정한 나머지, 속리산에서 은거하는 도사에게 양육을 맡겼다. 첫째로 아들이 장사라는 사실을 가능한 한 세상에 숨기고 싶었고, 둘째로는 아들의 그처럼 넘쳐나는 괴력을 잘 선도하여 장차 큰사람으로 만들었으면 하는 희망 때문이었다.

이완은 수 년 동안 속리산 도사 밑에서 손오병법과 무술을 열심히 익혔다. 그리하여 열다섯 살 되던 해 집에 돌아왔을 때는 범상하지 않은 헌헌장부가 되어 있었다.

이수일은 아들의 장래를 여전히 걱정하는 마음에서 집안에 붙들어 놓고 글을 읽게 했는데, 기상이 하늘을 찌를 듯

한데다 오랫동안 산에서 자유분방하게 뛰어다닌 이완으로
서는 감금 당한 듯한 생활이 갑갑해서 견딜 수가 없었다.
그래서 아버지의 눈을 적당히 속여 가며 밖에 나가 사냥을
하거나 산과 들을 야생 짐승처럼 뛰어다녀 넘치는 기운을
발산하곤 했다.

그러던 어느 해 봄날 이완은 활을 들고 몰래 집을 나섰
다. 사냥을 하겠다는 목적보다는 신록의 산야를 마음껏 달
리고 싶다는 욕구가 더 컸으므로, 짐승을 만나도 활을 쏘지
않고 큰 소리를 질러 놀라게 한 다음 달아나는 뒤를 쫓아
뜀박질을 하곤 했다. 그러다가 마침 큰 사슴 한 마리를 만
나 활도 팽개치고 경주를 하게 되었는데, 사슴이 워낙 기운
이 센 놈이어서 쫓고 쫓기는 뜀박질이 몇 시간 동안이나 계
속되었다. 사슴도 어지간히 지쳤지만, 이완도 역시 땀에 후
줄근하게 젖어 더 이상 쫓아갈 수 없게 되었다.

마침내 사슴을 놓친 이완은 이제 집에 돌아가야겠다고
생각하는데, 정신없이 달리다 보니 너무 깊은 산 속에 들
어왔기에 방향을 알 수 없게 되었다. 날은 어둑어둑해 오
고 배도 고파서 야단났다고 생각하는데, 별안간 방울 소리
가 들려 왔다. 돌아보니 나귀를 탄 젊은 여인이 여종을 대
동하고 이쪽으로 오고 있었다. 그런데 그 여인은 눈이 번쩍
뜨일 만큼 미인이었다. 이완이 넋을 잃고 쳐다보는 가운데

여인 일행은 그의 앞을 지나갔다. 여인이 저만치 멀어졌을 때에야 정신을 차린 이완은 얼른 필낭과 종이를 꺼내 시 한 수를 적었다.

혼은 그대를 따라가고
(魂隨紅裝去 혼수홍장거)
빈 몸만 산에 기대어 섰네
(身獨倚山立 신독의산립)

이완은 빠른 걸음으로 뒤따라가서 그 시를 여종한테 주었다. 여종으로부터 시를 전달받은 여인은 매혹적인 눈으로 이완을 힐끔 돌아본 다음, 자기도 재빨리 필낭과 종이를 꺼내 나귀를 탄 채 몇 자 끄적거리더니 여종한테 내밀었다. 여종이 달려와서 전달하는 종이를 펴 본 이완은 가슴이 두근거렸다.

나귀가 절룩거리기에 내가 무거운 줄 여겼더니
(驢跛疑我重 여파의아중)
사람의 혼 하나가 더 타서 그랬군요
(添騎一人魂 첨기일인혼)

말할 나위 없이 이완에 대한 은근한 화답이었다. 이완은 약간의 거리를 두고 무작정 여인의 뒤를 따라갔다. 어디가 어디인지도 모를 깊은 산 속이었으니 달리 뾰족한 수가 있을 수도 없었다. 한참 그렇게 가다 보니 예닐곱 채의 집들이 옹기종기 모여 있는 작은 마을이 나타났는데, 어찌 된 셈인지 사람들이 하나도 보이지 않았다.

여인은 그 중에서 가장 큰 집 안으로 들어갔고, 이완 역시 무작정 그녀를 따라 들어갔다. 방 안에 안내된 이완이 둘러보니 놀랍게도 갖가지 진귀한 물건들이 가득 쌓여 있었다.

'아무래도 도둑 떼의 소굴이로구나. 그렇다면 저 여인의 정체는 무엇이란 말인가?'

이완은 몹시 궁금하기도 하고 자기의 처지가 걱정되기도 했으나 이내 마음을 홀가분하게 비웠다. 궁금해하며 걱정해 봤자 소용이 없었기 때문이다.

이윽고 이완은 주안상을 사이에 두고 여인과 마주 앉았는데, 가까이서 보니 그 모습이 너무나 아름다웠기에 자기도 모르게 손을 잡았다. 여인은 웃으면서 살며시 손을 빼내며 말했다.

"이러시면 안 됩니다. 보아하니 매우 시장한 듯해서 음식 대접을 할 뿐이니, 잡수시고 어서 떠나세요."

"이 깊은 산 속에서 더구나 밤이 깊어 가는데 어디로 가
란 말씀이오?"

"그래도 가서야 합니다. 여기는 산적들의 소굴이기 때문
에 그들이 돌아오면 큰 봉변을 당하시게 됩니다."

"흥! 사나이가 이런 깊은 산 속에서 당신 같은 미인을 만
났는데도 그냥 쫓겨난다면 그보다 더한 봉변이 있겠소?"

"그러다가 죽게 되면 어쩌시려고요?"

"인명은 재천이라고 했소."

이완은 막무가내로 여인의 몸을 끌어당겼고, 마침내 그
녀도 할 수 없다는 듯이 몸을 내맡겼다. 사랑을 나눈 두 사
람이 깊은 잠에 빠졌을 때였다. 별안간 바깥이 왁자지껄해
졌다.

여인이 깜짝 놀라 후다닥 일어나더니 옷을 주워 입었다.

"이를 어쩌나! 그들이 돌아왔나 봅니다."

"왔으면 온 거지. 이미 엎질러진 물을 어떻게 하겠소."

"어서 벽장 속에 숨으세요."

"사내 대장부가 어찌 좀스럽게 벽장 안으로 들어간단 말
이오."

그러고 있는데 방문이 화악 열리며 키가 아홉 자는 될 것
같은 험상궂게 생긴 사내가 들어왔다. 산적 두목이었다. 그
는 아랫목에 떡 버티고 앉은 이완과 한쪽에서 와들와들 떨

고 있는 여인을 번갈아 노려보며 소리를 벌컥 질렀다.

"너는 웬 놈이냐?"

"나그네요."

"나그네란 놈이 남의 안방에는 왜 들어와 있으며 의관은
왜 끌렀단 말이냐. 여봐라!"

두목이 큰 소리로 부하들을 부르자, 산적들 10여 명이 우
르르 달려왔다.

"저 연놈을 들보에 매달고 어서 술상을 차려 오너라. 우
선 요기부터 한 뒤에 저것들을 처치하겠다."

이윽고 이완과 여인은 결박되어 들보에 대롱대롱 매달렸
는데, 산적들은 밑에서 멧돼지 고기를 안주로 하여 술통을
벌여 놓고 걸쌍스럽게 먹고 마시기 시작했다. 그 광경을 내
려다보던 이완은 입맛이 저절로 다셔졌기에 벽력같이 소리
를 질렀다.

"이놈들! 너희가 아무리 무지막지한 도적놈들이기로서
니, 손님을 옆에 두고 자기들 입에만 처넣을 수 있느냐."

그 소리에 놀란 두목이 이완을 힐끔 쳐다보았다.

"너도 먹을 테냐?"

"술이란 음식은 지나가는 거지한테도 마시게 해 주는 법
이다."

"그럼 어디 마셔 보아라."

두목이 커다란 바가지로 술을 가득 뜨더니 이완의 입에 갖다 댔다.

이완은 매달린 채로 그 술을 단숨에 들이켰다.

"흥, 제법이군. 안주도 먹겠느냐?"

"아무렴."

두목은 시퍼런 칼을 뽑아 고기 한 점을 칼끝으로 찍더니 이완의 입에다 대 주었다. 칼끝을 조금만 움직이면 입이 찢어지거나 목구멍이 뚫릴 판이었다. 그런데도 이완은 안색 하나 변하지 않고 그 고기를 넙죽 받아 우적우적 씹어 먹었다. 그 같은 모습과 태도를 지켜본 두목이 별안간 부하들에게 이완을 풀어 주라고 명령했다. 그리고는 술자리로 청하여 다시 잔을 권하며 정중하게 말했다.

"보아하니 보통 분이 아닌 것 같소. 무례했던 것을 용서해 주시오."

"용서 받을 짓은 내가 했소."

"나는 유광풍이라 하오. 어디 사시는 누구시오?"

"여주에 사는 이완이오. 보아하니 범상하지 않은 인물 같은데, 어쩌다 녹림당(綠林黨)이 되었소?"

"부끄럽소이다. 하지만 출신이 천한 탓으로 벼슬길에 나설 수도 없고 가진 것도 없어 호구지책이 막막하니 어쩌겠소."

“그래도 이런 생활은 대장부로서 할 짓이 아니지요.”

“누구는 좋아서 이러는 줄 아시오? 상놈은 사람 축에도 끼어 주지 않으니, 우리 같은 놈이 도적질밖에 할 짓이 있겠소.”

“만일 나라에서 좋은 일로 부르면 산에서 내려오시겠소?”

“내려가다마다요. 작은 재주나마 나라에서 써 주기만 한다면 분골쇄신 봉사하겠소.”

마음이 통한 두 사람은 밤새도록 화기애애하게 술을 마셨다.

이튿날 이완은 두목의 배웅을 받으며 산에서 내려오면서, 재주보다 양반 상놈을 더 따지는 제도의 불합리성에 대해서 곰곰이 생각해 보았다. 기품이 녹록하지 않은 유광풍이란 사나이를 가슴속에 새기며, 언젠가는 다시 만날 기회가 있으리라는 기대를 품었다.

그로부터 2년 후에 이완은 무과에 급제하여 벼슬길에 올랐으며 군부의 재목으로 차츰 두각을 나타내게 되었다. 그러는 동안에 병자호란이 일어났고, 인조가 세상을 떠나자 효종이 보위에 올랐다. 치욕의 병자호란 때 왕자의 신분이면서도 볼모로 잡혀 가서 갖은 고생을 겪은 경험이 있는 효종은 가슴속에 청나라에 대한 철천지 원한을 품고 있었다.

'내 언젠가는 너희 오랑캐 놈들을 쳐서 지난날에 당한 수모를 갚을 것이다.'

하지만 그 같은 원한을 섣불리 드러내어 일을 도모하기에는 국력이 너무나 빈약했기에, 대학자 송시열로 하여금 정치를 보좌하게 하면서 대동법을 시행하고 농산업을 장려하여 우선 힘을 비축하는 데 힘썼다. 그러기를 5년, 어느 정도 국고가 충실해지고 백성들의 살림살이도 여유가 생기자, 효종은 드디어 북벌에 대비한 군비를 마련하고 병력을 키우는 데 치중하기 시작했다.

어느 날 밤 효종은 침전에서 갑자기 별감을 불러 은밀한 명령을 내렸다. 잠시 후 10여 명의 대전 별감이 말을 달려 대궐을 빠져나가 각자 뿔뿔이 흩어졌다. 그들이 달려간 곳은 각 무신들의 집이었다.

"지금 즉시 입궐하시라는 상감마마의 어명이오!"

대전 별감이 소리치자, 곤히 자고 있던 무신들은 깜짝 놀라 황급히 옷을 주워 입고 말을 타거나 가마를 타고 한달음에 대궐로 향했다.

그런데 대궐 문을 들어서자마자 사방에서 화살이 빗발치듯 날아왔다. 그 같은 불의의 공격에는 아무리 무예가 몸에 밴 사람들이라 할지라도 속수무책이었기에 모조리 화살에 맞아 땅바닥에 나뒹굴고 말았다. 다행히도 화살에 촉이 박혀 있지 않았기에 무사했지, 그렇지 않았다면 치명상을 입었을 것이 틀림없었다. 하지만 그 중에서 단 한 사람만은 불사신처럼 끄떡없이 날아오는 화살들을 헤치며 정전 앞으로 달려갔다.

용상에 앉아 그 광경을 내다보던 효종은 시종 내관으로 하여금 그가 누구인지 알아보게 했다. 내관의 물음이 끝나자마자 전각이 울리도록 우렁찬 대답이 돌아왔다.

"신 삼도 도통사 이완 대령했습니다."

"오오!"

효종은 감탄해 마지않았다.

"전하, 야반에 무슨 까닭으로 급히 부르셨사옵니까?"

"급히 의논할 일이 있어서 불렀노라. 그런데 도통사는 어째서 똑같이 화살을 맞았는데도 무사한가?"

"야반에 급히 부르시니 아무래도 심상치 않은 듯하여 무장을 하고 왔습니다."

그러면서 옷자락을 들쳐 보이는데, 겉에는 보통 예복을 걸쳤으나 속에는 갑옷을 껴입고 있었다. 급한 중에도 그처럼 주도면밀하게 대비한 모양을 본 효종은 매우 만족스러워했다. 그리고는 친히 이완을 내전으로 불러들여 준비했던 술을 권하며 깊은 이야기를 나누었다.

“짐이 보위에 오른 후, 지난날 오랑캐에게 당한 나라의 치욕을 씻고자 대임을 맡길 장신(將臣)을 눈여겨보았는데, 역시 눈에 띄는 사람은 통제사 한 사람뿐입디다. 아까처럼 갑작스런 경우에도 침착하게 몸단속하는 것을 잊지 않은 걸 보니, 짐의 안목이 그릇되지 않았음이 확실해졌소. 이제 경에게 큰 임무를 맡길 것이니, 부디 노력하여 병자년의 치욕을 씻도록 해 주시오.”

“성은이 망극하옵니다. 신의 뼈와 살이 가루가 되더라도 전하의 뜻을 이루어 드리겠습니다.”

임금과 신하는 그날 밤 돈독한 신뢰를 쌓으며 취하도록 마셨다.

이튿날 효종은 이완을 훈련대장에 임명하고 강병 양성의 전권을 부여했다.

‘강군이 되려면 우선 그 허리에 해당하는 중간 지휘관들이 능력이 있어야 한다.’

이런 점에 착안한 이완은 당시의 군부 재직자 가운데에서 추려 낸 인원을 포함하여 전국에서 힘세고 용맹한 사람들 6백 명을 선발했다. 그리고 그들에게 강도 높은 특별 훈련을 시켰다. 장차 북벌의 웅지를 펼칠 때 그들을 단위 부대 지휘관으로 활용하기 위해서였다.

그럴 무렵 평안 감영에서 조정에 장계가 올라왔다. 평안도 산골에서 산적질을 하던 유광풍이라는 괴수와 그의 부하 30여 명을 붙잡았는데, 그들의 죄상이 명백하므로 효수하겠다는 내용이었다. 그 사실을 알게 된 이완은 깜짝 놀랐다. 그렇지 않아도 언젠가 만난 녹림호걸 유광풍을 어떻게 하면 다시 만날 수 있을까 하고 생각하던 중이었다. 이완은 즉시 입궐하여 효종에게 아뢰었다.

"전하, 법을 어길 수는 없지만, 형의 집행을 미룰 수는 있습니다. 유예 기간 동안에 죄인이 국가에 공을 세우면 전에 저지른 죄를 용서해 줄 수도 있지 않겠습니까. 국가가 어려울 때일수록 인재를 아껴야 할 것이옵니다."

이어서 지난날 유광풍을 만나게 된 사정의 전말을 털어놓았다. 결국 이완은 자기가 보증을 서서 유광풍의 죄를 유예하여 수하로 불러올리는 데 성공했다. 죽음 직전에서 살아난 유광풍은 이완을 만나자 반가움과 고마움으로 엎드려 눈물을 펑펑 쏟았다.

"어른께서 소인을 잊지 않고 계셨을 뿐 아니라 이처럼 불러 주시니, 이 은혜는 죽어도 다 갚지 못하겠습니다."

"그대는 이미 내 목숨을 살려 준 적이 있지 않은가. 모두 어지신 성상의 뜻이니 큰 공을 세워 나라에 보답하라."

새로 광명을 얻은 유광풍은 6백 장사들 틈에 끼어서 훈련을 받게 되었는데, 과연 그의 힘과 무술은 장수감으로 손색이 없었다. 이완에게 강병양성의 전권을 맡긴 효종은 전쟁 준비에 더욱 박차를 가하고 있었다.

첫째, 갑오년에 화폐 제도를 전면적으로 실시했다. 종전까지의 주된 교역 수단인 물물교환으로는 국가 대사의 추진에 지장을 초래할 것이라는 판단 아래, 우선 중국 돈 15만 문(文)을 도입하여 평안도 등지에서 사용해 보도록 했다. 그 결과가 양호한 것으로 나타나자, 훈련도감에 명하여 다량의 엽전을 만들게 하여 그것을 널리 퍼뜨리는 한편, 교역의 기본이 될 물가표를 작성하도록 했다.

둘째, 복식 제도를 개선했다. 종전의 의복은 너무 격식을 중시하여 거치적거린다며 간편하고 가벼운 개량복을 만들어 입도록 한 것인데, 그것은 유사시의 활동을 용이하게 하기 위함이었다.

셋째, 국고금과 군자금을 넉넉히 비축했다. 적극적인 광업 장려책으로 전국의 금·은광에서 많은 광물을 생산하도록 한 뒤에, 그것을 모두 거두어 올려 바둑돌 모양으로 만들어 두고 장차 군비 조달에 어려움을 당하지 않도록 했다. 소위 '금바둑쇠'라고 일컬어진 것으로서, 본래의 목적에는 사용되지 못하고 고스란히 보관되어 있다가 대원군 때 경복궁 증축 공사 자금에 충당되었다.

그처럼 국가 총력적 체제와 일치단결 아래 북벌 준비는

암암리에 착착 추진되었다. 그 북벌 계획의 중심축이라고 할 수 있는 훈련대장 이완은 불철주야 군대를 조련하느라고 여념이 없었는데, 특히 6백 명 특수부대에 대한 열정과 애착은 매우 각별했다.

그 특수부대의 교관에 해당하는 초관 직함을 가진 박 아무개란 장사가 있었는데, 집이 남한산 중턱에 있었다. 그렇게 집이 멀어도 워낙 걸음이 빨라서 훈련을 끝내고 훈련장을 출발하면 아직도 햇발이 남아 있을 때 집에 도착하곤 했다. 그런데 이상하게도 그 박 초관이 이레째 훈련장에 나타나지 않았다.

궁금해진 이완이 사람을 보내 알아보게 했더니, 가족들의 말에 의하면 일전에 웬 사내가 찾아와 박 초관을 만났으며, 술 한 동이와 소 한 마리를 잡아먹고는 같이 나간 후 돌아오지 않는다는 것이었다.

영문을 알 수 없게 된 이완이 걱정을 하고 있는데, 문제의 박 초관이 실종된 지 여드레 만에 홀연히 나타났다. 그리고는 실종 사건의 전말을 이야기하는데 그 내용이 너무나 놀라웠다.

그 날 다른 때보다 조금 일찍 퇴근하여 집에 도착한 박 초관은 황소를 몰고 나가서 밭을 갈았다고 한다. 그때 패랭

이를 젖혀 쓴 사내 하나가 산모롱이를 돌아 갑자기 나타났는데, 걸음이 어찌나 빠른지 박 초관이 그를 발견하자마자 이미 눈앞에 당도해 있었다. 몸이 날래기로는 자기를 상대할 자가 없다고 자부하던 박 초관이 너무나 놀랍고 어안이 벙벙하여 멍하니 서 있는데 사내가 큰 목소리로,

"이 근처에 산다는 박 초관의 집이 어디냐?"

하고 물었다. 그래서,

"내가 바로 박 초관이다."

대답하고 왜 찾느냐고 물었더니, 사내가 엉뚱한 대답을 했다.

"노형이 바로 힘깨나 쓴다는 박 초관이오? 잘 됐군. 나하고 힘을 한 번 겨루어 봅시다."

"싱거운 소리 마시오. 나는 그렇게 한가한 사람이 아니오."

"싱거운 소리라니! 아니, 내가 농담이나 하려고 7백 리 길을 한달음에 달려온 줄 아오? 싫다면 억지로라도 노형의 기운을 시험해 봐야겠소."

사내가 눈을 부라리기까지 하며 억지로 나왔기 때문에 박 초관도 슬며시 오기가 솟구쳤다. 기운으로라면 누구한테도 지고 싶은 생각이 없는 그였다.

"정 그렇다면 어디 해 봅시다. 어떤 식으로 겨루어 보고

싶소?"

"좋을 대로 정하시오."

그 말을 들은 박 초관은 두 손으로 앞에 있는 황소 뒷다리를 잡고 번쩍 치켜들어 머리 위로 넘겼다. 공중제비를 한 소는 나둥그러지며 비명을 질렀다. 다리가 부러졌던 것이다.

"자, 어떻소? 노형이 나만큼 못하면 소 값을 물어내시오."

그 말을 들은 사내는 코웃음을 치더니 한 손으로 소 뒷다리를 잡고 번쩍 쳐들었다. 그러고는 바람개비처럼 휘휘 돌리는데 별로 힘이 드는 것 같지도 않았다. 실로 무서운 괴력이었다. 그러다가 손을 놓자, 황소는 저만치 날아가 땅바닥에 떨어져 죽고 말았다. 박 초관은 자기가 결코 사내의 상대가 될 수 없다는 것을 알아차렸다. 그래서 그 사내를 구슬러 훈련대장한테 데리고 갈 요량으로 짐짓 정중하게 말했다.

"참으로 놀라운 재능이오. 나 같은 것은 비교가 안 되겠구려. 내가 깨끗이 승복하겠으니, 우리 집에 잠깐 들어갑시다."

그렇게 하여 사내를 집으로 데려간 박 초관은 술을 동이째 내오고 죽은 소를 잡아 안주를 장만했다. 권커니 잣거니

하며 밤이 이슥해지도록 술 두어 동이와 소 한 마리를 거의 다 먹은 다음 박 초관이 잠자리를 펴려고 하자 사내가 말했다.

"잠을 잘 것이 아니라, 나하고 어디 좀 다녀옵시다."

"아니, 어디를요?"

"글쎄, 가 보면 아오."

기분이 내키지 않았으나, 그 말을 거슬렀다가는 어떤 봉변을 당할지 모르겠기에 할 수 없이 따라나섰다.

"가는 길이 제법 멀기 때문에 축지법을 써야겠소."

"아니, 축지법을?"

"잘 들어요. 주먹을 불끈 쥐고 내 발놀림을 잘 보면서 그 발자국 위에 발을 디뎌야 하오. 잠시만 한눈을 팔아도 길을 잃고 말 테니. 자, 그럼 출발하겠소."

마침 훤한 달밤이었다. 사내가 한 걸음 앞장섰고, 박 초관은 그의 발자국을 놓치지 않기 위해 눈을 커다랗게 뜨고 잽싸게 발을 놀렸다. 사내의 걸음은 얼핏 보아선 그다지 빠른 것 같지 않았으나 실제로는 엄청난 속도였기에 자칫 잘못하면 발자국을 놓칠 것 같았다. 바짓가랑이에서 '씽씽' 하고 바람 소리가 나고 귀가 떨어져 나갈 것 같다고 느끼면서 박 초관은 자기들이 얼마나 빨리 달린다는 것을 짐작할 수 있었다.

딴 생각을 할 겨를도 없이 사내의 발자국을 뒤쫓기에 급급한 지 수십 경이 지나 박 초관이 기진맥진해졌을 때 사내가 걸음을 멈추었다.

박 초관이 정신을 차려 보니, 그곳은 커다란 마을 한가운데에 자리 잡고 있는 으리으리한 기와집 앞이었다.

"애썼소이다. 이젠 다 왔소."

"여기가 어디요?"

"경상도 땅이오."

"아니, 지금 뭐라고 했소?"

박 초관은 깜짝 놀라지 않을 수 없었다. 그 동안에 경기, 충청도를 지나 경상도까지 7백 리 길을 달려왔다는 것이다. 대단한 축지법이 아닐 수 없었다. 사내는 괴나리봇짐을 풀더니 그 속에서 쇠몽둥이 두 개를 꺼내어 하나를 박 초관에게 내밀었다.

"이보시오, 박 초관. 이것을 들고 여기 서 있다가, 안에서 내가 '박 초관' 하고 부르거든 얼른 담장을 뛰어넘어 들어오시오. 그러면 내가 웬 영감탱이와 싸우고 있을 것이니, 그 쇠몽둥이로 얼른 늙은이의 머리를 박살내 버리란 말이오. 알겠소?"

그는 그렇게 말한 뒤, 박 초관이 미처 까닭을 물어 볼 틈도 없이 훌쩍 뛰어 담장 너머로 사라져 버렸다. 박 초관은 당황하지 않을 수 없었다. 다짜고짜 쇠몽둥이로 노인을 때려죽이라니, 그런 무지막지한 소리가 어디 있는가. 생각 같아서는 그대로 도망치고 싶었지만 그래 봤자 축지법을 쓰는 사내한테 금방 덜미를 잡힐 것이 틀림없고, 그렇게 되면 우악스런 그에게 어떤 봉변을 당할지 알 수 없었다.

이러지도 저러지도 못할 처지가 된 박 초관은 일단 그의 신호를 기다리기로 작정했다. 그런데 사나이가 들어가고 나서 상당한 시간이 지났는데도 안에서는 아무 소리도 들리지 않았다. 궁금증을 이기지 못한 박 초관은 마침내 담을 훌쩍 뛰어넘었다. 집 전체가 어둠에 싸여 쥐 죽은 듯이 고요한데, 후원의 별당에서 불빛이 새어 나오고 있었다. 박 초관이 살금살금 다가가서 귀를 세우자, 안에서 늙은 남자의 목소리가 새어 나왔다.

"고얀 놈 같으니! 그까짓 쇠몽둥이 하나 들었다고 감히 나를 해치겠다고 덤벼들어? 어림없는 수작이지. 그러니까 죽어도 싸지."

'아니, 그렇다면 그 사람이 죽었단 말인가.'

박 초관은 가슴이 철렁 내려앉았다. 그런 괴력의 소유자를 소리도 없이 해치운 노인은 대체 어떤 사람이란 말인가. 겁이 덜컥 난 박 초관이 슬금슬금 뒷걸음질 쳐서 도망가려고 하는데, 별안간 방 안에서 큰 소리가 터져 나왔다.

“거기 밖에 있는 놈! 감히 어디로 달아나려고 하느냐.”

그 소리를 들은 박 초관은 그만 오금이 굳어져 한 발짝도 움직일 수가 없었다. 곧 이어 창이 탁 열리면서 예순 살도 더 되어 보이는 노인이 얼굴을 내밀었다.

“너는 웬 놈이냐?”

“예, 서울에 사는 박가라고 합니다.”

“그래? 한데, 서울에 사는 놈이 여기는 웬일이냐?”

박 초관은 벌벌 떨면서 자초지종을 털어놓았다. 다 듣고 난 노인은 박 초관을 방 안으로 불러들였다. 주저하면서 방에 들어간 박 초관은 깜짝 놀랐다. 쇠몽둥이를 들고 기세 좋게 들어갔던 사나이가 입에서 피를 흘리고 눈이 까뒤집힌 꼴로 숨이 끊어져 방 한구석에 쓰러져 있었기 때문이다.

“저놈 쇠돌이는 술과 색과 투전으로 세월을 보내는 불한당이야. 힘깨나 쓴다고 행패가 심해서 내가 늘 타일렀는데, 어느 술집의 얼굴 반반한 계집한테 반해 하도 짓궂게 구는 바람에 그 계집이 견디다 못해 나한테 와서 몸을 숨기고 있다네. 놈은 그런 사실을 알고는 하루가 멀다 하고 찾아와서는 계집을 내놓으라고 행패를 부리더란 말일세. 하는 짓을 보아서는 단번에 요절을 내고 싶었지만, 그 힘과 재주가 아까워서 인간이 될 때를 기다린다는 생각 아래 좋게 타일러 보내곤 했네. 그런데 놈이 오늘밤에는 아예 쇠몽둥이를 들고 살기등등해서 갑자기 달려들지 않겠나. 그래서 엉겁결에 슬쩍 밀쳤더니, 보는 것처럼 허리가 부러져서 즉사하고 말았다네. 불쌍한 놈! 자업자득이지 뭔가.”

노인의 이야기를 듣고 난 박 초관은 머리를 조아리며 사죄했다. 사정을 알고 보니 박 초관을 탓할 일은 아니었기에, 노인은 그에게 잠자리를 제공하고서 노자까지 후하게 주어서 돌아가게 했다.

그 이야기를 듣고 난 이완은 고개를 끄덕이면서 중얼거렸다.

“조선 땅이 비록 좁다고는 하나 찾아보면 이인 재사들이 드물지 않겠구나!”

이완은 즉시 입궐하여 며칠간의 휴가를 얻은 뒤, 박 초관을 앞세워 경상도로 향했다. 두 사람이 밤을 낮 삼아 말을 갈아타 가며 달린 끝에 이윽고 경상도 땅에 접어들어 문제의 노인이 사는 마을에 도착했을 때는 만 이틀이 지난 날 밤이었다.

이완은 먼저 자기 눈으로 직접 노인의 역량을 볼 작정으로 정식 면담을 청하지 않고 박 초관과 함께 몰래 담을 넘어 안으로 들어갔다. 박 초관이 가리키는 후원 별당을 바라보니, 과연 온 집안이 고요하고 어두운데 그곳에만 불이 밝혀져 있어 책을 읽는 사람의 그림자가 문의 창호지에 내비치고 있었다. 이완이 칼을 빼 들고 살금살금 다가갔을 때, 별안간 안에서 노인의 준절(峻節: 높고 고상한 절조)한 목소리가 들렸다.

"밖에 검기(劍氣)가 비치는구나. 거기 누구냐?"

그 말을 들은 이상 주저할 수가 없었다. 이완은 '하아' 하는 기합 소리를 토하며 문을 박차고 방으로 뛰어들면서 칼로 노인을 내리쳤다. 당대의 명장인 이완이었다. 아무리 무예가 뛰어난 사람이라도 그의 기습적인 공격을 당해 내거나 피할 수 없어야 정상이었다. 그런데도 노인은 서안(書案: 책을 얹는 책상) 앞에 단정히 앉은 자세 그대로 이완을 힐끔 돌아보며 손을 한 번 휘저었다. 이상한 일이었다. 노인의 그 같은 간단한 동작과 함께 칼은 이완의 손아귀를 벗어나 방바닥에 떨어졌다. 이완이 그 순간 느낀 것은 손목을 때리는 엄청난 힘이었다.

"이게 무슨 무례한 짓인가!"

노인이 호령하자 이완은 체면을 차리지 않고 허리를 굽혔다.

"어른의 솜씨를 시험하고자 했던 것이니 너무 나무라지 마십시오. 과연 탄복할 만한 신기를 가지셨군요."

"당신은 누구요?"

"예, 훈련대장 이완이라 하오."

"오, 이완 장군! 어쩐지 검기가 예사롭지 않다고 느꼈소이다. 이 늙은이는 홍석이라고 합니다."

노인은 고개를 끄덕이면서 일어나 정중하게 맞절을 하고 자리를 권했다. 이완이 새삼스럽게 바라보니 선풍도골(仙風道骨: 신선의 풍채와 도인의 골격)인데다 눈빛이 형형했기에 보통 위인이 아님을 단번에 알 수 있었다.

"군사 관계로 불철주야 바쁘실 사또께서 이런 벽지까지 무슨 일로 오셨소?"

"실은 노인장을 모시러 왔소이다."

"나 같은 시골 늙은이를 데려다 어디에 쓰려고 이 먼 곳까지 어려운 걸음을 하셨소이까?"

"그렇지 않소. 지금 나라에는 노인장 같은 인재들이 절실히 필요하오."

이완은 병자호란 때 당한 치욕과 그 빚을 갚으려고 벼르는 임금의 뜻을 설명하고, 군력 증강의 대임을 맡은 자기를 도와 달라고 부탁했다. 듣고 난 홍석 노인은 조용히 말했다.

"내가 가진 재간이래야 필부지용(匹夫之勇: 깊은 생각 없이 혈기만 믿고 함부로 부리는 소인의 용기)에 불과하지만, 국가에 추호라도 쓸 곳이 있다면 어찌 사양하겠습니까. 사또

께서 거두어 주시면 있는 온 힘을 기울여 도와 드리겠습니
다.”

“고맙소이다.”

그렇게 하여 홍석 노인을 서울로 불러 올린 것을 시작으
로 전국 8도에서 8명의 뛰어난 이인들을 찾아낸 이완은 6
백 명의 특수부대와 함께 그들의 기량을 더욱 연마시켜 북
벌군의 정예로 삼고자 했다.

마침내 대망의 출정 날짜가 정해졌다. 효종 10년째 되던
1659년 기해년 5월 초닷새 단옷날이 그 날이었다. 그 해 봄
에 효종은 이황, 이이, 김인, 이항복, 송인수, 김장생 등의
서원에 사액(賜額)을 했다. 임금이 이름을 지어 편액(扁額:
종이나 비단, 널빤지 따위에 그림을 그리거나 글씨를 써서 방 안
이나 문 위에 걸어 놓는 액자)을 내리는 것을 ‘사액’이라고 하
는데, 바야흐로 북벌의 대군이 출정하게 된 마당에 유생들
이 이러쿵저러쿵 시비와 말썽을 일으킨다면 될 일도 안 될
것이므로, 그들의 환심을 사서 입막음을 하자는 생각에서
였다.

드디어 4월이 지나고 5월 초하루가 되었다.

‘이제 꼭 나흘이 남았구나.’

이완은 칼자루를 쓰다듬으며 감회에 젖어 중얼거렸다.

모든 준비는 완료되었으니 이제 출정의 북소리를 울리기만 하면 되는 것이다.

그런데 그날 밤 대궐에서 별감이 달려와 급히 입궐하라는 왕명을 전했다.

"입궐하라니, 무슨 까닭이냐?"

"상감마마께서 병환이 위중하십니다."

"아니, 뭐라고!"

이완은 자리를 박차고 일어났다. 허둥지둥 예복을 차려 입고 달려가는 이완은 제정신이 아니었고 잔등에는 식은땀이 흘렀다.

'임금의 병환이 위중하시다니? 이처럼 중요한 시기에 무슨 괴변이란 말인가.'

대궐에 도착하여 내전에 들어가니, 효종은 병석에 누워 있었다.

"전하, 소신 이완 참내하였습니다."

"오, 이리 가까이 오시오."

왕은 기운 없는 목소리로 말했다. 얼굴은 신열로 붉게 달아오르고 온몸을 사시나무 떨듯이 떨고 있었다.

"대체 이것이 어찌 된 일입니까?"

"과인이 몸이 편치 않아. 소, 손을 이리 주오."

"전하!"

이완이 북받치는 울음을 참지 못하며 손을 내밀자, 효종은 그 손을 꼭 잡았다.

"장군, 그 날이 단옷날이지요?"

"전하!"

"과, 과인이 없더라도…. 북벌은…. 장군이 기필코 완수해 주오."

"전하!"

"만사는 하늘이 정하는 것인가 보오. 그, 그럼 이제 과인은 안심하고…."

효종은 기진맥진하여 눈을 감았다.

그의 말대로 모든 것은 하늘의 뜻임이 틀림없었다. 만조백관들이 옆에서 떠나지 않고 안타까워하며 회복을 기원하는 가운데, 효종은 북벌군의 출정을 하루 앞둔 나흗날, 마흔한 살 장년의 나이로 웅지를 펴 보지도 못하고 세상을 떠났다. 때문에 북벌 계획은 자연히 유보되고 말았다.

효종은 자기의 죽음과 상관없이 북벌을 감행하라고 했지만, 승하한 임금의 장례를 어떤 방식으로 치르고 상복을 언제까지 입느냐 하는 문제에 대한 대왕대비와 왕대비의 의견이 달랐고, 조정 신하들과 유생들의 엇갈린 주장까지도 얽히고설켜 대궐 안이 시끄러워졌다. 그렇게 시작된 언쟁은 잠잠하던 당쟁으로 발전했으며, 결국에는 서인과 남인의 세력 다툼으로까지 확대되었다. 그렇게 되고 보니 북벌 문제는 어느덧 이미 흘러간 타령이 되고 말았다.

10여 년간 축적한 국력과 철벽 같은 무력은 한낱 장례 문제에서 시작된 입씨름 때문에 아무런 소용도 없어진 것이다. 속을 끓이면서 사태를 지켜보던 이완은 마침내 박 초관과 홍석, 유광풍 등을 불러 해산하라고 통보했다. 이완이 석별의 술잔을 권하자 그들은 하늘을 우러러보며 울부짖었다.

"천지 신명이시여, 우리 같은 사람들을 동시에 이 좁은 강산에 나게 하시고도 거저 썩히심은 무슨 장난입니까?"

가슴을 치며 통곡한 이인들은 이윽고 시대를 한탄하고 세상을 원망하면서 동서남북으로 뿔뿔이 흩어져 갔다. 영명한 임금과 효용 무쌍한 신하의 합작으로 추진된 북벌 계획은 결국 작품이 되지 못했다. 이성계의 반역으로 절호의 기회를 놓친 데 이어, 다시 한 번 어쩌면 만주 일대가 우리의 국토로 변할 수도 있었을 가능성이 영영 물거품이 되고만 것이다.

백성들을 홍수에서 구해 낸 어사 박문수

어린 시절의 박문수(朴文秀)는 매우 불행했다. 그의 조부 박선(朴銑)은 그가 여섯 살 때 죽었고, 그의 부친 박항한(朴恒漢)은 그가 여덟 살 때 세상을 하직했다. 때문에 그는 어머니의 손에 외롭게 자랐는데, 어려서부터 총명과 지혜가 뛰어났다. 일찍이 서당에서 한문을 배울 때 문일지십(聞一知十: 한 자를 듣고 열 가지를 미루어 앎)하는 재주를 보였다.

열다섯 살 때부터는 부친의 내종이 되는 운곡 이광좌(李光佐)의 지도를 받으며 열심히 면학하여 후일의 큰 성공을 준비했다. 그는 좀 늦은 서른세 살에야 문과에 장원급제하여 '설서'라는 벼슬을 했으며 그것이 출세의 시작이 되었다.

박문수는 이인좌와 정희량이 일으킨 두 난리 때 공을 세워 영성군(靈城君)으로 봉작되었으며, 영조의 신임이 두터웠기에 그의 명성은 한 나라를 뒤흔들게 되었다.

원래 도(道)가 높으면 마(魔)가 성해지는 법이다. 재주가 자기보다 나은 사람을 시기하는 것은 세상의 통속인지라, 박문수에 대한 시기와 모해도 역시 충천하는 그의 명성과 함께 고조되었다. 노론과 소론의 당파 싸움도 역시 날이 갈수록 더욱 심해졌다.

박문수는 본래 성품이 강직하여 휠 줄 모르는 것이 특성인데다 고집불통이어서 더욱 여러 사람들의 마음을 충동했다. 그는 다른 사람의 의견에 순응하는 빛을 좀처럼 보이지 않았다. 때문에 박문수가 실책하는 태도를 보일 때를 노리던 노론은 그에게 '조정의 의식을 어지럽혔다'는 죄를 씌우는 데 성공했다.

박문수의 고집은 웬만한 정도가 아니었다. 조의에 참석한 대신들에게도 조금도 겁내지 않고 대들었다.

영조 9년 1733년 정월에 분개한 우의정 김흥경(金興慶)이 어전에 부복하고,

"요즈음 영성군 박문수는 조회 때 앙면(仰面: 얼굴을 쳐드는 것) 고성으로 조회의 체제를 문란하게 만들고 있으니, 청컨대 추고하심이 당연하다고 생각하옵니다."

라고 말했다. 그러자 박문수는 그 자리가 어전임에도 불구하고,

"군신의 사이는 부자와 같은 법이올시다. 아들이 아버지

를 바라보는 것이 무슨 죄가 되겠습니까. 더욱이 근래에 정국이 무상하게 변화함으로 말미암아 신하들이 무조건 겁을 내며 이마와 코를 땅에 대고 지내니, 그것은 도리가 아닌가 하옵니다. 옛날부터 연석에서 대신들은 꿇어앉고 제신들은 국궁하여 양 손을 맞대고 있었지 부복하는 일은 없었습니다. 오늘 이후부터 대신들은 더욱 앙면하여 상감과 친근해지는 것이 좋을 줄로 아뢰오.”

라고 대꾸했다.

박문수는 방약 무인하지는 않았지만 임금 앞에서 썩은 선비들을 억눌렀다.

어느 날 영조가 박문수를 불러,

“요즈음 영남 일대의 민심이 소란하다는데 그것을 잠재울 수 있는 묘안이 없는가? 경이 한번 생각해 보라.”

하고 말하자 박문수가 그 자리에서 아뢰었다.

“백성들의 마음을 안정시킬 수 있는 방법은 옥사(獄事: 살인이나 반역의 중대한 범죄를 다루는 일)를 올바르게 바로잡는 것이라고 생각하옵니다.”

“하지만 누가 감히 그 일을 감당할 수 있겠는가?”

“소신이 비록 미력하오나 힘써서 그 일을 한번 해 볼까 하옵니다.”

"그래?"

영조는 그 날로 당장 박문수에게 '영남 별견 감진어사'라는 직책을 내렸고, 박문수는 폐포 파립으로 영남 지방을 향해 떠났다.

당시에 지방관들이 행하는 모질고 나쁜 짓은 매우 심했다. 그 중에서도 군대를 양성하는 영문에서 요미(料米: 관원에게 급료로 주던 쌀)를 이용하여 백성들을 못살게 구는 일이 특히 성했다. 즉, 봄에 요미를 백성들에게 빌려 주었다가 가을에 장리(長利: 꾸어 준 곡식의 절반에 해당되는 이자)를 받는 행위였다. 백성들이 제때에 갚지 못하면 잡아다 가두고는 했는데 그 같은 행패가 지나칠 정도였다. 때문에 박문수는 그 같은 일이 계속되는 것을 방지하지 위해 그들을 중벌에 처했고 그때부터 요미를 이용해서 이득을 취하는 악행이 없어졌다.

박문수는 푸른 산 위에 떠 있는 구름을 바라보면서 영천(永川)을 거쳐 천년 고도인 경주에 들어섰다. 그리고 민심을 살피면서 의령(宜寧)을 지나 진주 감영에서 여러 날을 묵은 뒤에 산의 자태가 수려하기로 이름난 산청(山淸) 고을로 들어섰는데, 때는 바야흐로 봄이라 그가 이르는 곳마다 복숭아꽃과 살구꽃들이 만발해 있었다.

산청 고을에 들어서서 원을 찾아갔더니 원은 벌써 그가 암행어사임을 눈치챘는지 대접이 융숭했다.

그래서 박문수는 우선 공시를 끝내려고 크고 작은 문부들을 열람하게 되었는데, 새터[新基]에 사는 최 진사의 자부(子婦: 며느리) 살해 사건은 사건이 발생한 지 반년이 지났는데도 결말을 내지 않고 그대로 묵혀 두고 있었다. 따라서 박문수는 옥사를 밝히는 것이 어사로서 행각하는 목적이었기에 내용을 읽어 보았더니 다음과 같았다.

　

"새터에 사는 최 진사 공석(公奭)이 자부를 범하려다가 응해 주지 않자 겁탈하고 살해했다. 하지만 본인 및 동네 사람들이 인정하지 않으므로…."

　

"괴변이로군! 며느리를 겁탈하다니… 세상에 별 해괴한 일이 다 있군!"

박문수가 중얼거리자 그 말을 들은 산청 원도 혀를 차면서 말했다.

"그렇습니다. 하지만 본인이 펄쩍 뛰면서 부인하고 동네 사람들도 역시 그럴 리가 없다면서 등장(等狀: 여러 사람이 연명하여 관청에 무엇을 호소하는 일)하러 왔습니다. 그래서 아직까지 감영으로 보내지 못하고 있습니다."

"흐음, 그래요?"

"진주 감영으로 넘어가면 처참이 됩니다. 그래서 혹시 진범이 나오지 않을까 하는 생각에 차일피일 날짜만 끌고 있는 중입니다."

"그렇다면 내가 좀 조사해 볼 테니 그 최 진사라는 자를 잠시 방면해 주오."

"그렇게 해 드리겠습니다. 방면해도 도주할 위인은 아닌 것 같으니까요."

"하지만 항상 감시하시오. 무슨 일이 또 생길지 알 수 없으니…."

잠시 후 옥으로 간 박문수는 그 최 진사라는 사람을 멀리서 바라보았다. 그런데 그의 얼굴은 약간 여위기는 했지만 크게 어두운 빛이 없었다. 최 진사는 다음날 집행을 유예한다는 구실 아래 방면되었다.

그로부터 며칠 후 저녁때, 걸객 차림의 박문수가 최 진사의 집으로 찾아가 하룻밤 자고 가게 해 달라고 청했더니, 최 진사는 그렇게 하라고 대답하며 간소하게 술상까지 차려다 주었다. 그리고는 근심스러워하는 얼굴로 깊게 한숨을 쉬었다.

"주인 영감, 무슨 걱정거리라도 있습니까?"

박문수가 슬쩍 물어 보았더니 최 진사는 희미하게 미소 지으며,

"아, 아닙니다. 어서 술이나 드시지요."

하고 얼버무렸으나 이내 생각이 바뀌었는지 입을 열어 말하기 시작했다.

"손님, 내 이야기를 잠깐 들어 보시겠소?"

"그러지요."

"지난 3월 초였지요. 고개 너머 마을에 우리 삼촌이 살고 있는데, 그 날은 삼촌이 며느리를 얻는 날이었습니다. 그래서 내 아내는 며칠 전부터 그 집에 가서 일을 봐 주고 있었답니다. 아들놈도 역시 그 집 일을 봐 주느라고 전날부터 가 있었습니다."

"친척집 혼사가 있으니 당연히 그렇게 하셨겠지요."

박문수가 대꾸해 주자 최 진사는 갑자기 흥분이 되는지 술을 따라서 자기도 한 잔 마시고는 이야기를 계속했다.

"그런데 나도 그 날 한번 가 보기는 해야겠는데 마누라가 와야 가지요. 그래서 기다리다 못해 며느리에게 '네가 좀 가서 시어머니를 모시고 오너라' 하고 말했더니 그 애가 '제가 집에 있을 테니 걱정 말고 다녀오세요' 하는 겁니다. 그래서 젊은 며느리만 두고 가는 것이 마음에 걸렸지만 설마 대낮인데 무슨 일이 있으랴 싶어 '그럼, 얼른 다녀오마' 하

고서 고개 너머로 가지 않았겠습니까. 그런데 며느리만 두고 가는지라 금방 돌아오겠다고 말은 했지만 세상 일이라는 게 어디 말한 대로 됩니까. 삼촌과 술 한잔을 나누다 보니 시간이 꽤 지났습니다. 뒤늦게 서둘러 돌아와 안을 향해 '아가야' 하고 불렀는데 대답이 없었습니다. 그래서 '아마 봄철이라 나른해져 낮잠을 자나 보다' 생각하며 다시 불러 보았지만 그래도 대답이 없기에 방문을 열고 보았더니, 며느리가 목에 시퍼런 단도가 박힌 모습으로 쓰러져 있지 않겠습니까. 세상에 이런 괴변이 어디에 또 있겠습니까?"

"그래서 어찌 되었습니까?"

"우선 목에 박혀 있는 칼을 뽑아 주고, 혹시 숨이 붙어 있지 않나 하여 가슴에 손을 대 보았는데 온기가 전혀 없더군요. 이미 시체가 되어 버린 겁니다. 그런데 때마침 밖에서 누가 찾기에 나가 보니 옆집에 사는 복남이 어멈이 왔더군요. 그래서 그 여자가 며느리의 시체를 보게 되고 멋대로 주둥이를 놀리는 바람에 내가 한동안 큰 고생을 했소이다."

"허어, 그런 일이 있었군요. 하지만 죄가 없다면 걱정하지 않으셔도 됩니다."

"걱정하지 않아도 된다고요? 방금 내가 말하지 않았소? 죄도 없이 여러 달 동안 옥 안에서 신음하다가 며칠 전에 나왔다니까요."

“공연히 고생을 많이 하셨습니다. 하지만 진범이 잡히겠지요.”

“그렇게 되기만 하면야 얼마나 좋겠습니까. 며느리를 잃은 것만도 원통한데 나는 더러운 누명을 쓰고, 관가에서는 진범이 누구인지 알지도 못하고 있으니, 도대체 어떻게 해야 좋을지 모르겠습니다.”

박문수와 최 진사는 이런 얘기 저런 얘기를 계속해서 하다가 밤이 이슥해져서야 잠자리에 들었다.

다음날 아침 박문수는 의문의 며느리 겁탈 사건을 어떻게 해야 풀 수 있을까 걱정하면서 그 동리를 떠났다. 그가 암행어사로서 해야 할 다른 일들이 많기 때문이었다.

얼마 후에 그가 들어선 곳은 합천(陜川) 길이었다.

합천읍 근처의 창말에는 예로부터 곳집[庫家]이라 하여 나라의 곡식을 저장하는 곳이 있어서 사람들이 많이 모여들었다. 때문에 몇 집 안 되는 주막들은 순대국과 술을 파느라고 항상 바빴다.

박문수는 창말에서 순대국을 한 그릇 사 먹고 앞에 있는 산을 넘어갔는데, 양쪽으로 갈라지는 길 한쪽에서 중 한 사람이 나타났다. 키는 칠 척이나 되고 얼굴은 붉은 기운을 띠었는데 힘깨나 쓸 것 같이 보였다. 머리엔 송낙(松蘿: 송라로 짚주저리 모양으로 만든, 여승이 쓰는 모자)을 쓰고 등에는 바랑을 지고 목탁과 염주를 들고 있었다. 하지만 자비스러운 빛은 어디에서도 찾아볼 수 없고 얼굴은 험상궂어 무서워 보이기만 했다. 그는 박문수를 완전한 걸인이라고 생각했는지,

"여보게 길손, 어디까지 가는가?"

하고 하대를 하며 말을 걸었다. 때문에 박문수는 어이가 없었지만 내색하지 않으며 대답했다.

"소인이야 얻어먹고 사는 거지이니 정해 놓은 갈 곳이 있겠습니까? 바람 부는 대로 물결치는 대로 갑지요."

"허어, 거지 치고는 말 한번 잘 하는군. 그렇다면 저 앞에 있는 주막까지 함께 가세."

"그렇게 하십시다. 그런데 중님은 어느 절에 계신가요?"

"예끼, 무식한 사람. 중님이 뭔가, 대사님이라고 해야지."

"잘못되었다면 용서합쇼. 대사님께서는 어느 절에 계십니까?"

"나는 합천 해인사(海印寺)에 있네."

"아, 그러십니까? 소생은 정처 없이 떠돌아다니는 김가라는 사람이올시다. 앞으로 많이 애호해 주십시오."

"어, 그래? 그렇다면 나와 함께 다녀 보세. 내가 시주를 많이 얻으면 좀 나눠주겠네."

“그런 걱정은 하지 마십시오. 나눠주시지 않아도 제가 먹고살 것은 있습니다.”

“허어, 이 사람 보게. 거지에게 무슨 돈이 있단 말인가?”

“대사님 주머니 속에는 돈 대신 이가 그득할지 모르지만, 내 주머니 속에는 항상 돈이 떠나지 않고 있답니다.”

“그래?”

그 소리를 들은 중은 씨익 웃으면서 주막에 이르면 술을 한잔 사 달라고 졸랐다. 때문에 박문수는 공연한 소리를 했다고 후회했다. 또한 한편으로는 그 중을 괘씸하게 여기며,

“대사님들도 술을 자시나요? 5계에 불음주라는 것이 있다던데 파계승이 되시려는 겁니까?”

하고 빈정댔더니 중이 비위짱 좋게 대꾸했다.

“여보게, 중은 인간이 아니란 말인가? 술과 고기는 산문(山門) 안에서만 금하는 것이니 속세에 나와서는 먹어도 괜찮아. 걱정하지 말고 어서 술이나 사 주게.”

두 사람은 해가 서산에 거의 기울 무렵에야 주막에 당도했다. 중은 그 주막에서 술 두어 되와 돼지고기 안주를 배불리 먹었는데, 권커니 잣거니 하며 마신 바람에 박문수도 상당히 취했다. 그리하여 두 사람은 정다운 길손들처럼 그 주막에서 함께 하룻밤을 잤다.

다음날 아침에 그 중은 해인사로 돌아간다면서 박문수에게 함께 가자고 했다. 그러자 박문수는 해인사 구경을 해두는 것도 그다지 해롭지 않은 일이라고 생각하며 그 중과 동행하여 길을 떠났다.

그 동안 두 사람은 매우 친해져 할말 못할말을 가리지 않고 나눌 만한 사이가 되어 있었다. 아침해가 제법 높이 떴을 때 출발했기에 걸은 지 얼마 지나지 않아 점심때가 되었고 때마침 주막도 만났으므로 두 사람은 다시 얼큰해지도록 술을 마셨다.

술에 취한 두 사람은 길가의 나무 그늘에 앉아 쉬면서 다시 말장난을 하기 시작했다. 먼저 중이,

"자네들 거지들도 돈이 생기면 오입(誤入: 외도)을 하러 다니는가?"

하고 묻자 박문수는,

"아무렴, 인간은 다 마찬가지지."

라고 대답하고는 허장성세를 보이느라 계속해서 말했다.

"우리들 거지는 세상에서 무서울 것이 없다네. 우리는 돈이 생기면 잘 쓰고 잘 놀고 잘 마시지. 그래서 거지 노릇을 사흘만 하면 거지 노릇을 그만둘 수가 없어. 하지만 자네들 중은 돈이 생겨 봤자 뭘 하나. 오입 한 번 못하니…."

"이 사람아, 부처님의 제자가 오입을 하다니, 그게 될 법

이나 한 말인가. 불제자는 항상 몸을 단정히 가져야 하는 법일세."

"그래서 오입을 한 번도 못해 봤단 말인가? 중들은 탁발 하느라고 아무 집이나 마구 드나드니까 오입을 많이 해 봤 을 텐데."

박문수는 중의 입에서 침이 질질 흐르도록 자기가 오입 했다는 얘기를 거짓으로 그럴싸하게 꾸며 댔다. 그것은 물 론 술과 고기를 먹는 돌중을 놀리기 위해서였다. 그런데 그 처럼 싱거운 장난이 전혀 예상치 못한 결과를 향해 치닫고 있었다. 듣고만 있던 중이 씨익 웃으며,

"여보게, 사실은 말이지, 나도 젊은 색시와 한 번 놀아 본 적이 있었다네."

라고 말한 것이다. 때문에 박문수는 본능적으로 이상한 느낌을 받으며 대화를 이었다.

"허어, 자네는 역시 내가 생각했던 것처럼 천하의 못된 돌중이었군!"

"아니야, 그런 게 아니라, 나 같은 대사는 그런 짓을 해도 아름답고 깨끗한 인과를 가져오게 된다네. 그래서 내가 시 골에 가면 촌색시들이 나를 보려고 야단이 나지. 그리고 목 청 좋게 다라니를 외우면 색시들이 사방에서 모여든단 말 이야."

"거짓말을 잘도 하는군. 자네 같은 중놈이 어디가 잘났다고 색시들이 모여든단 말인가?"

"흐흐흐… 모르는 소리 하지 마. 지난봄에 내가 산청의 어느 마을에서 인물이 고운 색시를 하나 보았는데 아름답기가 월궁의 항아야. 그 집에 여러 번 드나들어 그 색시를 눈여겨볼 수 있었지."

"그러니까 얼굴만 보고서 놀아 본 적이 있다고 말하는 거야? 손목 한 번 잡아 보지도 못했으면서?"

"흥, 왜 못 잡아 봐. 등신이 아닌 다음에야 보고 있을 수만 없잖아. 그 색시의 손목이 참 보드랍더구만…."

"이런 흉측한 놈! 중놈이 남의 색시 손목을 잡았단 말인가? 거짓말이지?"

"거짓말이 아니야. 내가 한번 행차하면 그 집 며느리가 너무 좋아서 죽을 정도로 반겼다니까."

"그래? 그럼 자세하게 말해 봐."

박문수가 충동질하자 그는 신이 나서 다시 입을 열었다.

"내가 그 집에 갔는데 마침 아무도 없는지 집안이 조용하더란 말이야. 그래서 슬그머니 안으로 들어갔는데 여전히 조용하더군. 그래서 안방 앞까지 갔더니 방문이 바시시 열리면서 그 색시가 나오지 않겠나."

"그래서?"

"눈 딱 감고 손목을 잡았지. 그랬더니 홱 뿌리치고 방으로 들어가지 뭔가."

"그래서?"

"그걸로 끝났어."

"쯧쯧… 그걸로 끝났다니. 나 같으면 강제로라도 욕심을 한 번 채웠을 텐데…."

"부처님의 제자가 그럴 수야 있나."

"그래서 어떻게 되었어?"

"그렇게 끝났다니까."

"새빨간 거짓말, 그렇게 끝날 수가 있나. 이제 보니 돌중도 못 되는 등신이었군."

박문수가 다시 충동질을 하자 그 중은 한참 동안 뭔가 생각하는 표정을 짓다가 좌우로 몸을 흔들면서 말했다.

"실은 말이야. 방으로 따라 들어가 그 색시의 손목을 지긋이 잡았지. 그랬더니 반항을 하더군. 그래서 마구 덮치면서 옷을 벗겼더니 울음을 터뜨리더군. 그래서 울지 말라고 달래면서 근사하게 한번 문질러 주었지."

"그렇게 끝난 거야?"

"그래."

"그 동네 이름이 뭔가?"

"산청의 새터라는 마을이었어."

“혹시 최 진사 댁이 아닌가?”

“아니, 자네가 어찌 그 집을 아는가?”

“어찌 알긴. 나는 얻어먹으며 조선 팔도를 돌아다니는 사람이니 별 곳엘 다 가지. 그 집 제사 때 밥을 얻어먹었기에 잘 기억하고 있네.”

“그래?”

“그 집 주인이 며느리를 건드렸다더군.”

“그래 바로 그 집이야.”

“최 진사가 며느리를 겁탈하려다 듣지 않아 죽인 죄로 잡혀갔다던데….”

“잡혀갔다 뿐인가. 아마 벌써 처참되었을걸.”

“글쎄….”

박문수는 우연히 만난 그 중이 바로 진범이라는 단정을 내리고 해인사까지 함께 갔는데, 그는 가는 동안에도 오만 가지 음담패설을 다 늘어놓았다.

해인사에 도착한 박문수는 그 중의 이름과 신상에 대한 것을 모두 알아내 기록하였다. 그리고는 합천으로 달려가 암행어사 출도를 하고 포교들에게 명령했다.

“해인사에 가서 혜해(慧海)라는 중놈을 포박해 오라. 그 놈의 힘이 천하장사이니 십여 명이 가야 할 것이다.”

포교들은 나는 듯이 해인사로 달려갔다. 그리고 한참 동안 싸운 끝에 혜해를 포박해 왔다. 하지만 박문수는 그를 문초하지 않고 산청으로 압송해 버렸다.

박문수는 그로부터 사흘 뒤에 산청에서 어사 출도를 했다. 그리고는 동헌에 좌기하여, 꿇어앉은 중놈을 되게 치죄하라고 명령했다. 그러자 집장 사령들이,

"예이…!"

하는 소리를 길게 뽑으며 치도곤으로 중을 치기 시작했다. 하지만 중은 완강하게 부인하며 범행을 자백하지 않았다. 이에 어사 박문수가,

"너는 지난 3월에 산청 마을에 사는 최 진사의 며느리를 겁탈하려다가 뜻을 이루지 못하게 되자 칼로 찔러서 죽였다. 그렇지? 이놈, 얼굴을 바로 들고 나를 봐라."

이 말에 중 혜해는 머리를 들어 동헌 마루에 높이 앉아 있는 박문수를 보더니 소스라치게 놀랐다. 그리고는 긴 한숨을 쉬면서 말했다.

"죽을 때가 되어서 너무나 큰 잘못을 저질렀습니다. 한 번만 살려 주소서. 천한 몸이 불 같은 야욕을 이기지 못해 이렇게 큰 죄를 짓고 말았습니다. 한 번만 용서해 주시면 개과천선하여 고인의 명복을 빌겠습니다."

하지만 박문수는 그 소리를 들은 척도 하지 않으며,

"이놈, 아가리를 닥쳐라! 그리고 저승 염라국에 가서나

선량한 백성이 되어라. 죽일 놈, 네놈 때문에 얼마나 많은 사람들이 고생을 했는지 아느냐?”

라고 일갈하고는 그를 그 날로 진주 감영으로 호송하라고 명했다.

박문수는 억울한 누명을 쓰고 하마터면 망나니의 칼에 목이 잘릴 뻔한 최 진사의 목숨을 구해 주었는데, 그가 행한 이 같은 밝은 옥사로 인해 영남 일대의 민심은 모두 정부를 신뢰하게 되었으며 어사 박문수의 이름은 더욱 높아졌다. 또한 영조 임금은 박문수가 행한 기특한 수사담을 듣고는 한층 더 그를 총애하게 되었다. 그런데 박문수의 명성을 더욱 높여 주는 사건이 생겼다.

박문수가 다시 암행어사가 되어 영남 지방에 내려갔을 때 심한 장마가 졌는데, 동해안에 가옥과 세간살이가 떠내려오기 시작하더니 마침내 그것들이 바다를 뒤덮을 정도가 되었다. 그러자 보고를 받은 박문수는 그것들이 강원도나 함경도 지방에서 떠내려온 것이 틀림없다고 생각하고, 이재민들을 구호하기 위해 제민창에 저장해 두었던 곡식 삼천 석을 징발하여 배에 실어 보내면서 임금에게 서면으로 보고할 계획을 세웠다. 그러자 경상도의 관원들은 조정의 명령도 받지 않고 마음대로 곡식을 보냈다가 나중에 책임을 추궁당하면 어떻게 하느냐면서 반대하는 등 이론들이 분분했다.

하지만 박문수는,

"지금 북도의 백성들이 집과 세간살이를 잃고 굶주리며 죽어 가고 있는데 어느 여가에 명령이 내려오기를 기다리고 있겠느냐! 그들을 살릴 수 있는 길은 오직 영남의 곡식을 보내는 수밖에 없다."

라고 주장하면서 곡식을 보냈다.

거의 기아선상에서 헤매고 있던 북도의 백성들은 구호 양곡을 가득 실은 배들이 깃발을 날리며 바다에 나타나자 환호성을 올렸다. 그리하여 수재를 입은 관북 지방 십여 고을의 백성들이 살아나게 되었던 것이다.

후에 그들은 박문수에게 입은 은혜를 잊지 못해 함흥 만세교 다리 앞에 송덕비를 세워 그의 공을 찬양했다. 그리하여 전국에서 어사 박문수를 모르는 사람이 없을 정도가 되었다.

영조 임금이 치세한 반세기 동안 노론과 소론은 서로 걸고 틀고 하면서 치열하게 싸웠다.

그러던 중 노론의 영수였던 조태채가 소론의 김일경과 목호룡 등에 의해 피살된 후, 그의 아들 3형제인 정빈·관빈·겸빈은 소론의 인사들을 뱀이나 전갈을 보듯이 대했다. 그들이 아버지를 죽인 원수였기 때문이다. 그 셋 중에서도 둘째인 관빈은 같은 조정에서 벼슬을 하고 있으면서도 소론의 인사들과는 인사조차 하지 않았으며, 기회만 있으면 서로 잡아먹으려고 했다.

그러던 중 조관빈이 처참형을 당하게 되었을 때 박문수가 강력하게 반대하여 살려 준 뒤부터 어느 정도 서로 융합되는 기미가 있었다. 하지만 서로 왕래하면서 경조 상문할 정도는 아니었다.

영조 19년에 조태채의 아들 삼 형제가 모두 벼슬길에 들어섰는데, 조관빈의 형인 정빈이 갑자기 세상을 떠났다. 함께 정부에 있었던 동료 벼슬아치가 죽었으니 모두 조문함 직도 했지만, 소론들 중에 얼굴을 나타내는 사람이 없었다.

하지만 박문수는 상대방이 싫어할 줄을 뻔히 알면서도 문상을 갔다. 그때 관빈과 겸빈은 함께 상가에 있었지만 박문수를 거들떠보지도 않았다. 때문에 박문수는 속으로 매우 괘씸하게 생각했지만 어떻게 할 수가 없었다. 그래서 사랑에 있는 그 집의 청지기에게,

"비록 서로 불목하는 사이라고는 해도, 나는 돌아가신 조태채 대감뿐만 아니라 예조 판서를 지낸 조 대감도 잘 알기 때문에 조상 왔다고 전해라."

하고 말했다. 그랬더니 청지기가 안에 들어갔다 나와서 말했다.

"안에 계신 대감께서 조상을 받지 않을 테니 도로 회정하시라고 말씀하셨습니다."

하지만 짓궂은 박문수는 그래도 그곳을 떠나지 않고 다시,

"비록 조씨 댁과 우리가 원수 사이라 해도 동조 출사했으니 옛날의 친구이며, 친구가 죽었는데 어찌 곡을 하지 않고 돌아갈 수 있겠는가. 들어가서 그렇게 전해라."

하고 말했더니 청지기가 다시 안으로 들어갔다가 한참만에 나와서 말했다.

"주인 상제님과 예판 대감께서 곡만 하고 가시랍니다."

"오냐, 그만하면 됐다. 나는 고인의 명복을 빌기 위해서 온 것이니까."

박문수는 결국 큰사랑으로 들어가 하인들만이 지키고 있는 빈청에서 크게 곡을 하고 나왔다. 그런데 그는 다시 청지기에게 물었다.

"여봐라! 고인의 영구가 어디에 있느냐?"

"아직 입관은 하지 않았습니다. 오늘에야 겨우 관을 만들었기에 내일쯤 입관하려고 합니다. 지금 빈청에 있습니다."

"아, 그래. 옻칠을 한 검은 관이 바로 그것이구나."

“그러하옵니다.”

“그런데 내가 보니 그 관이 아무래도 이상하다. 그러니 네가 들어가 그 관을 들고 나오너라.”

“그런 말씀은 하지 마십시오. 해괴합니다.”

“딴소리 하지 말고 어서 빨리 가져오너라.”

“절대로 그렇게 할 수 없습니다.”

안에서 그 소리를 들은 상제들은 펄쩍 뛰었다. 다른 사람도 아닌 원수로 여기는 자가 와서 난데없이 관을 내오라고 하니 당연히 시끄러워질 수밖에 없었다. 그런데 조관빈이 문득 큰상제에게 말했다.

“애야, 그렇게 떠들지 말고 빈 영구를 내다 주라고 해라.”

그러자 큰상제가 또 한 번 펄쩍 뛰며,

“숙부께서 왜 박문수 편을 드시는 겁니까? 죽어도 그렇게 할 수 없습니다.”

라고 말했다. 그러자 조관빈이 작은 소리로 다시 말했다.

“애야, 그런 게 아니다. 아무래도 무슨 일이 있는 듯하니 어서 관을 내다 주어라. 우리에게 해가 될 일은 없을 것이니.박문수는 이인이니라. 아무래도 빈청에서 뭔가 보고 나간 모양이니, 어서 내 말대로 해라.”

“하, 하지만….”

얼마 후에 청지기는 관을 들고 마당으로 나왔다. 관을 살

펴보던 박문수가,

"여봐라. 큰 도끼를 가져오너라."

하고 말하자 하인 하나가 뒤꼍으로 가서 도끼를 가지고 왔다.

박문수는 다시 한참 동안 관을 이리저리 살펴보면서 손으로 이곳저곳을 만져 보기도 했다. 그 동안 상가에 와 있던 사람들이 구경을 하려고 한 사람 두 사람 모여들었기에 온 마당이 그들먹했다.

이윽고 박문수는 아무 소리도 하지 않고 도끼를 들더니 기운차게 관을 내리쳤다.

"빠각!"

관은 부서지면서 두 동강이 나고, 여러 사람들이 놀라 떠들어 대는 소리가 한꺼번에 일어났다. 하지만 별다른 일은 일어나지 않았다.

박문수는 다시 부서진 관을 한참 동안 만지더니 도끼로 마구리(물건의 양쪽 머리)의 면을 들어냈다. 그리고 아래에 있는 판때기를 만져 보더니 그곳을 다시 도끼로 내리쳤다. 그 순간,

"카앙!"

하는 쇳소리가 나면서 너덧 치는 실히 되는 쇳조각이 튀어나왔다. 박문수가 그것을 주워 들고는,

"자아, 이걸 보아라."

하고 말하자 구경하던 사람들이 모두,

"과연 이인이다!"

"그런 것이 있는 줄 어떻게 알았소?"

하고 말하면서 칭찬했다. 그러자 박문수는 얼굴을 잔뜩 찌푸리면서 말했다.

"이 관을 짠 목수가 누구냐? 불러 오너라."

청지기는 희한한 구경을 하게 되자 박문수를 우대하고 싶은 마음이 생겼기에 자기가 직접 뛰어가 목수를 불러왔다. 목수는 두 손을 싹싹 비비면서 박문수 앞에 나타났다.

"여봐라. 네가 목수 노릇을 몇 해나 했느냐? 바로 말해라."

박문수가 묻자 목수가 잔뜩 겁먹은 목소리로 대답했다.

"한 십 년 정도 됩니다."

"십 년씩이나 목수 노릇을 했으면서 나무 속에 쇠붙이가 있는 것을 몰랐단 말이냐?"

"그저 황송 무지로소이다."

"황송하다는 말만으로 해결될 일이라고 보느냐? 이것은 옛날에 누군가가 생나무를 베려다가 부러져 수십 년 동안 나무 속에 박혀 있던 낫의 끝 부분이다. 그런 줄도 모르면서 고인의 만년유택을 만드는 것이 불안하지 않더냐? 어서

주상(主喪: 죽은 사람의 제전을 주장하여 맡아 보는 사람)에게
백배 사죄해라. 그리고 관을 다시 만들도록 해라.”

그 말을 들은 목수는 너무나 죄송하고 송구스러워 견디
기 힘들다는 듯이 먼저 박문수에게 백배 사죄하고는,

“대감의 분부대로 하겠습니다.”

라고 말했다. 그제야 주상과 조관빈이 큰사랑에서 나와
박문수의 손을 잡으며,

“영성군 대감. 지금까지 우리가 잘못했습니다. 모두 소
견이 좁은 탓에 그랬던 것이니 아무쪼록 용서해 주시오. 이
인을 몰라뵈었소이다.”

라고 말하며 사과했다. 그러자 박문수는,

“그런 말씀 마시오. 과찬이오. 돌아가신 이우당(二憂堂:
조태채 대감)의 충성을 내가 모르는 바 아니오. 항상 선대감
의 충성을 흠모했고, 또한 억울하게 세상을 떠나셨다는 것
을 잘 알고 있습니다. 오로지 조정에서의 의견이 달라 서로
애기할 수 없었을 뿐이오.”

라고 말하며, 만류하는 주인의 손을 가볍게 뿌리치고 진심
에서 우러나오는 그들의 전송을 받으면서 상가에서 나왔다.

그때부터 수백 년 동안 고령(高靈) 박씨 집안과 양주(楊
洲) 조씨 집안 사람들은 서로 통하며 왕래하지는 않았지만
어려운 일을 당할 때마다 서로 도와 주고는 했다.

곤장 한 대로 기강을 세운 수원부사 조심태

정조대왕(正祖大王) 때 용주사(龍珠寺)가 있는 수원의 현륭원(顯隆圓)에는 숱하게 많은 불교도와 벼슬아치들이 득실거렸다.

현륭원은 정조대왕이 비명에 죽은 그의 부친 사도세자의 원혼을 위로하는 뜻에서 이룩케 한 도원이다. 그 구역 안에 사도세자의 능 자리까지 정한 후에, 정조는 수원에 성(華城)을 쌓되 그 높이가 한양성과 같도록 했다.

사도세자에 대한 효성이 그처럼 지극했기에 현륭원은 무척이나 화려하고 웅장한 규모로 만들어졌다. 또한 용주사는 현륭원 안에 특별히 마련한 절이었는데, 사도세자의 명복을 비는 향탄 진배소(香炭進排所: 산릉의 제사에 쓰는 향나무와 숯 굽는 참나무를 길러서 바치는 곳)를 겸해서 이룩한 절이었기에 정조가 무척이나 아꼈다.

한 달에 한두 번은 정조가 친히 이곳으로 거둥했고, 조정의 문무백관들도 줄을 지어서 따라가 진배했다. 그때마다 하늘을 진동시키는 승도들의 송경 소리는 끝없이 계속되었고, 밤이 되면 화려한 등롱들의 불빛이 넓은 용주사 안을 낮처럼 밝혀 주었다.

그렇게 되고 보니 가장 큰 덕을 보는 대상은 사도세자의 영혼이 아니라 현륭원에 머물고 있는 지체 낮은 관인들이었다. 그들은 세상에 무서운 것이 없었고 웬만한 벼슬아치들은 하찮게 보았다. 돈도 많이 생기니 세상에서 부러울 것이 없었다.

정조가 친히 거둥하는 때만 아니면 그들은 밤낮 없이 수원부의 민가로 쏟아져 나가 행패를 부렸다. 술을 마시고 공연히 사람들을 때리는 폭행은 예사였다. 술집 계집에서 여염집 규수에 이르기까지 가리지 않고 예쁜 여자만 눈에 띄면 어떻게 해서라도 욕을 보이고는 했다.

물론 관가에서는 그들의 행패가 심하다는 사실을 잘 알고 있었지만 그대로 내버려 두는 수밖에 없었다. 그들의 위에 왕이 있고 서슬이 푸른 대감들도 버티고 있기 때문이었다.

그래서 수원부에 사는 백성들은 술청이나 거리에서 그들을 만나게 되면,

"이크! 현륭원 관인들이다!"

하고 속삭이며 슬그머니 피하고는 했다. 그리고 얼굴이 반반하게 생긴 아내를 가진 사람이나 예쁘게 생긴 딸을 가진 부모들은 날마다 편한 잠을 이루지 못했다. 그들은 서로 만나기만 하면,

"원혼을 모시는 관인들이 이토록 못된 짓을 하다니… 말세가 되었구먼!"

"글쎄 말이야. 수원 부사께서는 계속해서 모른 척하실 건가?"

하고 귓속말을 주고받았지만 뾰족한 대안이 나오지 않았고, 현륭원 관인들은 더욱 기고만장해지기만 했다.

어느 날 황혼이 깃든 무렵이었다.

거리의 어느 술집에서 거나하게 취한 맨머리의 관인들 셋이 비척거리면서 밖으로 나왔다. 하지만 그들은 현륭원을 향해 걸어가지 않았다.

그들은 초가집들이 즐비하게 늘어서 있는 동네를 향해 천천히 걸어갔다. 동네 어귀의 샘가에는 물을 길러 나온 동네 여인들이 모여 있었다.

"어머나, 현륭원 관인들이…."

깜짝 놀란 여인들이 앞을 다투며 도망치려고 했지만, 그들보다 먼저 관인 하나가 두 팔을 쩌억 벌리면서 앞을 막아

섰다.

"갈증이 심해서 물을 한 모금 얻어 마시고자 하니 적선해 주면 고맙겠소."

상반신을 약간 숙이면서 말하는 관인의 벌개진 두 눈은 오들오들 떨고 있는 여인들의 얼굴을 살펴보느라고 방자하게 구르고 있었다.

입가로 흘러내리는 침을 혓바닥으로 스윽 핥던 그의 눈길이 이윽고 한 여인의 얼굴에서 멈추었다. 귀엽게 생긴 얼굴과 날씬한 몸매를 가진 젊은 아낙네였다.

관인이 팔을 벌린 채 다가서며 말했다.

"어서 한 바가지 떠 주시지요."

검붉은 얼굴에 음탕한 웃음이 넘쳐흐를 때마다 그의 입에서 풍기는 고약한 술 냄새가 여인에게 달려들었다.

"아…."

솔개에게 쫓기는 병아리처럼 여인은 동이를 떨어뜨린 채 몇 발 뒤로 물러섰다. 그러자 관인은 그만큼 다가서며 다시 말했다.

"왜 그래요? 물을 주기가 싫소?"

"저… 저는 … 남편이 있는 몸이에요."

여인이 애걸하며 뒷걸음질치자 관인들은 흉물스럽게 웃으며 다시 다가섰다. 하지만 선뜻 나서서 그들을 막아 주는

여인은 하나도 없었다. 마음은 그렇게 하고 싶었지만 후환
이 두려웠던 것이다.

젊은 여인은 결국 뒷걸음질치며 골목 안으로 피하다가
작은 초가집 안으로 후다닥 뛰어 들어갔다. 그리고는 곧 몸
을 돌려 대문을 잠그려고 했다. 하지만 뒤따라온 관인들 셋
이서 함께 안으로 미는 바람에 대문은 크게 열려졌고 나중
에 들어온 관인이 대문을 잠갔다.

"아니, 왜들 이러시오?"

방 안에 있던 여인의 남편이 이상한 낌새를 알아채고는
버럭 소리를 지르면서 뛰어나왔다. 하지만 그는 관인들의
손에 의해 마당에 있는 대추나무에 꽁꽁 묶이고 말았다.

"이놈들아, 이게 무슨 짓이냐?"

남편이 악을 쓰자 관인들은 오히려 호통을 쳤다.

"입 닥쳐!"

그들은 젊은 남편의 입을 수건으로 졸라매어서 막고 앞
을 보지 못하도록 머리에 거적을 씌웠다.

여인을 끌고 제일 먼저 방 안으로 들어간 자는 여인에게
물을 달라고 말했던 관인이었다. 벽이 무너지기라도 할 것
처럼 심한 여인과 관원의 싸움이 벌어졌다. 목이 찢어지는
듯한 여인의 비명 소리와 함께 여인의 옷이 찢어지는 소리
가 밖으로 흘러나왔다. 그리고 여인의 비명 소리는 갑자기

작고 가늘어졌다.

그로부터 얼마 후 수욕(獸慾: 짐승과 같은 음란한 욕망)을 채운 관인이 밖으로 나오길 기다리던 두 놈 중의 하나가 방 안으로 들어갔고, 그놈이 나오자 마지막 놈이 방 안으로 들어갔다.

대추나무에 묶여 있는 여인의 남편은 그 동안 이를 갈면서 피눈물을 흘렸다. 하지만 그것은 한낱 힘없는 백성의 힘으로는 도저히 막을 수 없는 불행이었다.

관인들이 집 밖으로 사라진 뒤에야 여인은 간신히 몸을 일으켰다. 풀어진 옷고름을 매만질 생각조차 하지 못했는지 하얀 속살을 드러낸 채 남편이 묶여 있는 마당으로 기어 나왔다. 남편의 몸에 매달려 실컷 울기 위해서였을 것이다. 하지만 남편은 이미 이 세상 사람이 아니었다. 남편의 이에 반쯤 잘린 혀에서 피가 흐르고 있었다.

"야속하오이다. 혼자서 먼저 가시면 어찌하옵니까. 이 몸도 뒤를 따르오이다."

미친 듯이 울부짖던 여인은 드디어 남편의 허리께에 있는 장도칼을 뽑아 들더니 망설이지 않고 자기의 가슴에 꽂았다.

이웃 사람들이 그 일을 관가에 알렸기에 형방의 나졸들

이 몰려와 그 집의 뜰안에서 법석거렸다. 그래서 마을 사람들은 몹쓸 짓을 한 현륭원 관인들의 목이 잘리게 될 것이라고 굳게 믿었다.

그런데 다음날 젊은 부부의 원혼이 감도는 초가집 문 앞에 실로 엉뚱한 내용의 방이 붙었다.

성중의 백성들에게 포고하노라.

이 집의 내외는 관인들을 모욕한 자기의 잘못을 뉘우치고 스스로 자결했다. 앞으로는 이런 일이 생기지 않도록 각별히 조심할 것이며 필히 서산으로 해가 지기 전에 물을 긷도록 할 것이다.

백성들은 그 방을 보면서 입을 쩌억 벌렸다. 먹물의 흔적이 흥건한 필체가 대단해서가 아니라 너무나 어이가 없어서였다.

그런데 그 방을 읽고 난 어떤 점잖은 길손 하나만은,

"허어, 정말로 대단한 포고로군!"

하고 중얼거리며 고개를 끄덕이고는 어디론가로 사라졌다.

현륭원 관인들의 행패는 달이 바뀔수록 극심해지기만 할

뿐 다소 뜸해지는 기색조차 보이지 않았다.

그 해의 추수가 끝나자 식솔을 거느리고 수원부를 떠나는 백성들이 하나 둘 생겨났는데, 떠나는 사람이나 남아 있는 사람이나 서로 헤어질 때는 말없이 눈물만 흘렸다. 혹시 누가 들을지도 모르니 관인들의 작패 때문이라는 말을 할 수 없기 때문이었다. 그러나,

"잘 있게."

"잘 가게."

라고 주고받는 말 속에 이별을 아쉬워하는 마음이 모두 담겨 있었다.

수원부를 등지는 백성들은 거의가 예쁜 아내를 가진 사람이나 예쁘게 생긴 딸을 가진 사람들이었다. 따라서 그들이 수원부를 떠나는 이유가 너무나 뻔했기에 새로운 문제가 발생했다. 이번에는 새로운 잔악한 무리가 그들을 노리게 된 것이다. 그들은 모두 아름다운 계집과 아울러 가산을 정리한 많은 돈을 행장 속에 가지고 있으니, 무뢰한들에게는 더없이 좋은 표적이 될 수밖에 없었다.

무뢰한들은 후미진 곳이나 으슥한 곳에서 불쑥 나타나 그들에게 마수를 뻗었다.

"돈은 있는 대로 다 드릴 테니 내 딸에게만은 손을 대지 말아 주십시오."

이사하는 백성들이 두 손을 비비며 애걸했지만 그들은,

"시끄러워! 예쁜 계집을 그대로 보낼 수는 없지 않은가?"

하고 호령하며 그들의 딸이나 아내를 끌고 갔다.

그것은 실로 현륭원의 관인들로 인해서 발생한 너무나 무서운 수원부 백성들의 수난이었다. 수원부 안팎에 사는 백성들의 생활은 마치 먹물을 끼얹은 것처럼 어둡고 처참하기만 했다.

그 해(정조 13년, 1789년)가 거의 다 끝나갈 무렵, 수원 부사 김공은 중화 부사(中和府使)로 전임되고 그 대신 중화 부사였던 조심태(趙心泰)가 수원 부사로 도임(到任: 지방의 관리가 근무지에 도착함)되었다.

그는 일찍부터 맹호처럼 위풍이 있고 강직하기가 대나무 같은 인물이라는 소리를 듣고 있었으며, 수원성을 높이 쌓는 대사를 맡길 적임자로 천거되어 조정에서 임지를 옮기게 한 것이었다. 물론 당시의 조정에서는 현륭원 관인들의 행패에 대해서 알지 못했고, 설사 알았다고 해도 그 문제를 해결하기 위해 조심태를 수원 부사로 보냈을 리도 없었다.

하지만 조심태는 그들의 행패가 극심함을 알고 있었다. 몇 달 전, 억울하게 죽은 젊은 내외의 집 문 앞에 붙여진 방을 보고,

“허어, 정말로 대단한 포고로군!”

하며 슬퍼했던 길손이 바로 개인적인 볼일로 수원성 안을 지나가던 그였기 때문이다. 따라서 수원 부사로 도임하면서부터 그들의 행패를 자기가 막겠다는 의욕을 불태우고 있었다. 물론 그것은 이루기가 매우 어려운 일이었다. 자신의 벼슬자리와 생명을 제물로 바쳐도 막아 낼 수 없을지도 모르는 행패였다.

하지만 조 부사는 그들의 뒤에 있는 세력이 두려워 그대로 주저앉을 위인이 아니었다. 일종의 반발 비슷한 의분이 그의 가슴속에 도사리고 있기 때문이었다.

그는 수원 부사로 부임한 그 날 당장 육방 관속들에게 엄명을 내렸다.

“앞으로 성 안팎에서 술을 마시고 행패를 부리거나 계집을 탐하는 현룡원 관원이나 무뢰한이 있으면 즉시 관가로 잡아들여라.”

“예, 분부대로 시행하오리다.”

모두들 그의 앞에서 허리를 굽히며 머리를 조아렸다. 하지만 찌푸린 그들의 얼굴에는 온통 난처해하는 기색뿐이었다. 그들 중에는 땅이 꺼질 것처럼 한숨을 길게 내쉬는 자도 있었다.

그로부터 며칠이 지날 때까지 그들은 행패를 부리는 현룡원 관인을 단 한 명도 잡아들이지 못했다. 아니, 십여 일이 지날 때까지 단 한 명의 관인도 잡아들이지 못했다. 수원성 안팎에서는 어제도 오늘도 관인과 무뢰한들의 행패가 그칠 사이가 없었지만, 동헌의 앞뜰은 언제나 조용하기만 했다.

"아직까지 한 놈도 잡지 못했느냐?"

조 부사의 독촉은 날이 갈수록 심해졌다. 하지만 육방 관속들은,

"한 놈도 눈에 띄지 않아 못 잡은 줄로 아뢰오."

하고 대답하며 그의 시선을 피하려고만 했다. 때문에 조 부사의 심사는 항상 편하지가 않았다. 무거운 짐을 벗어 놓지 못했다는 부담감과 번뇌로 인해 침식을 잊은 적도 한두 번이 아니었다.

그러던 어느 날 오후, 가난한 백성들이 옹기종기 모여 살고 있는 구석 동네의 어떤 집 부근에 현룡원 관인 하나가 나타났다.

그는 그 집이 젊은 과부의 집이라는 것을 친구인 한 무뢰한에게 들어 이미 알고 있었다. 밝은 대낮부터 거나하게 취한 그는 슬금슬금 그 집의 싸리 울타리 앞으로 다가서며 안

을 살피기 시작했다.

젊은 과부는 마침 마당으로 나와 줄에 걸린 빨래를 걷고 있었는데, 관인의 취한 눈에 펑퍼짐한 둔부가 탐스러웠거니와 갸름한 얼굴도 두 손으로 실컷 만지고 싶도록 예뻤다.

'으음, 쓸 만한 걸!'

군침을 꿀꺽 삼키는 관인의 오관에 야릇한 기분이 동하면서 아랫배에 불끈 힘이 갔다. 그래서 당장 싸리문을 열고 안으로 들어가려던 관인은 생각을 바꾸어 그보다 먼저 젊은 과부도 자기처럼 기분이 동하도록 일을 꾸미기로 했다.

서슴지 않고 허리춤을 끄른 관인은 흉하게 생긴 양물(陽物)을 울타리 틈으로 내밀었다. 뒤에서 보면 소피를 보는 자세였다. 하지만 앞에서 본다면 젊은 과부로서는 차마 볼 수 없는 흉측한 모습이었다. 인기척을 느끼고 돌아보던 여인이,

"어머나!"

하고 기겁을 하면서 안으로 뛰어들어갔다. 그러자 관인은,

"호호호… 아무리 수절 과부라 해도 이미 이것을 보았으니 심하게 앙탈을 부리진 않겠지."

하고 중얼거리며 싸리문 앞으로 서둘러 걸어갔다.

그런데 바로 그때 밖에서 놀다가 돌아오던 과부의 어린

아들이 마침 그 모습을 보고는 기겁을 했다. 동네 어른들이 "관인들의 노림을 받으면 죽게 된다"고 수군대는 소리를 몇 번이나 들었기 때문이었다.

'엄마가 죽으면 안 돼!'

아이는 두 주먹을 불끈 쥐고 관가를 향해 뛰어가기 시작했다. 그렇게 하는 것만이 엄마를 구할 수 있는 단 하나의 방법이라고 생각했기 때문이었다.

마침 조 부사는 동헌에 홀로 앉아 있었다.

"나리, 우리 엄마를 살려 주세요. 관인이 왔어요."

아이가 울부짖자 조 부사는 벌떡 일어나며 말했다.

"그래, 너의 집이 어디냐?"

조 부사는 환도를 집어 들고 직접 나섰고 나졸들 몇 명이 뒤따라갔다. 급히 달려간 조 부사는 마악 젊은 과부의 몸을 빼앗으려는 관인을 잡았다.

하지만 관인은 관가로 끌려 오는 동안 몇 번이나 크게 웃었다. 조 부사의 행동이 경솔하고 가소롭게 여겨졌기 때문이었다.

관인의 이름은 유시원(兪時源)이라고 했다.

"이놈, 네 죄가 무엇인지 알겠느냐?"

조 부사의 엄한 호통이 떨어져도 유시원은 못 들은 체하거나 빙그레 웃기만 했다. 현릉원 관원에게는 국법이 통하지 않는다는 생각에서였다.

"저놈을 하옥하라!"

조 부사는 유시원을 옥에 가두게 했다. 당장 물고를 내고 싶었지만, 많은 백성과 현륭원 관인들이 보는 앞에서 일벌백계로 효수하고자 했던 것이다.

그런데 효수할 준비를 하는 중에 급한 왕의 전교가 내려왔다.

"관인 유시원의 죄가 크지 않으니 효수하지 말고 곤장 한 대를 치는 것으로 징계하라."

전혀 예기치 못한 일은 아니었지만, 조 부사는 잡아 놓았던 맹수를 놓친 사냥꾼처럼 한순간에 긴장이 풀렸다.

'아아… 그렇게 하면 놈들의 행패를 막을 수 없는데… 하지만 지존의 분부를 어길 수도 없는 일이고….'

조 부사의 머릿속에서 심각한 번뇌가 물결치듯이 일었다. 왕명을 어기지 않는 좁은 범위 안에서 스스로에게 맡겨진 무거운 짐을 벗을 수 있는 방법, 그것이 바로 조 부사가 얻고자 하는 답이었다.

잠을 제대로 자지 못해 두 눈이 충혈된 조 부사는 다음날 이른 아침에 형틀을 준비케 하고는 곤장을 때릴 젊은 옥 사령을 불러 뭔가 귓속말을 했다.

잠시 후 옥에서 끌려 나온 유시원은 아랫도리가 벗겨진
채 형틀 위에 엎드렸다. 하지만 이미 잘 아는 관속을 통해
왕명의 내용이 무엇인지 알고 있었기에 아랫배에서 솟구
치는 안도감 비슷한 것을 숨길 수 없었는지 빙그레 웃었다.
곤장 한 대만 맞으면 모든 일이 끝나는 것이니까.

이윽고 형틀 옆으로 다가선 사령이 웃통을 드러내고 곤
장 한 개를 집어 들었다. 그리고 형틀에서 십여 보 정도 옆
으로 물러선 뒤에 곤장을 높이 쳐들면서,

"이야아!"

하고 소리를 지르며 유시원에게 달려들었다. 그것은 커
다란 공포감을 주는 동작이었다.

하지만 사령은 곤장을 내리치지는 않았다. 엎드려 있는
유시원만 두 눈을 질끈 감았다가 떴다.

지켜보는 조 부사와 여러 관속들의 얼굴은 잔뜩 굳어졌
다.

다시 옆으로 십여 보 물러선 사령은 또 곤장을 높이 들고
는 "이야아!" 하고 벽력 같은 소리를 지르며 형틀로 달려들
었다. 하지만 두 번째에도 곤장을 내리치지는 않았다.

세 번, 네 번, 다섯 번, 똑같은 일이 계속해서 되풀이되었
다. 사령의 이마에는 땀이 맺히고 가빠진 숨결은 더욱 거칠
어졌다. 형틀 위에 엎드려 있는 유시원의 이마에서도 역시

땀이 줄지어 흐르고 있었다.

사령이 무서운 기세로 달려들 때마다 온몸을 움츠리면서 긴장한 그였다. 공포감을 느끼며 눈을 질끈 감을 때마다 수명이 한두 해는 줄어드는 것 같았다. 하지만 똑같은 일을 열 번 이상이나 겪게 되자 자기도 모르게 마음이 놓였다. 계속해서 때리려는 흉내만 내는 것이라고 생각하자 긴장은커녕 눈썹 하나도 까딱하지 않게 되었다.

"이야아!"

사령이 소리치면서 다시 한 번 달려들고 있었다. 하지만 유시원은 이번에도 흉내 내는 것일 거라고 멋대로 생각하며 긴장하지 않았다. 그런데 뜻밖에도 곤장이 무서운 기세로 그의 볼기짝을 때렸다. 그것도 똑바로 내리치는 것이 아니라 치받쳐 때리는 것이라고 느껴졌다.

"으흐흐흐…."

매를 맞고 벌떡 일어난 유시원은 이상한 웃음소리를 흘리면서 비틀거렸다. 그리고 몇 걸음도 채 걸어가지 못하고 고꾸라져서 죽었다. 치받쳐 때린 곤장의 바람이 방심한 그의 항문으로 들어가 간경(肝經: 간에 딸린 경락)에까지 영향을 주어 웃으면서 죽은 것이다.

굳어졌던 조 부사의 얼굴은 그제야 풀어졌다.

그가 사령에게 했던 귓속말의 내용은 "단 한 대의 매로

만백성을 편안한 길로 인도할 수 있게 해 다오"라는 것이었다. 또한 사령은 그 말의 뜻을 단번에 이해했으며, 육방 관속들이 현륭원의 관인들과 결탁하여 재물을 탐하는 것을 못마땅해하고 있었기에 곤장 한 대를 때려 유시원을 저승으로 보낸 것이다.

조 부사가 유시원의 목을 베어 머리를 문루에 높이 매달게 했더니 관인들의 행패에 시달리던 수원부의 백성들은 모두 환호했다.

조정과 현륭원에서 매우 이상하게 여겨 낱낱이 조사해 보았지만 "곤장 한 대를 때렸더니 그만 운명하더이다" 하고 아뢰는 조 부사의 말에는 조금도 거짓이 없었다. 때문에 정조대왕은 그의 잘못을 추궁할 수 없었다.

그때부터 현륭원 관인들의 행패는 씻은 것처럼 없어졌고 수많은 거리의 무뢰한들도 꼬리를 감추고 말았다.

젊은 옥 사령은 조 부사에게서 후한 상을 받았으며, 조 부사는 그 후 점점 벼슬이 올라 어영대장 겸 지의금부사, 한성부 판윤, 형조 판서 등을 역임했다.

신비한 인물 김 진사와 어사 정만석

파리한 얼굴과 초췌한 행색, 거의 다 떨어진 신발, 하지만 그의 품속에는 정조(正祖)에게서 받은 마패(馬牌)가 있었다. 그는 암행어사 정만석(鄭晩錫)이었다.

그는 전라도로 접어들면서 더욱 신경을 곤두세워 모든 사람들의 일언일구, 일거일동에서 고을을 다스리는 지방관의 토색은 없는지 또는 토호(土豪)의 발호(跋扈: 권세나 세력을 휘둘러 함부로 날뜀)는 없는지를 살피면서 한 자루 죽장을 유일한 벗으로 하여 걸어가고 있었다.

해가 어느덧 서쪽으로 기울고 있었기에 무척이나 시장했던 그는 주막집을 찾아들어갔다. 그 안에서는 마침 주객 몇 사람이 주거니 받거니 취담(醉談)을 나누고 있었다. 어사인 정만석은 본능적으로 그들이 떠드는 소리를 귀담아들었다.

"새로 온 김 진사는 정말 이상한 사람이야. 서울에서 이사 온 지가 오륙 년이나 되는데도 도조(賭租: 남의 논밭을 빌려서 부치고 그 대가로 해마다 내는 벼) 한 섬 받지 않고도 탈 없이 살아가니 참으로 이상한 일이야."

하고 한 사람이 말하자 옆에 있던 사람이 대꾸했다.

"그러기에 양반의 재주는 묘하다는 거야. 건달처럼 놀기만 하면서도 잘 먹구 잘 지내니 놀랍잖아."

"그렇구말구. 우리 같은 놈은 매일같이 일을 해도 먹느니 못 먹느니 하면서 야단인데, 그런 사람들의 팔자는 얼마나 좋은가 말이야."

"그나저나 그 사람, 이 지방 양반들과는 통 사귀지 않으면서 지낸다던데 그 속마음을 알 수가 없단 말이야."

"서울 양반들이 함부로 시골 양반들과 사귀겠는가. 어림도 없는 노릇일세."

"김 진사의 친척들은 모두 부자인 모양이야. 한번 나가기만 하면 돈과 피륙을 바리바리 싣고 오니 정말 대단한 어른이야."

"그뿐인 줄 아는가. 그 돈을 아끼지 않고 없는 사람에게 물쓰듯 쓴다니까. 그는 정말로 의인(義人)이지, 의인이야."

정만석은 치솟는 궁금증을 누를 길이 없었다. 도대체 어떤 사람이기에 그렇게 놀면서도 편안히 앉아서 잘 먹고 잘 살 수 있단 말인가. 아무래도 까닭을 알아봐야겠다는 생각이 들어 그들에게,

"나와 같이 지나가는 나그네도 거기만 가면 잘 얻어먹고 쉬다가 갈 수 있을까요?"

하고 물었더니 그들이 대답했다.

"그렇고말고요. 떠날 때는 여비까지 후히 줄 걸요."

그들은 정 어사에게 침이 마르도록 김 진사를 칭찬하고 그 집으로 통하는 길까지 가리켜 주었다.

주막에서 나온 정 어사가 작을 실개천을 건너 후미진 언덕을 넘어서자 백여 호 정도가 있는 큰 마을이 눈앞에 펼쳐졌는데, 그 가운데 제일 큰 집이 김 진사의 집이었다. 오십여 간은 실히 되어 보이는 작은 궁궐 같은 집이었다. 솟을대문이 우뚝 서 있고 주위를 두른 성벽과도 같은 돌담은 궁성의 그것을 방불케 했다.

"여보시오, 주인어른 계십니까?"

하고 불렀더니 행랑방에서 하인이 나오면서 물었다.

"누구를 찾으십니까?"

"이 댁 어른을 찾소."

하인은 잠시 후 정 어사를 안으로 인도했다. 솟을대문 안으로 들어서니 정원(庭園)이 나타났는데 그것을 꾸며 놓은 범절이 예사롭지 않았다. 온갖 기화요초(奇花瑤草: 진기한 꽃과 풀)들이 아름다움을 다투면서 피어 있고 그윽한 꽃 향기가 소리 없이 풍겨 오고 있었다.

정 어사는 김 진사가 거처하는 방으로 안내되었다. 방 안에는 가구라고는 아무것도 없고 단지 책이 그득할 뿐이었다. 만 권 서적이 쌓여 있는 속에 나이 삼십이 넘었을까 말았을까 한 주인이 도사리고 앉아 있다가 정 어사를 보더니,

"어서 들어오십시오."

하고 반갑게 맞아 주었다. 서로 수인사를 마친 김 진사는 하인에게,

"손님이 오셨으니 음식을 차려 오너라."

하고 분부했다.

한참 만에 음식상이 들어오는데 산해진미가 가득했다. 정 어사는 김 진사가 권하는 술도 한 잔 받아 마셨는데 향기가 코를 찌르는 그 술은 촌가에서는 도저히 맛볼 수 없는 훌륭한 것이었다. 반찬과 음식 모두 서울에서도 재상가(宰相家)에서나 해 먹는 훌륭한 것들이었다. 그뿐만이 아니었다. 그 집에서 부리는 모든 하인배들이 모두 예절 있는 행동을 했다.

술이 몇 잔씩 돈 뒤에 정만석이 슬쩍 물었다.

"주인님은 아직 연세가 젊으신 듯한데 언제 진사를 하셨지요?"

"금년에 제 나이가 삼십이오. 그리고 진사가 된 지도 어느덧 십 년이 넘었소이다."

"아, 그러십니까? 몰라보았소이다. 그런 재주로 대과(大科)에 나아가시지 어찌하여 이렇게 시골에 묻혀 계시오?"

그러자 주인은 웃음을 지으면서,

"저 같은 사람이 진사만 해도 다행이지 대과는 보아서 뭘 하겠소. 그런 것은 꿈도 꾸지 않고 있소이다. 세상이 어디 아무나 대과를 할 수 있도록 되어 있습니까?"

하고 세상을 탓하는 투로 말했다.

"들으니 서울에서 오신 모양인데, 그렇게 좋은 서울을 두고 무엇 때문에 이처럼 궁벽하고 외로운 시골로 낙향하셨나요?"

"홍진만장(紅塵萬丈: 햇빛에 비쳐 붉게 된 티끌이 높이 솟아오름) 속에 파묻혀 있느니보다는 이곳 같은 대자연의 전원(田園)이 한결 좋기 때문입니다. 푸른 산과 맑은 물, 유유히 흐르는 흰 구름이 모두 나의 것이니까요. 서울의 재상이 부럽지 않소이다."

김 진사의 말은 진담인 듯했지만 농담도 섞여 있는 투였다. 정만석 어사는 그의 집안 내력이나 과거의 일들을 알 수가 없고 또한 현재 처해 있는 그의 입장도 파악할 수 없었기에, 시문(詩文)을 짓고 글도 토론하고 하다가 밤이 제법 깊어서야 잠자리에 들었다. 김 진사도 역시 정 어사의 정체가 궁금하다는 듯이 이것저것 따져 물었다. 그러자 정 어사

는,

"뒤숭숭한 세상이기에 유람이나 하러 다니는 나그네에 불과하오."

하는 말로 대답을 대신했다.

김 진사는 젊은 사람치고는 이상할 정도로 눈에 영채가 돌았다. 정만석은 그에게 더욱 호기심을 품으면서 그의 일 거일동을 주시하게 되었다. 그의 신비한 생활 방법이 도대 체 어디에서 염출되는 것인지 알 수 없었기 때문이다. 그런 데 조반을 마친 김 진사가 말했다.

"갈 길이 바쁘지 않으시면 오늘부터 며칠 간 나와 함께 이 부근의 강산 구경이나 하십시다. 집 안에만 있으면 갑갑 해지는 법이니까."

"저처럼 천한 사람과 함께 가자는 말씀인가요?"

"그저 잠깐 구경이나 하러 가시자는 것입니다."

그는 당장 말 두 필에 안장을 지으라고 하인에게 분부했 다. 두 사람은 잠시 후에 두 마리의 백마에 각각 올라타고 동리 밖으로 나갔다. 한 하인에게 음식을 들려 두 사람은 하루 진종일 가다가 경치 좋은 정자에서 술과 음식을 먹으 며 시를 함께 지었다. 그러다가 저녁때가 되면 주막에 들러 서 숙식을 하고, 이튿날이면 또 길을 떠나고, 그렇게 하기를 며칠 동안이나 계속했다.

어느 날 아침 김 진사는 다른 때보다 일찍 일어나더니 또 다시 길을 재촉했다. 그런데 그 날은 산 속에서 길을 잃고 헤매게 되었다. 저녁때가 가까워지고 있었는데 김 진사는 그때,

"오늘부터는 밥값이 없습니다."

라고 말하는 하인의 보고를 듣게 되었다. 하지만 그는 아무렇지도 않다는 듯이 고개만 끄덕였다. 정만석 어사는 속으로,

'잘 됐다. 저 자가 어떻게 하는지 지켜보자. 하는 행동을 보리라. 노자가 떨어지다니.'

하고 생각하며 그를 주시하였다.

'저렇게 멀쩡하게 생긴 부자가 노자도 없이 사람을 끌고 다닐 이유가 없지 않은가?'

그들은 이윽고 산골길에서 벗어나 들판으로 나왔다. 그러자 함께 틔어 있는 두 길이 보였는데, 한쪽 길에서 어떤 여인이 보따리를 한 개 이고는 숨이 가쁘게 달려오고 있었다. 그녀는 이윽고 두 갈래 길에 이르더니 잠시 머뭇거리다가 왼쪽 길을 향해 쏜살같이 달아나려고 했다. 그것을 본 김 진사가,

"여보시오, 그 길로 가다간 반드시 죽게 될 것이오. 당신

은 지금 새로운 서방과 재미를 보다가 본서방에게 쫓기고
있는 게 아니오?"

하고 물었더니, 그 여자는 벼락불을 본 사람처럼 부들부
들 떨면서 대답했다.

"예, 예! 어쩌다가 그렇게 됐는데 큰일났습니다."

김 진사는 큰 기침을 한 번 하더니 말했다.

"당신의 본서방이 당신의 고모(姑母) 집을 알고 있으니
그리로 가면 큰일이 나게 될 것이오. 오른쪽 길로 가시오."

"옳습니다. 그 사람이 우리 고모 집은 알아도 우리 외삼
촌 집은 모르고 있으니 그리로 도망 가야겠습니다."

여인은 더욱 급해진 얼굴이 되어 이를 악물고 뛰어가려
고 했다. 그런데 그녀는 무거운 보따리 때문에 비지땀을 흘
리고 있었다.

"여보시오. 그 보따리 속에 든 삼십 냥이 무거워서 당신
이 빨리 가지 못할 듯하니 내가 가지고 있는 명주하고 바꿉
시다."

명주는 가볍고 돈은 무거웠다. 그 여인은 보따리를 내려
놓으면서 당황한 중에도 침착하게 말했다.

"바꾸는 게 뭡니까. 저의 목숨을 건져 주신 은인이시니
그냥 드리겠습니다."

하지만 김 진사는 굳이 사양하고 명주를 가져다가 그녀

에게 주면서 말했다.

"객지에 나선 여인이 무전(無錢)으로 갈 수야 있겠소. 자아, 어서 가시오."

여인은 고맙다고 몇 번이나 인사를 하고는 오른쪽 길을 향해 뛰어갔다.

그 광경을 잠자코 바라보던 정만석 어사는 김 진사의 행동에 적이 감탄했지만 아무 말도 하지 않았다.

해는 서쪽으로 점점 기울고 있는데 넓은 들판을 끼고 얼마쯤 나오다 보니 큰 산비탈이 다시 나타났다. 그 비탈길 옆에서 누구의 장사(葬事)를 지내는지 수많은 사람들이 와글거리고 있었다. 아마도 상당한 집안의 큰 장사인 모양이었다.

김 진사는 심심하니 장사 지내는 것을 구경하고 가자면서 말을 산 위로 몰았다. 그곳에 제청(祭廳)을 비롯하여 묘상각(墓上閣), 삼물막(三物幕) 등을 쳐 놓은 것으로 보아 굉장히 큰 장례였다. 벼 천 석 정도를 하는 사람이 아니면 높은 벼슬을 하는 사람의 집안이 분명하였다. 김 진사가 일부러 큰 소리로,

"장사 한번 크게 지내시니 우리 구경이나 하고 가십시다."

하면서 정 어사를 돌아보니 정 어사도,

“이왕 왔으니 그렇게 하지요.”

하고 대꾸했다. 김 진사는 앞으로 나아가 산소를 보면서 상주에게 조상하였다. 그러면서 상주를 보고,

“이 묘소는 어떤 지관(地官)이 골라 주었습니까?”

하고 물었다. 상주는 김 진사의 옷차림과 늠름한 풍채를 보고는 얕볼 수 없는 사람이라고 생각했는지 막 안으로 그들 일행을 안내하고, 하인에게 지관이란 사람을 불러오게 했다.

잠시 후에 오십 남짓한 지관이 나타나자 주인은 점잖은 목소리로,

“이 어른이 잡아 주셨습니다.”

하고 말했다. 김 진사는 그 사람과 두어 마디를 나누며 인사하고는 말했다.

“당신이 산소를 잡으셨소? 당신도 유명한 지관은 못 되겠소이다. 나하고 함께 갑시다.”

상주와 여러 사람은 크게 놀라며 막 안에서 나와 묘 자리를 파 놓은 데까지 왔다. 지관은 물론이요, 상주도 의아해하는 마음이 되어 따라갔던 것이다.

김 진사는 다 파 놓은 묘 구멍을 가리키면서 말했다.

“여보, 이런 자리에 백골을 모실 수 있단 말이오?”

아까부터 그 지관은 자기가 모욕 당하고 있다고 생각하

던 중이었기에,

"왜? 여기는 안 된다는 법이라도 있단 말이오?"

하면서 김 진사에게 대들었다. 그러자 김 진사는 '픽' 하고 조소를 흩날린 뒤에 그 근방에 있는 큰 바윗돌 하나를 들더니 그곳에다 던졌다. 여러 사람들은 당황하지 않을 수 없었다. 더욱이 김 진사가 열 명이 들어도 움직이지 않을 만한 큰 돌을 공깃돌 들 듯하는 것이 신기했다. 어쨌든 그 큰 돌은 묘 자리에 떨어지더니 큰 구멍을 뚫고 떨어져 들어갔다. 얼마 후에 '펑' 하는 소리가 골이 울리도록 들려 왔다. 여러 사람은 일시에 '와!' 하고 소리를 지르며 놀라지 않을 수 없었다. 모인 사람들이 모두 달려가서 들여다보았더니 그 속은 한없이 깊은 굴이었다. 모든 사람들이 입을 벌리고 말도 못하고 있는 중에 김 진사가 하인에게,

"그 속이 얼마나 깊은지, 어디 밧줄에 돌을 달아서 재어 보아라."

하고 말했다. 하인이 시키는 대로 했더니 그 깊이가 열 발은 넘었다. 지관이라는 사람은 새파랗게 질려서 어쩔 줄을 모르고 있었다. 쥐구멍이라도 있으면 들어가고 싶었을 것이다. 상주는 큰소리로 지관을 꾸짖고는 김 진사 앞에 무릎을 꿇고 앉아,

"누구신지 모르겠지만 손님 덕분에 선친(先親)의 백골이

무사하게 되었습니다. 태산 같으신 은혜는 백골난망이로소이다. 선친의 백골이 화를 면하게 된 것도 어른 덕분이오니 좋은 자리를 한 곳만 잡아 주시면 결초보은하겠습니다.”

하고 애원했다. 김 진사는 여러 사람들을 향해 설명하듯이 말했다.

“이 산소는 참으로 위험한 자리였소이다. 옛날 백 년 장마 때에 천 년 묵은 이무기가 있어 굴을 팠기에, 여기다가 장사를 지내기만 하면 관이 그 구멍으로 떨어져 이무기의 밥이 되고는 했소이다. 아무리 남의 일이긴 하지만 지나가다가 보니 하도 딱해서 말한 것이지 내가 무엇을 알겠소이까. 그러니 다른 유명한 지관을 초대해서 자리를 정하시오.”

김 진사가 짐짓 돌아서는 듯한 자세를 취하자, 젊은 상주(喪主)는 옷소매에 매달리며 애걸했다.

“정성이 없어서 이러십니까? 부친의 백골이 위험을 면한 것이 선생의 은덕이온데 이러실 수가 있습니까? 저희 집안이 잘되고 못 되는 것이 오직 선생의 적선에 달렸사오니 버리지 마시고 한 번만 더 땅을 보아 주십시오. 여기 변변치 못하오나 조그만 정성으로 돈 천 냥을 올리나이다.”

정든 임의 치맛자락을 붙잡듯 완강히 매달리는 젊은 상주를 그대로 뿌리칠 수는 없다는 듯이 김 진사는 그제야 못

이기는 체하고 이리저리 다니다가 한 곳을 지적하며,

"이곳이 명당이니 여기를 쓰도록 하시오."

하고 말하고는 한참 있다가 다시 말을 이었다.

"이곳을 석 자만 파면 모래가 나올 것이며, 다시 석 자만 파면 백토가 나올 것이며, 다시 더 파면 오색이 영롱한 흙이 나올 것이니, 거기에다 관을 모시면 삼대 안으로 크게 발복(發福)할 뿐 아니라 영의정이 나올 것이오."

그러자 하인들이 당장 삽과 괭이로 그곳을 팠는데 과연 그의 말과 조금도 다름없는지라, 젊은 상주는 감격하여 백배 치사하고 돈 천 냥을 바리바리 실려서 김 진사에게 보냈다. 김 진사는 불과 몇 시간 만에 돈 천 냥을 벌어 가지고 정만석과 함께 집으로 돌아왔다.

정 어사는 마치 도깨비에게 홀린 사람처럼 정신이 멍해질 뿐이었다. 김 진사의 그 신변 난사(神變難思)하고도 승천입지(昇天入地)하는 재주 앞에서 머리를 숙이지 않을 수 없었다. 김 진사는 확실히 이인(異人)이요, 기인(奇人)이라고 깨닫게 되었다.

김 진사에게서 신비한 인격을 발견한 정만석 어사는 더 이상 그의 정체를 알려고 하지 않았다. 그에게서 상당한 대우도 받았으니 이젠 암행어사의 길을 다시 떠나야겠다고 생각했다.

그 이튿날 그가 김 진사에게 인사를 하고 떠나려 할 즈음 김 진사가 갑자기 나타나더니 나지막한 음성으로,

"여보 정만석 암행어사…."

하고 말하면서 똑바로 쳐다보는 것이었다. 정 어사는 깜짝 놀라지 않을 수 없었다.

"당신이 나를 어떻게 알았단 말씀이오?"

김 진사는 매우 엄숙하고도 진실한 목소리로 말했다.

"정 어사가 나를 험악한 벌이꾼으로 간주하고 내가 그런 짓으로 생계를 이어 가는 것이 아닐까 추측하여 나를 찾아왔기에, 내가 나의 재주를 형에게 보여 준 것이오. 본서방에게 쫓겨 달아나는 계집이 돈이 무거워 붙잡혀 죽을 것 같아서 명주하고 바꾸어 준 것이 죄 될 리가 없겠고, 장사 지내는 집이 망하게 된 것을 보고 좋도록 해 준 대가로 돈 천 냥을 받은 것이 무슨 죄가 될 것이오. 실로 나는 천지간에 하는 일이 없으나 이와 같은 착한 일을 하여 먹고 사는 자요. 결코 어사의 생각과 같은 도둑의 괴수는 아니오."

정만석 어사는 생전 처음으로 그런 일을 당했기에 머리를 방망이로 얻어맞은 느낌이었으나 뭐라고 대꾸할 수가 없었다. 그래서 멀거니 김 진사를 바라보고만 있는데, 그가 하인을 부르더니 큰 소리로 말했다.

"얘들아, 이 어른 때문에 우리는 이곳에서 살 수가 없게

되었다. 이사를 가야만 하겠다."

그러자 하인들은 즉시 이삿짐을 싸기 시작했다. 김 진사는 다소 상기되어 붉어진 얼굴에 흥분한 빛을 보이며 정 어사에게 말했다.

"실은 나의 종적이 탄로나면 상대방을 죽이고 가곤 했으나, 당신은 나라를 위하여 애쓰는 사람이기에 차마 그럴 수 없어서 그냥 살려 보내는 것이니 그렇게 아시오."

그 말에 정 어사는 기절초풍을 할 지경이 되었지만 그도 또한 배짱이 두둑한 유별난 사람이었기에 도리어 김 진사를 그윽이 바라보면서,

"그대와 같은 비상한 재주를 가진 사람이 벼슬을 하지 어째서 이렇게 산단 말이오? 내 비록 박덕하나 서울에 가면 임금께 주청할 테니 벼슬길로 나와 보는 것이 어떻소이까?"

하고 말했는데 그 말이 채 떨어지기도 전에 김 진사는

"벼슬이요? 벼슬을…."

하고 여러 번 뇌까리더니 한참 만에 다시,

"당신은 도대체 나하고 무슨 원수를 졌기에 그런 흉악한 소리를 하는 것이오?"

하고 소리쳤다. 잠시 말을 끊었다가 그는 다시 말을 이었다.

"당신도 서울에 가면 벼슬 때문에 싸움질만 하는 관료배

는 되지 마시오. 뭣 때문에 그렇게 피를 흘리며 싸우는 거
요?”

정만석 어사는 도리어 충고를 듣는 입장이 되지 않을 수
없었다. 이윽고 김 진사는 뭔가 한참 생각하다가 말했다.

“15년 후에 다시 뵈올 때가 있겠소이다.”

그 동안 그의 하인들은 짐을 다 꾸린 모양이었다. 실로
갑작스러운 일이었다. 정 어사는 모두 다 놀랍기만 한 일이
어서 말이 잘 나오지 않았다. 수레와 말에 가구들까지 모조
리 실려 있고 하인배와 노비 권속과 아내들까지도 이미 길
떠날 준비를 하고 있었다.

김 진사는 거듭해서 정 어사에게 서울에 가면 정쟁(政爭)
질을 너무 하지 말고 백성과 군왕을 위해 한결같이 일하라
고 타이르며 위국진충(爲國盡忠)할 것을 권유했다. 듣고 있
던 정 어사가 궁금함을 금치 못하면서,

“이 집은 어떻게 하실 작정이오?”

하고 묻자 김 진사는,

“이 집은 불원간에 불에 타서 없어질 것이오.”

하고 대답했다.

“그러면 이제 어디로 가시려오?”

김 진사는 한참 동안 눈을 감고 생각하다가,

“북방으로 가지만, 서울엔 들르지 않고 강원도 쪽으로 돌

아갈 작정이오. 인연이 있으면 15년 후에 다시 만날 것이
오."

하면서 잔잔하게 미소를 지었다. 그리고는 노자로 쓰라
면서 돈 백 냥을 내놓았다. 정 어사는 굳이 사양했으나 그
의 인간적인 호의를 끝까지 물리칠 수가 없었다.

그 후 정 어사는 전라도 일대를 모두 순행(巡行)하고 서
울로 올라왔다. 그리고 이번 어사 순행에서 최대의 수확은
김 진사와의 해후였다고 절실히 느꼈다.

'이 세상을 위해 필요한 인물인데… 아깝게도….'

신출귀몰할 정도가 아니요, 신선도 인간도 아닌 그의 신
통력에 대해서 경탄해 마지않던 정 어사는 상경한 즉시 그
에 대한 이야기를 정종(正宗)께 주달했다. 그러자 정종도
크게 생각하는 바가 있었는지 팔도에 영을 내려 그 사람을
찾으라고 했으나 그의 종적에 대해서 아는 사람은 하나도
없었다.

그로부터 세월은 강물처럼 흘러 15년이 지났다. 정조(正
祖)는 이미 하세하고 순조(純祖)가 즉위한 지 11년째 되던
해였다.

이때 홍경래(洪景來)는 서북인에 대한 정치적 차별상을
타파한다는 대의명분 아래 평서대원수(平西大元帥)라는 이

름을 내세워 용감하게 봉기했다. 그는 서북 인심의 불평 불만을 이용했던 것이다. 당시의 평안 감사는 이만수라는 자였는데 홍경래의 난이 일어날 기미를 탐지하지 못했다는 죄목으로 파직되고 정만석이 감사로 발령되었다. 홍경래의 난을 평정하라는 중임을 맡고 평양 감영으로 부임하면서 정만석은 문득 생각했다.

'옳지! 이제야 15년이 되었구나. 김 진사를 만날 때가 되었다.'

그러나 김 진사를 다시 만난다는 것은 너무나 막연한 이야기였다. 만난다고 말한 것은 그쪽뿐이었고, 언제 어떻게 어디에서 만난다는 이야기도 없었기 때문이다. 그러면서 또 한편으로는 그가 현 정국에 불평 불만을 품고 있던 인물이었음을 돌이켜 생각해 볼 때, 정만석은 가슴속에 커다란 근심이 하나 더 생기지 않을 수 없었다. 불가사의한 재주를 가진 그가 홍경래에게 가담하지나 않았을까 하는 점이었다. 그가 만일 홍경래군에 가담했다면 정부는 쉽사리 멸망할 것이 뻔한 노릇이기 때문이다.

평안감사로 도임(到任: 지방의 관리가 근무지에 도착함)한 정만석은 사면 팔방으로 그의 거처를 수색해 보았는데 다행히 그는 홍경래군의 진중에 있지는 않았다. 정 감사는 적이 마음이 놓이는 한편, 어떻게 해야 김 진사를 다시 한 번

만날 수 있을까 하고 밤낮으로 생각했다.

홍경래는 가산(嘉山) 다복동(多福洞)에서 궐기하여 물밀듯이 쳐내려오다가, 청천강(淸川江)을 건너지 못하고 송림(松林) 싸움에서 패전하여 정주성(定州城)에 웅거하게 되었다. 관군이 여러 번에 걸쳐서 정주성을 공격했으나 번번이 해만 입을 뿐이었다.

홍경래 토멸의 책임을 진 평안 감사는 주사야몽(晝思夜夢: 낮에 생각한 것이 밤에 꿈으로 나타남)으로 정주성 함락만을 계획하고 있었다. 그러나 정주성은 쉽사리 함락될 기세를 보이지 않아 날짜만 허비할 뿐이었다. 어느 전략가가 화공법(火攻法)을 주장했으나 그 작전을 실행하는 것도 그다지 쉬운 노릇이 아니었다.

정 감사는 그의 비장(裨將)들과 매일 밤마다 큰 지도를 펴 놓고 작전 방안을 숙의했으나 묘안이 나오지 않았다. 좋은 궁리는 모두 사람의 머릿속에서만 맴도는지 좀처럼 활개를 치고 나오지 않았다.

정 감사는 막료들을 모두 내보낸 뒤에도 깊은 생각을 하느라고 잠이 오지 않아 고통을 받았는데, 고요한 평양 감영의 밤이었으나 커다란 근심 때문에 기생 수청 한번 들게 하지 못하며 고민하고 있었다.

그러는 중에 한밤중쯤 되었을까. 잠이 들려고 하는 판인

데 선화당(宣花堂) 문이 스윽 열리더니,

"정 감사, 오랜만이올시다."

하는 소리와 함께 난데없이 김 진사가 나타나는 것이었다. 정 감사는 기절할 듯이 놀라며 대꾸했다.

"아니, 이게 누구시오? 김 진사가 아니십니까?"

정 감사는 반가워하는 얼굴로 그를 맞아 방 안으로 들어오게 했다. 김 진사는 방에 들어오면서 정 감사의 손을 맞잡으며 말했다.

"당신이야말로 사심 없이 위국진충(爲國盡忠)하는 지사시오. 모든 사람들이 당신만 같으면 세상이 어째서 이렇게 오늘날과 같겠소?"

정 감사도 감격하면서 대꾸했다.

"참으로 당신은 신의 있는 사람이오. 15년 후에 만나자더니 이렇게 정말로 오셨구려."

두 사람은 서로 호쾌스러운 웃음을 교환했다. 주객은 15년 전에 전라도에서 있었던 이야기를 나누면서 잠시 환담의 꽃을 피우다가 김 진사가 먼저 화제를 바꾸었다.

"영감 안색에 무슨 큰 근심이 있는 것 같소이다그려?"

"다 알고 계시면서… 참, 큰일났소이다. 아무것도 모르는 나 같은 사람이 큰 난리 앞에 서게 되니 도무지 갈피를 잡을 수가 없소이다. 묘책이 없어 진사의 고견을 바란 지가 오래 되오."

정 감사는 진심으로 간곡하게 말했다.

"그것쯤은 염려 마시오. 내가 15년 전에 이미 오늘 같은 일이 있을 줄 알고 여기에 온 것이오. 다행히 홍경래군이 멸망할 조짐이 보이기에 내가 감사를 찾은 것이오. 감사가 화공을 하려고 하면서도 그 방법을 모르기에 내가 일부러 찾아왔소이다."

그는 벌써 어디에서 준비했는지 정주성의 지도 한 장을 꺼내 놓고 폭약을 묻을 장소에 먹으로 표시까지 하면서 작은 소리로 은밀하게 말했다.

"순무중군(巡撫中軍) 박기풍(朴基豊)이란 자는 그다지 재주가 많은 사람이 아니니, 지금 군관(軍官)으로 있는 손태영(孫泰永)에게 일을 전부 맡기면 반드시 성공할 것이오."

김 진사의 말은 정 감사가 의도하는 바와 같았다. 때문에 정 감사는,

"당신의 고견(高見)을 그대로 믿고 실행하겠소이다. 이번에 김 진사가 없었더라면 나는 실로 이 싸움을 매듭짓지 못했을 거요."

하고 말하고는 오랜만에 술 한잔 나눌 것을 제의하였다. 그러나 김 진사는,

"생사(生死)와 존망(存亡)이 달린 국가 누란(累卵: 매우 위

태로운 형편)의 위기 앞에서 어찌 평안하게 술을 들 것이
오.”

하면서 사양했다. 그 말을 듣자 정 감사는 그를 더욱 공
경하고 싶은 마음이 일었다. 한참 동안 앉아 있던 김 진사
는 이윽고,

“집안에 미진한 일이 있어 돌아가겠소.”

하면서 문을 열고 이별을 고하였다. 그리고는 깊은 어둠
속의 어딘가로 자취도 없이 사라지고 말았다.

평안 감사 정만석은 그 해 4월에 화공으로 정주성의 북
문(北門)을 부숴 버린 다음 홍경래군을 섬멸했으며, 우두머
리들을 포박하여 서울로 압송했다. 그리하여 하마터면 홍
씨(洪氏)의 천하가 될 뻔한 큰 난리를 평정하고야 말았다.

그 후 정 감사가 여러 번 사람들을 풀어 김 진사가 있는
곳을 수소문하였으나 영영 그의 종적을 찾지 못했다.

계영배를 만든 도예 명인 우명옥

헌종(憲宗) 5년(1839) 삼월 열이렛날은 의주의 큰 부호인 임상옥(林尙沃)의 환갑날이었다. 동천에서 붉은 해가 떠오르자 임 부자의 집 대문 앞은 갑자기 장바닥처럼 분잡해졌다.

평안 감사와 병사, 군수 같은 고급 관리들과 수많은 귀객들이 사린교와 보교, 말 등을 타고 몰려들었으며 서울에서 재상들도 많이 오고 충청도와 전라도, 경상도처럼 먼 곳에서도 적지 않은 축하객들이 찾아왔다. 때문에 임 부자의 집 마당에 쳐 놓은 차일은 봄바람을 맞아 출렁였고, 넓은 대청에서는 거상(擧床: 잔치에서 큰상을 받을 때, 먼저 풍류와 가무를 아뢰는 일)하는 소리가 매우 청아했다.

임 부자는 그의 모친이 생존해 계셨기에 첫돌이 된 아이처럼 울긋불긋한 색동옷을 입고 여러 기생들이 부르는 헌수 노래에 맞추어 술잔을 드리면서 가슴속에서 진심으로 우러나오는 축원의 말을 했다.

"어머니, 외로운 소년 과수의 몸이 되어 그 동안 이 불초 자식을 기르시느라고 애 많이 쓰셨습니다. 아무쪼록 여년을 즐겁게 보내시며 만수 무강하십시오."

그리고는 사랑으로 나가 자기 고향인 평안도의 감사에게 제일 먼저 술을 권하고자 했다.

임 부자가 일부러 사람을 서울까지 보내 구해 온 옥처럼 아름다운 술잔에 감홍로(甘紅露: 평양에서 나던, 지치 뿌리를 꽂고 꿀을 넣어서 받은 붉은 소주)를 가득하게 부으면서,

"사또께서 먼저 한 잔 드십시오. 아무래도 시골 음식이라 잡수실 만한 것이 없을 겁니다. 애들아, 어서 권주가 한마디 올려라."

하고 말하며 기생들을 둘러보았다. 그러자 평안 감사는 빙그레 웃으며 말했다.

"허어, 천만에. 산해의 진수성찬이 이처럼 풍비한데 별 말씀을 다 하시오. 과연 김 영감의 수연 음식이오. 잘 먹겠소."

그리고는 술잔을 들어 마시려다가,

"허어, 이거 참! 이상한 일도 다 있다."

하고 놀라는 소리를 냈다.

"아니, 왜 그러십니까?"

임 부자가 고개를 돌리며 묻자 감사가 빈 술잔을 들어 보

이면서 중얼거렸다.

"방금 영감이 따라 주신 술이 다 없어졌소이다."

"예? 그래요? 이거 죄송하게 되었습니다."

임 부자는 다시 술병을 들어 술잔에 가득하게 술을 따르고는,

"자아, 드십시오."

하고 말했다. 그런데 술잔 속의 술은 어느새 어디론가 사라지고 없었다.

"보시오. 술이 또 한 방울도 남지 않고 없어졌잖소. 그거 참 희한한 일이로군!"

감사가 머리를 갸우뚱하며 중얼거리자 임 부자는,

"이거 참 황감하외다. 그나저나 정말 괴이한 일이로군. 어디 다시 한번 따라 보지요."

하면서 다시 술을 가득히 부어 놓았는데,

"자아, 드시지요. 이번에는…."

하고 말하기도 전에 술은 또 어디론가로 사라지고 말았다.

때문에 감사와 임 부자뿐만 아니라 그곳에 있던 여러 사람들의 시선이 문제의 술잔에 모아졌으니, 그들 중에서 입을 벌리며 놀라지 않는 사람이 하나도 없었다.

임 부자는 모처럼 아름다운 술잔을 구했기에 그 잔에 술

을 따라 여러 손님들을 기쁘게 해 주고자 했는데, 생각지도
않은 기이한 일이 생기자 크게 당황했다. 하지만 정신을 가
다듬고는 성대한 잔치를 여러 날 계속하여 그들에 대한 미
안함을 달랬다.

잔치가 끝난 뒤의 어느 날 밤, 홀로 침실에 앉아 있던 임
부자는 문득 그 사기 술잔 생각이 났다. 그래서 그 술잔을
가져다 놓고 물을 가득 부어 보았더니 물도 역시 술처럼 한
방울도 남지 않고 어디론가로 사라지는 것이었다.
그래서 그 술잔을 촛불 가까이 가지고 가서 자세히 살펴
보았더니 마치 달걀의 속껍질처럼 곱고 맑게 만들어진 그
모양이 기묘하기 짝이 없었다. 하지만 그것은 술이나 물이
나 붓기만 하면 없어지는 이상한 술잔이었다.
때문에 임 부자는,
'묘하게 생기기는 어여쁜 계집 같지만 어떤 요귀가 접해
있지 않다면 그런 일이 생길 수가 없다. 그래, 이런 것을 집
안에 두면 어떤 괴변이 생기게 될지 모르니 없애 버려야 한
다.'
이렇게 생각하며 옆에 놓여 있던 목침을 집어서 술잔을
내리쳤다. 술잔은 두 조각이 나면서 데구르르 굴렀는데 촛
불에 반사되는 술잔 조각의 영롱한 빛은 너무나 아름다웠

다. 그런데 깨진 술잔 조각 속에 무슨 글자가 쓰여 있는 것 같았다. 임 부자가 그 조각을 들고 자세히 보니 술잔 아래는 이중으로 되어 있어 마치 작은 입을 벌린 것 같은 형상이었는데 그 속에 깨알처럼 작게 쓴 다음과 같은 글자들이 있었다.

戒盈祈願 與爾同死(계영기원 여이동사)
가득 차도록 따라서 먹지 말기를 원하며
너와 함께 죽을 것이다

임 부자는 비로소 고개를 끄덕이면서 중얼거렸다.
"흐음, 술을 가득하게 따르지 마라. 그러니까 술을 많이 마시지 말라는 뜻을 가진 말인데… 허어, 내가 잘못했군. 술을 조금만 부어 보았으면 좋았을 텐데… 하지만 이미 깨졌으니 술이나 물을 부어 볼 수가 없지 않은가! 하… 아깝게 되었다."
그리고는 다른 한 조각도 집어서 보니 그 속에도,
'을묘년 4월 8일 분원(分院) 우명옥(禹明玉)'이라는 작은 글자들이 쓰여 있는데, 그 글을 읽은 임 부자는 소스라치게 놀라며 다시 중얼거렸다.
"가만 있자. 4월 8일이라고? 오늘이 바로 4월 8일이 아닌

가. 하아, 이거 참 놀라운 일이다. 이건 오늘 내가 이 술잔을 깨뜨릴 것을 알고 있었다는 소리가 아닌가. 이 사람이야말로 이인이로구나. 능히 만 리 밖까지 볼 수 있는 사람이야. 한데, 그렇다면 이 사람은 지금 어떻게 되어 있을까? '너와 함께 죽을 것이다'라는 글대로라면….”

이런 생각 저런 생각을 하느라고 그날 밤 제대로 잠을 이루지 못한 임 부자는 다음날 아침이 되자 하인들에게 행장을 차리게 하여 길을 떠났다. 그리하여 여러 날 만에 광주 분원에 당도했는데, 바로 그때 분원 막바지 산밑에 있는 초가집에서 칠십여 세 되어 보이는 노인이 지팡이를 짚고 내려오면서 마치 오래 전부터 알던 사람을 대하듯이 반갑게 그를 맞아 주었다.

“이거 참, 먼 곳에서 찾아오시느라고 얼마나 고생을 많이 하셨소이까? 의주에 사시는 임상옥 영감이시지요?”

“예, 그렇소만….”

“우선 이쪽으로 오시지요.”

노인은 임 부자 일행을 어떤 집의 사랑으로 안내하여 들여앉히고는 미리 준비해 놓았던지 주안상을 내다가 그들을 대접했다. 하지만 임 부자는 식사보다 궁금증을 푸는 일이 더 급했기에 그 노인에게 공손히 인사를 하고는,

“저어…. 영감님, 이미 아시다시피 나는 의주에 사는 임

상옥이오만, 영감님께서는 우 선생이시오니까?”

하고 물었다. 그랬더니 노인은 그 말이 채 끝나기도 전에 뚝뚝 떨어지는 눈물을 손등으로 닦으면서 목이 메인 목소리로 대답했다.

“아니외다. 나는 성이 지가요. 우명옥은 내 제자인데 10여 일 전인 4월 8일 저녁 술시(하오 7시부터 9시까지의 시각)쯤 되었을 때 이 세상을 떠나면서 ‘의주에 사시는 임상옥 영감님이 찾아와 나의 초종범절(初終凡節: 초상을 치르는 데에 필요한 모든 절차)을 치러 주실 것’이라는 이상한 유언을 남겼지요. 그래서 시신을 감장(勘葬: 장사를 치러 마침)도 하지 않고 영감께서 오시기만을 기다리고 있었소이다.”

“호오, 그래요?”

임 부자는 더 이상 묻지 않고 즉시 우명옥의 시신 앞에 술과 음식을 차리게 하여 제를 지내고 초종범절을 직접 주관하여 누가 보아도 유감이 없도록 장사를 지내 주었다. 그리고는 지 영감과 숙식을 함께 하며 며칠 동안 지내면서,

‘우명옥이라는 사람이 이인이니 그의 스승이라는 지 영감은 얼마나 아는 것이 많은 놀라운 이인일까?’

하고 생각했다. 아울러 지 영감의 모든 행동을 유심히 살피다가 주위에 사람들이 없을 때 슬그머니 말을 걸었다.

“영감님, 우명옥이라는 사람이 도대체 누구요? 이상한

술잔 때문에 여기까지 오게 되었지만 나는 우명옥이라는
사람을 본 적이 없소."

"예? 술잔 때문에 오셨다고요?"

"그렇소."

임 부자는 우선 이상한 술잔에 대한 이야기를 한 뒤에,
우명옥이라는 사람이 어떤 이인인지 알고 싶었으며 그런
사람의 사업을 자기가 돕고 싶어서 광주까지 왔다는 뜻을
밝혔다. 그랬더니 지 영감은 눈을 끔벅이면서 한숨을 길게
내쉬며,

"아, 그래요? 명옥이는 비록 죽었지만 그의 영혼은 영원
히 살아 있을 것이외다. 하지만 계영배라는 그 술잔은 다시
볼 수 없게 되었으니 매우 원통하외다."

라고 말하더니 우명옥과 그 이상한 술잔에 대해 이야기
하기 시작했다.

강원도 홍천의 산골에서 질그릇을 구워 내는 일을 하던
우삼돌(禹三乭)은 원래 산골 태생이었으며 어렸을 때 부모
를 여의고 근근이 자라났다. 그곳이 질그릇 항아리, 독, 동
이 등을 만들어서 팔아 생계를 유지하는 마을이었기에 삼
돌이도 스물세 살 때까지 질그릇 굽는 일을 했는데, 하루는
가마에 불을 때면서 생각했다.

‘기왕에 이런 일을 계속해야 한다면 깨끗한 사기를 만드는 일이 나을 것이다. 평생 동안 이런 질그릇만 만들다가 죽으면 너무나 원통하지 않은가?’

그런 생각을 계속하던 삼돌이는 어느 날 고향을 떠나 경기도 광주에 있는 분원으로 가서 사기를 잘 만드는 사람으로 이름난 지외장의 제자가 되었다.

우삼돌은 고향을 떠날 때 크게 결심한 바가 있었기에 눈코 뜰 새 없이 열심히 일했을 뿐만 아니라 사기 만드는 기술을 연구하느라고 밥 먹고 잠자는 일조차 잊을 때도 많았다.

어느 해의 겨울밤. 그 날 밤에도 우삼돌은 살을 베어 내는 것 같은 추위를 참으며 흙을 이겨 반죽을 하느라고 ‘철썩철썩’ 하는 소리를 냈다. 그러자 그 소리에 잠이 깬 동료들이 화를 내며 몰려나와,

“이 자식아, 넌 춥지도 않고 졸리지도 않으냐? 제발 잠 좀 자게 해 다오.”

하고 욕설을 퍼부으면서 주먹질을 했다.

하지만 우삼돌은 그처럼 여러 동료들에게서 구박과 학대를 받으면서도 새벽부터 밤중까지 좀 더 좋게 흙을 반죽하는 방법 또는 그릇 모형을 만드는 법을 열심히 연구했다. 그리하여 그곳에서 일하는 8년 동안 그의 기술은 그야말로

일취월장하여 보는 이들이 눈을 크게 뜨고 혀를 홰홰 내두르게 되었다.

또한 그 해 봄에는 나라에 진상할 반상기(飯床器: 밥상 하나를 차리게 만든 한 벌의 그릇)를 우삼돌이 전담해서 만들게 되었기에 스승인 지외장은 크게 기뻐하며 옷 한 벌을 새로 만들어 입히고 관례를 시키면서 '명랑한 옥과 같은 사기 직공'이라는 뜻을 가진 명옥(明玉)이라는 새 이름을 지어 주었다.

물론 나라에 바치는 반상기는 임금님이 더운 여름에 드시는 수라를 담는 사기그릇이니 뛰어난 기술을 가진 자만이 할 수 있는 일이며, 그것은 우명옥이 많은 고난 속에서 연구와 연구를 거듭하여 얻게 된 영광이었다. 따라서 우명옥의 동료들은 물론 분원 바닥에서 사기 직공으로 일하고 있는 사람들은 모두 우명옥이 얻은 영광을 축하해 주고 우명옥의 자세를 본받아야 마땅했다.

그런데 옛날이나 지금이나 인간의 마음은 거의가 곧지를 못해서, 자기들도 열심히 노력하여 우명옥 같은 명공이 되겠다는 생각은 하지 않고 모여 앉기만 하면 우명옥을 시기하고 비방하다가 마침내는 우명옥이 애써서 얻은 영광과 명예를 망쳐 놓자는 말을 하기에까지 이르렀다.

그런 와중에서 우명옥은 새벽마다 목욕재계한 뒤에 반상

기를 만드는 작업에 몰두했다. 우명옥이 정성을 다해서 만들어 놓은 사기 반상기는 마치 옥으로 만든 것처럼 아름다웠다. 때문에 그것을 본 임금께서도 칭찬하며 특별한 상금까지 내리자, 지외장은 합장까지 하면서 우명옥에게 말했다.

"허어, 정말로 고마운 일이야. 자네는 우리 분원의 사기 직공들 중의 왕이야. 허어, 정말 고마운 일이야."

그리고는 돼지를 잡고 떡을 만들어서 분원 사람들을 모두 불러 큰 잔치를 열었다. 그러자 우명옥은 그 자리에서 스승 지외장에게 절을 하며 말했다.

"못난 이놈이 무엇을 아오리까. 모두 다 선생님의 애호와 지도가 극진한 덕택이옵고 주위에 계신 여러 어른과 동접(同接: 같은 곳에서 함께 공부하는 사람) 여러분이 가르쳐 주신 은덕 덕분에 얻게 된 일이온데, 선생님께서 이렇게 잔치를 차리시고 여러 어른께 술대접까지 해 주시니 그 은혜는 백골난망이올시다."

그처럼 우명옥의 마음은 조금도 교만하지 않았는데 동료들의 시기하는 마음은 더욱 커지기만 했다. 또한 그들은 우명옥을 파멸시킬 수 있는 방법이 무엇인지에 대해서 연구하며 기회가 오기를 엿보게 되었다.

임금님의 반상기를 만들고서부터 우명옥은 서울의 재상

들과 부자들로부터 주문이 많아졌기에 계속해서 바빠지게 되었다. 때문에 침식을 잊고 더욱 훌륭한 사기그릇을 만들기 위해서 노력했다. 또한 못된 동료들은 그를 파멸시키기 위한 계획을 실행에 옮기기로 했다.

세월이 흘러 어느덧 한여름이 된 어느 날 오후였다.
주문 받은 사기그릇 여러 벌을 다 만들어서 보냈기에 우명옥은,
"후우, 참 덥기도 하다. 하긴 더울 때도 되었지. 어쨌든 급한 일은 끝냈으니 좀 쉬어야겠다."
하고 중얼거리며 마당에 있는 회화나무 밑에 거적자리를 깔고 낮잠을 자려고 하는데 동료들 두서너 명이 다가와 앉으면서 말했다.
"고생이 많네, 명옥이. 이렇게 더운데 어떻게 그리 일만 하나. 어쨌든 자네 덕분에 우리 분원의 이름이 높아지게 되었네. 하지만 무더운 여름이니 아무리 급해도 좀 쉬면서 일을 해야 하지 않겠나?"
"맞아. 그래서 우리들 몇이서 내일 소내강에서 뱃놀이를 하며 자네를 위로하자고 의논을 했네. 그러니 그렇게 알고 자네도 내일은 우리와 함께 어울려 즐겁게 놀기로 하세."
우명옥은 동료들의 말이 탐탁하게 여겨지지는 않았지만

자기를 위해서 하는 말이었기에 차마 거절하지 못하고 웃으면서 말했다.

"원, 별 소리들을 다 하네. 내가 무슨 고생을 하고 무슨 대단한 일을 했단 말인가. 자네들이 곁에서 도와 주었기에 분에 넘치는 칭찬을 받게 된 거지. 그런데 나를 위해 뱃놀이를 하게 해 준다니 고맙기는 하지만 그렇게 할 것까지야 있겠나. 그러지 말고 추렴(出斂: 모임이나 놀이 등의 비용으로 여럿이 얼마씩 돈이나 물건을 나누어 내는 일)을 해서 놀도록 하세. 우리 사이에 무슨 대접을 한단 말인가. 그러니 그렇게 하도록 하세."

그러자 동료들 중의 하나가 손을 내저으면서 그 말을 막았다.

"아니야, 이 사람아. 우리가 방금 말했지만 자네 덕분에 우리 분원의 명예가 높아졌으니 우리가 자네를 한번 대접하는 건 너무나 마땅한 일이 아닌가. 추렴을 낸다는 건 말이 되지 않아. 그러니 아무 말도 하지 말고 내일 하루는 즐겁게 놀아 보기로 하세. 우리는 자네 덕에 노는 것이니까 말이야. 하하하, 그럼 내일을 위해서 푹 쉬시게…."

다음날 아침이 되자 그들이 다시 우명옥의 방 앞으로 몰려와서 떠들어 댔다.

“자, 배가 기다리고 있으니 어서 가세.”

“아니, 무슨 뱃놀이를 아침부터 한다는 거지? 낮이 되면 나가지 그래?”

우명옥이 놀라면서 말하자 그들은,

“아니야. 어젯밤에 쳐 놓은 그물에 물고기들이 많이 잡힌 모양이야. 그러니 그것들을 지져서 아침밥을 먹세. 집에서 먹는 밥은 매일 먹는 것이니 별 맛이 없지 않은가. 이왕 놀기로 한 것이니 아침부터 놀아 보세.”

하고 재촉했다. 때문에 우명옥은 마지못해 그들과 함께 소내강 가에서 기다리고 있는 배 앞으로 갔다.

동료들은 손과 어깨를 잡아 주면서 우명옥을 배에 태웠는데 그곳에는 젊은 여인들이 있었다. 색주가에서 데려온 짙은 화장을 한 여인들이었는데, 음식을 만드느라고 내는 밑기름 냄새와 머리카락에서 나는 동백기름 냄새를 함께 풍기며 우명옥 앞으로 지나가기도 했다. 그런데 이상한 일이었다. 처음에는 여자들이 풍기는 머릿기름 냄새가 구역질이 날 정도로 싫더니 그 냄새가 서서히 우명옥의 기분을 좋아지게 만들었다.

이윽고 여인들이 우명옥의 양옆에 앉아 술을 권하고 안주를 입에 넣어 주면서 떠들어 대기 시작했다.

“우 서방님, 어서 술 좀 마시고 이 생선 지진 국물도 마셔 보세요.”

“호호호, 얼굴이 왜 그렇게 화난 사람 같지요?”

여러 동료들도 우명옥에게 술잔을 돌리며 맞장구를 쳤다.

“여보게, 명옥이. 오늘은 자네가 주인공이야. 그러니 조금도 불편하게 여기지 말고 즐겁게 노세.”

“암, 그러니까 색시들도 저 우 서방을 잘 대접해. 우 서방 덕분에 우리 분원이 번창했기에 색시들도 장사가 잘 되는 거야. 알았지? 하하하….”

동료들이 치켜세우는 바람에 우명옥은 매우 쑥스러워했다. 하지만 서른한 살이 될 때까지 고사를 지낸 뒤에 나누어 먹는 술은 몇 번 입에 대 본 적이 있지만 그처럼 술상을 차려 놓고 권커니 잣거니 해 본 적은 없었다. 더욱이 분 냄새를 풍기는 여인들이 따라 주는 술을 마시는 경험은 처음이었기에 한 잔 두 잔 계속해서 술을 마시는 동안 우명옥의 정신은 빠르게 어지러워지고 여인들을 상대로 이야기도 하게 되었다. 그들은 뱃놀이를 시작하기 전에 색주가의 여자들에게,

“우명옥은 저축한 돈이 많이 있으니 수단껏 홀려서 너희들의 것으로 만들어라.”

라고 말한 바 있었다. 아울러,

"우명옥을 홀리는 데 성공하면 따로 큰 상을 주겠다."

고 약속했다. 때문에 색주가의 여인들은 노골적으로 살 냄새를 풍기면서 우명옥을 유혹했다. 그러니 바보라고 할 정도로 숙맥인 순진한 노총각 우명옥이 그들의 유혹을 이겨낼 수 있을 리가 없었다.

갑자기 술과 여자의 맛을 함께 알게 된 우명옥은 그 날 해가 질 때까지 즐겁게 놀았을 뿐만 아니라, 그 여인들의 집으로 끌려가서 다시 술을 마시기 시작했다. 악한 동료들이 쳐 놓은 덫에 확실하게 걸려든 것이다.

그 날부터 우명옥은 전과 다른 사람이 되었다. 해야 할 일들을 잊은 채 낮부터 악우들과 술을 마시고 밤이 되면 색주가로 가서 여인들과 술을 마시며 즐기는 방탕한 생활에 빠져들었다.

그렇게 하루, 이틀, 한 달, 두 달 지내는 동안 수중에 있던 돈이 다 떨어지자 우명옥은 색주가에 갖다가 바칠 돈을 벌기 위해 막치(되는 대로 만들어 품질이 낮은 물건)들을 마구 만들어서 팔았다. 진상할 반상기를 만들 수 있는 정신 상태가 아니었으며 또한 그런 귀한 물건은 만들어 봤자 금방 돈을 받을 수 없기 때문이었다.

어쨌든 그 즈음의 우명옥에게는 낮이나 밤이나 색주가의 여인들과 어울려 술을 마시는 것이 다시없는 즐거움이었

는데, 돈이 없을 때는 못된 친구들이 그를 색주가로 데리고
가서 여자를 안을 수 있게 해 주었다. 우명옥이 점점 더 타
락하는 것을 기쁘게 생각하면서.

　우명옥이 그처럼 색주가에 파묻혀서 지내는 동안 어느덧
3년이라는 세월이 흘렀다. 물론 그의 스승인 지외장은 그
동안 우명옥의 마음을 돌리게 하려고 무척이나 애를 썼다.
하지만 우명옥은 한 번 빠진 방탕한 생활에서 쉽사리 헤어
나지 못했다. 지외장은 언젠가 우명옥이 술을 마시고 있는
색주가 마당으로 가서 거적을 깔고 엎드려 울먹이는 목소
리로,
　"하아, 명옥이, 정말로 잘 노시네. 그래 그래 마음껏 즐겁
게 잘 노시게. 하지만 자네가 즐겁게 노는 것을 보는 이 늙
은이의 눈에서는 피눈물이 날 것만 같다네. 자네의 귀중한
재주와 귀중한 솜씨가 썩어 가니 내 가슴이 송곳에 찔린 것
처럼 아프다네."
　하고 말하기도 했다.
　물론 우명옥도 양심이 발동될 때는 '내가 너무나 큰 잘못
을 저지르고 있구나. 정신을 차리고 용서해 달라고 빌어야
한다'고 생각했다. 하지만 색주가 여자들이 밧줄로 꽁꽁 묶
어 놓은 것처럼 들러붙어 있었기 때문에 우명옥은 꼼짝달

싹하지 못했다.

때문에 우명옥은 여기저기서 미리 받은 돈도 적지 않은 터에 날마다 써야 할 돈을 구할 수 없게 되었다. 그러자 악우들은 그를 완전한 재기 불능의 상태로 만들기 위해 전라도와 경상도 지방으로 도붓장사를 하러 가자고 권했다.

원래 이 분원의 사기 제조업자들은 겨울과 봄에 사발과 대접, 접시, 종지들을 많이 만들어 놓았다가 여름이 되면 전라도와 경상도 또는 강원도 지방으로 돌아다니면서 팔았는데, 당장 돈을 못 받으면 외상으로 주고는 가을이 되면 다시 와서 곡식이나 현금으로 값을 받았다. 따라서 모양이 우툴두툴하거나 푸르뎅뎅하거나 상관없이 많이 만들기만 하면 된다는 생각으로 만들었기 때문에 한 번 그런 장사를 하면 죽을 때까지 그런 일을 하며 살아가게 된다.

하지만 악우들의 시기로 인해 술과 색의 노예가 된 우명옥은 그런 생각까지 할 수 없을 정도로 머릿속이 텅 비어 있었다. 따라서,

"사기 도붓장사를 다녀오면 돈과 곡식을 산더미만큼 실어올 수 있다."

는 친구들의 말에 말려들었다. 그리하여 악우들과 함께 막치들을 마구 만들어 배에다 싣고 먼 바다로 나갔다.

그들은 여러 날 만에 해남 지방에 이르러 바닷가 마을들

을 찾아다니며 도붓장사를 했는데, 때는 바야흐로 무더운 여름이었기에 밤마다 술을 마시며 마치 뱃놀이를 하는 것처럼 즐겁게 지냈다.

그런데 어느 날 오후였다. 바람이 세차게 불기 시작하면서 맑았던 하늘이 갑자기 먹장(먹의 조각)을 갈아서 부은 것처럼 깜깜해지더니 비가 억수로 쏟아지기 시작했다. 뿐만 아니라 마치 천지가 뒤집히는 것처럼 요란한 천둥소리까지 들려 왔기에 배 안에 타고 있던 사람들은 서로 껴안으며 덜덜 떨기만 하였다. 그런데 어디선가 배 한 척이 불쑥 나타나더니 그 배에 타고 있는 사람들이 소리쳤다.

"이놈들 꼼짝 마라! 대항하면 모두 다 죽인다."

해적들이었다. 칼을 휘두르며 들이닥친 그들은 우명옥의 배에 있는 곡식과 돈을 모두 빼앗아 자기들의 배에 실은 뒤에 빗줄기 속으로 사라졌다. 하지만 모두들 죽지 않은 것만도 다행이라고 생각하며 어서 바람과 비가 그쳐 주기를 기다렸다. 그런데 바로 그때였다. '휘이이' 하는 세찬 바람 소리와 함께 산더미 같은 물결이 하늘 높이 치솟았다가 떨어지며 그들이 타고 있는 배를 덮쳤다. 때문에 돛대는 '와지끈' 하고 소리를 내면서 부러지고 배에 타고 있던 사람들은 모두 뒤집히는 배와 함께 물 속에 빠져 버리는 처참한 일이 벌어졌다.

우명옥은 그로부터 사흘 뒤 목포 항구로 향해서 가는 어선의 갑판에서 의식을 회복했다. 풍랑을 만나 우수영 바닷가로 들어가 며칠 동안 묵다가 나온 그 어선의 사공들이 의식을 잃은 채 부러진 돛대 한 토막을 안고 바다 위에 떠 있는 그를 발견했기에 구사일생으로 살아난 것이었다.

목포에 있는 아는 사람의 집에서 며칠 묵으며 몸을 추스른 우명옥이 분원으로 돌아가 사고를 당한 이야기를 해 주었더니, 죽은 사람의 가족들은 소스라치게 놀라면서 울부짖었다.

"아니, 그게 도대체 무슨 소리요?"

"에구! 순동이 아버지!"

"아아아, 오빠!"

남녀노소가 슬퍼하며 우는 소리는 사오 일 동안이나 분원 바닥을 뒤흔들 것처럼 울려 퍼졌다. 그리고 그 동안 강원도나 함경도 지방으로 장사를 하러 간 사람들의 집에서는 급히 사람을 보내,

"당장 장사를 집어치우고 급히 돌아오라."

는 말을 전하게 했다. 때문에 전갈을 받은 사람들은 모두 크게 놀라며 집으로 돌아왔다.

분원의 사람들은 풍랑이 그친 바다처럼 조용하고 음울한 분위기 속에서 그 해의 겨울을 보냈다. 그리고 다시 봄이

되어 배꽃과 복숭아꽃들이 만발하고 여기저기서 풀잎피리 소리들이 들려 오자 젊은 사람들은 소내강 가로 가서 낚시 질이나 그물질을 하면서 시간을 보냈다.

그러던 어느 날, 그 날도 젊은 사람들 몇 명이 소내강에서 물고기를 잡으려고 열심히 그물을 치고 있는데, 그들 중의 한 사람이 불쑥 말했다.

"여보게들, 명옥이 말이야. 그 사람이 결국 실성했다지?"

그러자 옆에 있던 사람이 대꾸했다.

"그래. 나도 몇 번인가 봤는데 저녁때가 되면 이 강가로 와서 먼 하늘을 바라보며 훌쩍훌쩍 울더군. 아마, 같이 장사하러 갔다가 바다에서 죽은 친구들의 귀신이 붙은 것 같아."

그랬더니 나머지 한 사람도 '따악' 하고 손뼉을 치면서 끼어들었다.

"맞아! 자네들 말이…. 그 사람들이 바다에서 풍랑을 만나 죽은 때가 작년 여름이니 어느덧 1년이 다 되어 가지 않는가. 우명옥이 아무리 죽었다가 살아난 사람이라 해도 한창 혈기 방장한 나이이니, 이젠 정신적 타격이나 육체적인 피로에서 벗어나야 마땅하지 않은가. 어디 그뿐인가. 지외장 영감이 친자식처럼 아끼며 매일같이 약을 먹이고 닭도 고아 먹이는데도 명옥이는 얼굴이 창백해지기만 하고 누구를 만나도 인사말 한마디 하지 않네. 항상 고개를 푹 숙이고 어슬렁거리는 모습이 아무리 봐도 이상해. 그리고 퀭해진 명옥이의 두 눈을 보면 나도 모르게 오싹해지는 기분이 들어. 자네들도 이 다음에 명옥이를 만나면 그 두 눈을 자세히 보게. 내 말이 맞는다는 걸 알게 될 테니…."

세 사람이 한동안 우명옥에 대한 이야기를 계속하는데, 그들 중의 하나가 갑자기 목소리를 낮추어 말했다.

"여보게들, 호랑이도 제 말을 하면 나타난다더니 우명옥이 이쪽으로 오고 있네."

"그래?"

그의 말대로였다. 나머지 두 사람이 손을 들어 석양의 햇살을 가리면서 보니 과연 우명옥이 어슬렁거리며 상류 쪽에서 걸어 내려오고 있었다.

"여보게들, 귀찮아질지도 모르니 모른 체하고 그물이나 마저 치세."

"그래. 그렇게 하는 것이 좋겠어."

그들이 돌아서서 그물에 매달리는 동안 우명옥은 천천히 그들 곁으로 다가왔다. 그리고는 걸음을 멈추고 한참 동안 그들을 바라보다가 이윽고 입을 열어 위엄 있는 목소리로 말했다.

"여보게들, 그물질을 그만 두고 잠깐 나를 좀 보게."

"……."

그들이 못 들은 체하며 돌아보지 않자 우명옥은 다시 말했다.

"여보게들, 내 말이 들리지 않나? 나를 좀 보라니까."

그들은 더 이상 계속해서 못 들은 체할 수가 없어 돌아서며 뒤늦게 더듬거렸다.

"으응? 이게 누구야. 명옥이 아닌가?"

"언제 왔어? 그물을 치느라고 자네가 오는 것도 알지 못했네."

"그래? 그런데 자네들, 지금이 그물을 쳐서 물고기나 잡아먹고 있을 때인가?"

"응? 그게 저어….”

"여보게들, 여기 앉아서 내 말을 좀 듣게."

우명옥의 목소리는 낮고 메말랐지만 그 말에는 거역할 수 없는 힘이 담겨 있었다. 때문에 세 사람은 등골이 서늘해짐을 느꼈지만 애써 내색하지 않고 그들 중 하나가 우명옥의 눈치를 살피면서 말했다.

"여보게 명옥이, 할 말이 뭔지는 모르겠네만 우리가 지금 그물을 치고 있는 중이네. 그러니 남은 것을 마저 치고 천천히 듣도록 하세. 그리고 여기서 듣지 말고 동네로 들어가서 술 한 잔씩 마시면서 듣기로 하세."

그런데 그 순간 우명옥의 안색이 갑자기 상기되며 퀭한 두 눈이 차가운 빛을 발했다. 때문에 세 사람은 미친 우명옥이 당장이라도,

"이놈들아, 너희들의 친구들은 바다에서 고기밥이 되었는데 뭐가 그리 좋아서 즐겁게 놀기만 하는 것이냐?"

하고 소리치면서 달려들 것만 같아 더 이상 아무런 말도 하지 못하고 우명옥 앞에 둘러앉았다. 그랬더니 우명옥은 한동안 하늘을 올려다보다가 조금 부드러워진 목소리로 말했다.

"여보게들, 내가 자네들에게 하고 싶은 말은 다른 것이 아니야. 나는 친구들과 함께 바다에 나갔다가 사고를 당하고 돌아왔기에 어쩔 수 없이 이렇게 빈둥거리고 있네만, 자네들은 왜 장사를 하러 다시 떠나지도 않고 빈둥거리며 놀고만 지내는 건가? 우리는 바다로 나갔기에 사고를 당했지만 자네들은 산골로 나갔으니 산이 무너질 것도 아닌데 어째서 돌아왔으며, 이왕 돌아왔으면 부지런히 일해서 다시 장사하러 떠날 준비를 해야 될 것이 아닌가? 그런데 춥지도 덥지도 않은 이처럼 좋은 계절에 그물질이나 하고 술타령만 하면서 지내면 자네들의 앞날은 과연 어떻게 될 것이며 이 분원의 운명은 또한 어찌 되겠는가? 깊이들 생각해서 행

동하게. 내가 하고 싶은 말은 바로 이것이었네. 자, 나는 이만 가겠네.”

말을 끝낸 우명옥은 스윽 돌아서더니 마을 쪽을 향해서 휘적휘적 걸어가기 시작했다. 듣고 있던 세 사람은 마악 꿈에서 깨어난 듯이 손등으로 눈을 비비며 서로 얼굴을 마주보았다.

비로소 생각해 보니 우명옥의 말은 맞는 말이었다. 산골 지방으로 장사를 하러 다니다가 ‘장사를 그만두고 돌아오라’는 전갈을 받고 허겁지겁 돌아와 보니, 바닷가 마을로 장사하러 떠난 사람들이 사고를 당해 우명옥 혼자만 살아 돌아와 있었다. 때문에 자기들이 죽지 않고 천우신조로 살아서 돌아온 것은 천만다행이라고 생각하며 한동안 얼빠진 사람처럼 머릿속이 멍해진 상태가 되어 생활했는데, 이제와 생각해 보니 그것은 매우 우스운 일이었다. 다시 산골 지방으로 가서 물건 값도 받아야겠고 새로 장사를 할 준비도 해야 하는데도 동네가 발칵 뒤집혀 울면서 지내는 바람에 술이나 마시고 노름만 하다가 그것을 당연히 해야 하는 생활처럼 여기게 되었는데, 그 같은 생활이 잘못되었음을 우명옥이 새삼스럽게 지적해 준 것이었다.

이윽고 멀어지는 우명옥의 뒷모습을 바라보다가 그들 중의 하나가 입을 열었다.

"여보게들, 우리들이 명옥이가 미쳤다고 했는데 방금 말
하는 걸 보니 정신이 맑아. 잘못된 쪽은 우리들이야. 그러
니 내일부터는 모두 공장에 나가서 일을 하세. 그리고 여름
이 되면 작년에 갔던 곳에 가서 물건 값도 받고 물건도 팔
자고. 우리가 왜 이렇게 정신없이 놀기만 했을까? 생각할수
록 우습구먼!"

그러자 다른 사람들도 입맛을 쩝쩝 다시면서 중얼거렸
다.

"맞아, 오랫동안 이상한 꿈을 꾼 것만 같아."

"내일부터는 일을 하자고."

그렇게 되어 분원 바닥은 다시 활기를 띠게 되었다. 여기
저기서 껄껄대며 웃는 소리가 들려 왔다. 여러 군데의 작업
장에서는 흙 반죽하는 소리와 바퀴 돌리는 소리가 요란하
고 가마의 굴뚝에서는 그릇을 굽는 연기가 밤이나 낮이나
쉴 새 없이 쏟아져 나왔다. 그러자 우명옥이 빙그레 웃으면
서 나타나더니 일하는 사람들에게,

"하아, 이제야 우리 분원이 사람들 사는 곳처럼 되었군.
정말로 보기가 좋아."

하고 말하고는 온데간데없이 어디론가로 사라지고 말았
다. 때문에 일하던 사람들은 의아해하며 한마디씩 했다.

"그 사람 참 이상하군!"

"글쎄 말이야. 우리에겐 정신 차리고 일을 하라고 훈계하면서 정작 자기는 일할 생각을 하지도 않고 어디로 간 거지?"

"으음, 역시 완전히 성치는 않은 것 같아!"

그리고는 다시 우명옥은 정신이 이상해진 사람이라고 생각하는데, 우명옥의 스승인 지외장도 그렇게 생각했다.

지외장이 몰래 따라가 보니 우명옥은 산 위로 올라가 나무들 사이로 오가며 뭔가 생각하는 표정을 짓다가 머리를 세차게 흔들기도 하고 허공을 향해 뭐라고 중얼거리기도 했다. 때문에 그를 정상적인 정신을 가지고 있는 사람이라고는 생각할 수가 없었다.

그런데 그로부터 며칠 후 어느 날 밤이었다.

잠을 자다가 깬 지외장이 담배 한 대를 피우려고 하는데 뒤껻 우물 쪽에서 '좌악, 좌아악' 하고 물이 쏟아지는 소리가 들려 왔다. 궁금해 지외장은,

'이게 무슨 소리지? 이 밤중에 누가 와서 물을 길을 리도 없고… 그거 참 이상하다.'

하고 생각하며 살며시 뒷문을 열고 나가서 우물 쪽을 바라보다가 깜짝 놀랐다. 벌거숭이가 된 우명옥이 두레박으로 계속 물을 퍼 머리 위에다 붓고 있기 때문이었다. 그로

인해 지외장은 다시 한 번 '우명옥은 성치 못한 사람이 되었
다'는 생각을 갖게 되었다.

하지만 지외장은 그런 내색을 하지 않고 날마다 우명옥
이 하는 짓을 살펴보기만 했는데, 낮에는 전날처럼 산으로
올라가 돌아다니면서 뭔가 골똘히 생각하는 표정을 지었
고, 밤에는 뒤꼍의 우물 곁에서 벌거숭이가 되어 머리에다
물을 퍼부었다. 그런데 그런 행동은 며칠 동안만 계속된 것
이 아니라 한 달, 두 달이 지났는데도 하루도 빠짐없이 계
속 이어졌다. 때문에 지외장은 그제야 그것을 실성한 사람
의 행동이라고 단정할 수 없다는 생각을 하게 되었다. 그래
서 하루는 우물 가까이에 있는 으슥한 곳에 숨어 동정을 살
피게 되었는데, 우물가로 온 우명옥은 옷을 벗고 물을 퍼서
수십 번이나 머리 위에 붓더니 밤하늘을 향해 합장 배례하
며,

"천지 신명께서는 굽어 살피시어 이 세상 사람들을 망치
는 술을 조금씩만 마시게 하는 술잔을 제가 하나 만들 수
있게 해 주시옵소서. 그렇게 해 주시면 저는 그 술잔과 운
명을 함께 하겠사옵니다. 부디 제가 소원을 이룰 수 있게
해 주시옵소서."

라는 기원을 몇 번이나 계속했다. 때문에 지외장은 무릎
을 탁 치면서 입속말로 중얼거렸다.

"그러면 그렇지, 명옥이가 미칠 리가 있나. 그나저나 사람들이 술을 조금씩만 마시게 하는 술잔을 만들고 싶다고? 하긴, 기술이 명인의 경지에 이르면 생각도 특별하게 하는 법이지. 자신이 술로 인해 아까운 기술을 버렸을 뿐만 아니라 여러 친구들이 바다에서 죽은 걸 원통하게 여겨 그런 생각을 하게 된 것 같군. 어쨌든 내가 더 이상 명옥이를 걱정할 필요는 없을 것 같다."

계속해서 날이 가고 서서히 겨울이 다가왔다.
우명옥은 시월 초순이 되어서야 백일기도를 끝내고 작업장으로 들어갔다. 그리고는 분원에 처음으로 왔을 때 그랬던 것처럼 이른 새벽부터 밤늦게까지 술잔을 만드는 작업에 매달렸다. 술잔을 만들었다가 뭉그러뜨리고 다시 만들었다가 뭉그러뜨리는 작업이 몇 백 번, 아니 몇 천 번이나 되풀이되었다. 그러다가 섣달 그믐께에야 곱게 생긴 작은 술잔 하나를 만들어서 가마에 넣어 구워 냈다. 그리고는 그 술잔을 스승인 지외장 앞에 갖다 놓고 머리를 몇 번이나 숙여 경의를 표한 뒤에,
"선생님, 그 동안 선생님의 은혜를 너무나 많이 입었습니다. 선생님 덕분에 신기한 술잔 하나를 만들게 되었으니 한 번 보십시오."

라고 말하고는 바가지에 담긴 물을 그 술잔에 가득 부었는데, 그 물은 순식간에 어디론가로 사라지고 말았다. 크게 놀라며, 햇빛을 받아 반짝이는 술잔을 정신없이 들여다보던 지외장은,

"그거 참 신기한 술잔이다. 하지만 부어 놓은 술이 이 물처럼 없어지면 무엇을 마신단 말인가?"

하고 반문했다. 그러자 우명옥은 그 술잔에다 다시 10분의 7 정도만 물을 부어 놓고는 말했다.

"보십시오, 선생님. 이젠 없어지지 않지요?"

"어? 저… 정말… 그렇군!"

우명옥이 말한 대로였다. 그가 두 번째로 부은 물은 없어지지 않고 그대로 있었다. 우명옥이 계속해서,

"이 술잔의 이름은 계영배(戒盈杯)라고 지었습니다."

라고 말하자 지외장은 그 술잔을 들어 이리 보고 저리 보다가 눈물을 흘리면서 기뻐하며 중얼거렸다.

참고로, 여기서 계영배란 가득함을 경계하는 술잔이라는 뜻으로, 과음을 경계하기 위하여 술이 어느 한도에 차면 옆에 난 구멍으로 새도록 만든 잔이다.

"그래, 가득 차게 부으면 없어지고 10분의 7 정도만 부으면 없어지지 않는다. 그래서 '계영'이라. 술을 마시되 잔에 가득 부어서 과하게 마시지 말고 주량을 넘지 않도록 적당

히 마시도록 술잔을 채우는 것을 경계한다. 아, 정말로 좋은 생각을 했어. 자네는 과연 천하 제일의 명인이며 술 마시는 사람들에게는 은인일세. 정말로 장한 일을 했네."

우명옥이 만든 계영배는 실로 놀라운 기능을 가진 술잔이었다. 구사일생으로 바다에서 살아 돌아온 우명옥은 술과 색에 빠져 3년이라는 긴 세월을 보낸 것을 후회하면서 세상 사람들에게 유익한 표적을 하나 만들어 놓고 죽어야겠다고 생각하다가 자기에게 남아 있는 모든 능력을 발휘하여 계영배를 만들게 된 것이다.

물론 지외장 영감은 그 같은 우명옥의 깊은 생각을 익히 짐작할 수 있었으며, 그가 신비한 능력으로 계영배를 만들었기에 그가 죽으면서 말했듯이 의주에서 임 부자가 올 것이라고 믿으며 기다리고 있었던 것이다.

의주의 임 부자는 지외장이 손등으로 눈물을 닦으면서 오랫동안 하는 말을 듣고 있다가 한숨을 길게 내쉬면서,

"듣고 보니 정말로 아까운 사람을 잃었소이다. 선생 되시는 영감님의 마음은 말할 것도 없겠지만, 우리나라의 명인을 잃어서 너무나 가슴이 아프오이다. 약소하지만 이것으로 우 선생의 대소상이나 섭섭하지 않게 지내 주도록 하시오."

하고 말하며 돈 천 냥을 주었다. 뿐만 아니라 가지고 온
곡식과 남은 돈을 그 분원 바닥의 살기 어려운 사람들에게
나누어 준 뒤에 의주를 향해 떠났다.

유리걸식으로 자신을 학대한 방랑시인 김삿갓

김삿갓의 이름은 김병연(金炳淵)으로, 조선 23대 왕인 순조 7년(1807)에 양주(지금의 의정부)에서 김안근의 차남으로 태어났다. 자는 성심(性深)이고 호는 난고(蘭皐)였지만 평생동안 김삿갓 또는 김립(金笠)으로 통했다. 원래 그가 태어날 무렵에는 집안이 유복했지만, 그의 나이 여섯 살 때 그를 일생 동안 허무와 비통 속에서 살게 만든 사건이 발생했다.

순조 11년(1811)에 서북인을 차별하는 데 대해서 불만을 품고 있던 홍경래가 난을 일으켰는데, 그때 선천 부사로 재직 중이던 김병연의 할아버지 김익순이 반란군들에게 붙잡혔다가 겨우 살아 나왔다. 그런데 그 후 김익순은 반란군의 장수였던 김창시의 목을 돈을 주고 산 다음 자신이 공을 세운 것처럼 처리하려다가 발각되어 처형되고 말았다. 처음에는 일가 멸족의 형벌을 받았지만, 나중에 폐족 처분이 되면서 사면되어 가까스로 멸문지화는 면할 수 있었다.

폐족이란 오늘날의 기준으로 보면 공민권을 박탈하는 것으로서 사회적인 사형선고나 마찬가지였다. 때문에 김병연 일가는 결국 더 이상 고향에서 살지 못하고 황해도 곡산 땅에 가서 숨어 살아야 했다. 그곳에서 아버지 김안근이 울화병을 얻어 죽자, 그의 어머니는 자식들을 이끌고 다시 강원도 영월 땅으로 옮겨 가서 살았다.

김병연의 어머니는 혼자 몸으로 어렵게 어린 자식들을 키우며 통한의 세월을 살았다. 자기 자식들에게 가문의 내력을 숨긴 채 죽은 듯이 살아갈 수밖에 없었던 것이다. 그러나 김병연은 스물다섯 살이 되던 해에 그 동안 갈고 닦은 글재주를 시험해 보기 위해 영월 감영에서 개최한 백일장에 참가했다. 여기에서 김병연은 장원을 했는데, 그때 주어진 시제는 '논 정가산충절사 탄 김익순죄통우천(論鄭嘉山忠節死 嘆金益淳罪通于天)'으로, 홍경래의 난 당시 가산 군수 정시의 충절을 기리고 선천 부사 김익순의 하늘까지 사무치는 죄를 통탄하라는 내용이었다.

가문의 내력에 대해서 전혀 알지 못했던 김병연은 뜨거운 젊은이의 기개로 김익순의 죄상을 낱낱이 밝히는 글을 써서 장원을 했다. 그러나 그런 사실을 알게 된 그의 어머니가 결국은 한 많은 집안 내력을 그에게 알려 주었다. 그때부터 김병연은 세상과 자신을 한탄하면서 살아가게 되었다.

　자신의 부질없는 글 자랑이 조상을 더욱 욕되게 만들고 폐족 가문 출신이어서 세상에 자신의 뜻을 펴는 일이 불가능하다는 현실을 알게 되자, 그 동안 익힌 학문은 도리어 고통을 만드는 불씨가 되었다. 상심하면서 반년 가까이 두문불출하던 김병연은 자신을 얽매고 있는 가정이라는 틀에서 벗어나고 싶다는 충동을 느꼈다. 때문에 백일장이 열렸던 이듬해에 금강산 구경이나 다녀오겠다는 말을 남기고 집을 떠났다. 그때 그는 이미 혼인하여 돌이 지난 아들까지 있는 처지였는데도, 김병연은 '조상을 욕되게 만든 자가 하늘 아래 얼굴을 들고 다니는 것은 옳지 못하다'는 생각 때문에 커다란 삿갓을 눌러 쓰고 다녔다. 김병연이 김삿갓이 되어 버린 연유가 바로 그것이다.

　길을 나선 김병연은 평창을 거쳐 대관령을 넘어 강릉 땅에 도착했다. 이때부터 그는 양반 사회를 조롱하는 시를 짓기 시작했다. 강릉 근처에 있는 어느 대갓집에 남겨 놓은 그의 시에는 교만한 양반에 대한 반감과 울분이 담겨 있다.

갈매기처럼 앞머리가 벗겨진 벼슬길 떠난 늙은이가

우스꽝스럽게도 황소와 바꿀 만한 안경을 쓰고 있다

그 꼴이 장비의 고리눈처럼 둥글고
촉나라의 범이 웅크리고 있는 것 같으며
눈동자가 두 개라던 황우를 흉내내고
형주 땅 원숭이가 물에 빠진 형상이로다
울타리를 탁탁 뚫는 사람으로 갑자기 의심되기도 하지만
물가에서 울어 대는 비둘기처럼 글은 잘 읽겠구나
어려서 쓸데없는 일을 많이 했는지 안경까지 걸치고도
봄날 화창한 대낮에 화려한 말을 거꾸로 타고 있는지도
모른다

강릉에서 그 해의 겨울을 보낸 김병연은 봄이 오자 동해 바닷가를 따라 북상하며 방랑을 계속했다. 낙산 관음굴에서 자살하려는 여인을 말리며 지었다는 시에는 그의 천재성이 잘 나타나 있다.

이런 대로 저런 대로 세상 되어 가는 대로 살고
바람 불면 부는 대로 물결 치면 치는 대로 삽시다
밥 있으면 밥을 먹고 죽 나오면 죽을 먹으면서 이대로
살아가고
옳은 것은 옳은 대로 틀린 것은 틀린 대로 그대로
놔둡시다

손님 대접도 집안 형편대로 하는 것이고

시장에서 하는 장사도 시세대로 하는 법입니다

모든 일이 내 맘대로 할 수 없으니

그렇고 그렇고 그런 세상 그런 대로 지냅시다

此竹彼竹化去竹 風打支竹浪打竹

(차죽피죽화거죽 풍타지죽낭타죽)

飯飯粥粥生此竹 是是非非付彼竹

(반반죽죽생차죽 시시비비부피죽)

賓客接待家勢竹 市井賣買歲月竹

(빈객접대가세죽 시정매매세월죽)

萬事不如吾心竹 然然然世過然竹

(만사불여오심죽 연연연세과연죽)

구절 끝마다 대나무 '죽(竹)'자를 나열한 점도 특이하지만, 우리말의 뜻인 '대'로 읽도록 시를 지은 점이 재미있다.

간성까지 올라온 병연은 어느 날 관동팔경의 하나인 청간정을 찾았다. 그곳에서는 마침 한 무리의 선비들이 시를 지으며 술을 마시고 있었다. 술이라도 한잔 얻어먹을 생각에 김병연이 그 자리에 동참하려고 하자 그들은 먼저 통성명을 요구했다.

김병연에게는 이런 때가 가장 고통스러웠다. 자신의 오

욕스러운 내력을 다시 떠올리기 싫었기에 그는,

"시골 촌놈이 무슨 변변한 이름이 있겠습니까? 성은 김가고 이름은 입(笠)이라고 합니다."

하고 대답했다. 상대방들도 그에게 뭔가 말 못할 사연이 있겠거니 여기고 더 이상 캐묻지 않았다. 그의 행색과 이러한 문답을 통해 그는 어느덧 김삿갓이라고 불리게 되었다.

김병연은 그곳에서도 청산유수와 같은 즉흥시를 지어 선비들을 놀라게 한 뒤에 술 몇 잔을 얻어먹었다. 한시(漢詩)는 형식이 까다로운데다가 각 구절의 끝마다 반드시 운자(韻字)를 붙이도록 되어 있어서 시를 짓기가 여간 어렵지 않다. 따라서 아무리 한문이나 학문에 대한 소양이 깊더라도 즉석에서 손쉽게 짓기는 쉽지 않다. 바로 이런 점에서 즉흥시를 많이 지어 낸 김삿갓의 천재성이 뚜렷하게 드러난다.

고성에서 온정리를 통해 금강산에 오른 김병연은 곳곳에서 유람 나온 사람들과 만나 술을 얻어 마시며 아름다운 경관을 노래한 시를 많이 지었다. 특히 그는 "금강산에 가 보지 않은 사람이 풍류를 안다고 하는 것은 무식한 소리"라고 꾸짖기도 했다. 외금강 일대를 빠짐없이 돌아본 김병연은 다시 온정리로 돌아와 며칠 동안 쉬고, 이번에는 옥류동과 동석동 계곡을 유람했다.

어느덧 날이 어두워지자 김병연은 근처에 있는 유정사에

서 하룻밤 묵을 생각으로 절을 찾았다. 유정사는 워낙 넓은 절이었기에 이곳저곳 승방을 기웃거리며 유숙하게 해 달라고 청할 사람을 찾아야 했다. 다행히 한 승방에서 한 노승이 젊은 선비와 필담(筆談)을 나누고 있는 모습이 보였기에 김병연은 그곳으로 달려가서 하룻밤 잠자리를 베풀어 달라고 부탁했다.

하지만 그들은 한창 재미있게 이야기를 나누고 있는데 웬 과객이 끼어들어 흥이 깨졌다는 투로 시큰둥한 반응을 보였다. 때문에 불쑥 반감이 생긴 김병연은 자신도 시를 조금은 할 줄 아니 대화에 끼워 달라고 부탁했다. 두 사람은 행색이 남루한 자가 시를 논한다는 것이 가소롭게 느껴졌지만 어디 한 수 지어 보라는 식으로 지필묵을 내주었다.

김병연은 두 사람의 얼굴을 힐끗 보고 나서 툇마루에 걸터앉아 단숨에 글씨를 써 내려갔다. 그들은 어쭙잖게 선비인 것처럼 뭔가 끼적거리는 김병연이 못마땅해 보였던지, 그러지 말고 언문풍월(諺文風月)이나 하자고 제의했다. 이미 두 사람을 잔뜩 비꼬는 내용으로 시를 지은 김병연은 슬며시 한쪽으로 지필묵을 밀어 놓고는 그러자고 대꾸했다. 노승은 김병연을 골려 주겠다고 작정했기에 일부러 어려운 운자를 고르려고 한동안 생각에 잠겼다.

김병연이 어서 운자를 부르라고 재촉하자, 노승은 비로

소 생각났다는 듯이 '타' 하고 운자를 부르고는 재미있어하는 표정으로 병연을 쳐다보았다. 하지만 병연은 운자가 불리자마자 절의 경내를 돌아보면서 거침없이 한 구절을 말했다.

"사방 기둥 붉어타."

노승은 '요행으로 첫 구절은 지었겠지' 하는 얼굴로 다음 운자를 불렀다.

"타."

"석양 행객 시장타."

노승은 이번에는 '제법이다'라고 생각하며 또 운자를 불렀다.

"타."

"네 절 인심 고약타."

김병연은 자리를 털고 일어나면서 마지막 구절을 내뱉고는 휘익 돌아섰다.

노승은 아무런 대꾸도 하지 못하고 봉변을 당했다는 듯이 혀만 끌끌 찰 뿐이었다. 함께 있던 선비는 둘의 수작이 재미있다는 표정으로 승방 밖으로 나오다가 조금 전에 김병연이 밀어 놓은 종이를 펼쳐 들었다. 그때까지 미소를 머금고 있던 젊은 선비는 그 내용을 읽더니 분기탱천하여 길길이 뛰며 어찌할 줄을 몰라 했다.

둥글둥글한 중대가리는 땀난 말 불알 같고

뾰족뾰족한 선비 머리는 앉은 개좆 같구나

목소리는 구리 방울이 구리 솥에 부딪친 것 같고

눈깔은 검은 후추가 흰 죽에 빠진 것 같구나

僧首團團汗馬閹 儒頭尖尖坐狗腎

(승수단단한마랑 유두첨첨좌구신)

聲令銅鈴零銅鼎 目若黑椒落白粥

(성령동령영동정 목약흑초낙백죽)

금강산 유람을 끝낸 김병연은 안변에서 며칠 동안 머물다가 함흥을 둘러보기 위해 다시 길을 나섰다. 때는 겨울이어서 고원 땅에 들어섰을 때 눈으로 인해 길이 끊어졌기에 봄이 될 때까지 그곳에 머물러야 했다. 어느덧 봄이 되어 얼음이 녹자 김병연은 함흥으로 다시 발길을 옮겼다. 함흥은 그의 할아버지 김익순이 선천 부사로 부임하기 전에 근무했던 곳이어서 내심 가 보고 싶던 터였다. 함흥을 향해 길을 나섰을 때는 어느덧 집을 떠난 지 3년이 지난 헌종 1년(1835)이었으며 그의 나이 스물여덟 살이었다. 함흥을 구경하고 난 뒤에는 한동안 단천에서 머물렀는데 그곳에서 가련이라는 기녀에게 지어 주었다는 시 한 수가 전해지고 있다.

가엾은 몰골에다 초라한 몸이

가련의 집 앞에서 가련을 찾는구나

애절한 나의 뜻을 가련에게 전해 주면

가련은 이 불쌍한 내 마음을 알아주기나 할까

可憐行色可憐身 可憐門前訪可憐

(가련행색가련신 가련문전방가련)

可憐此意傳可憐 可憐能知可憐心

(가련차의전가련 가련능지가련심)

　　그의 작품으로는 드물게 구애시(求愛詩) 한 편을 남겨 놓았던 것이다. 기생 가련의 집에서 한동안 머물던 김병연은 다시 단천을 떠나 북행길에 나서 함경도 북쪽 지방을 모두 유랑하고는 부령 땅에서 또 그 해의 겨울을 보냈다. 다시 봄이 찾아오자 그는 두만강 지역까지 돌아보고 나서 문득 가족 생각이 났는지 영월 땅으로 돌아왔다.

　　김병연이 귀가하고 나서 얼마 후에 어머니가 세상을 떠났다. 다행히 어머니의 임종을 지켜볼 수 있었던 김병연은 맏형 병하가 이미 죽고 없었기 때문에 상주 노릇을 하느라고 3년여 동안 집에 머물게 되었다.

　　그즈음 그의 젊은 아내는 둘째 아이를 낳았다. 맏아들 학균이도 잘 커서 귀엽기만 했기에 김병연은 마음을 잡고 가족들과 함께 살아 보려고 했다. 하지만 그러면 그럴수록 고통과 회한의 상념만이 물밀듯이 밀려왔다. 4년여 동안의 방랑을 끝내고 집에 돌아왔건만 뼛속까지 스며드는 허망함은 도저히 떨쳐 버릴 수가 없었다. 그래서 김병연은 또다시 방랑길로 나섰다. 아내도 그런 남편의 태도 때문에 여생을 체념하고 있었다. 가족과 함께 있는 시간이 곧 고통이었던 김병연은 쫓겨나는 것 같은 심정으로 다시 길을 떠나게 되었다.

이번에는 원주 쪽으로 방향을 잡았다. 그 근방을 구경하고 서울 방향으로 길을 떠났는데, 도성이 가까워질수록 인심이 사나워졌으며 지평 부근에서는 유숙하기를 청해도 문전 박대를 당하기 일쑤였다. 때문에 김병연은 어쩔 수 없이 한뎃잠을 자면서 고단한 나그네의 삶을 비유한 시 한 수를 남겼다.

> 스무 나무 아래 섧은(서른) 나그네가
> 망할(마흔) 놈의 집에서 쉰밥밖에 얻어먹지 못했으니
> 인간으로서 어찌 이런(일흔) 일이 있단 말인가
> 차라리 집에 돌아가 설은(서른) 밥을 먹는 것만도 못하구나
> 二十樹下三十客 四十家中五十食
> (이십수하삼십객 사십가중오십식)

人間豈有七十事 不如歸家三十食

(인간개유칠십사 불여귀가삼십식)

숫자를 '서른'이나 '마흔' 등으로 읽고 음이 비슷한 다른 단어들을 연상시켜 만든 점이 재미있다. 지평에서 겨우겨우 하루를 보낸 그는 마침내 망우리 고개를 넘어 서울에 다다르게 되었다.

김병연은 그즈음 우연히 우전 정현덕을 만났다. 정현덕은 김병연이 유일하게 평생 동안 친분을 나눈 사람이며, 어린 나이에 과거에 합격한 수재로서 훗날 형조 참판까지 지냈지만 대원군과 민씨 일파의 권력 투쟁에 희생되어 사약을 받은 인물이다. 김병연이 정현덕보다 세 살 위였지만 그들은 곧 서로를 인정하는 가까운 사이가 되었다.

김병연은 서울에 머무르는 동안 정현덕의 도움으로 편안하게 여기저기 구경하며 지낼 수 있었다. 하지만 아무리 편해도 한 곳에 오래 머무를 수 없는 것이 나그네의 숙명인지, 어느 날 정현덕의 친구들과 함께 목멱산(남산의 다른 이름) 계곡에서 한창 풍류를 즐기던 김병연은 잠시 할 일이 있다면서 자리를 뜨더니 영영 돌아오지 않았다.

김병연은 그 길로 다시 방랑길에 올라 북쪽으로 방향을 잡고 파주로 향했다. 그 후 파주를 떠나 개성에 이르렀을 때 또다시 문전 박대를 당했는지 개성 인심에 대해서 한탄하는 시가 남아 전해진다.

고을 이름이 개성(開城)이면서 어찌하여 문들은 모두
달아걸었으며
산 이름은 송악(松嶽)인데 왜 땔 나무가 없다고 하는가
어두워서 손님을 쫓아내는 것은 사람의 도리가 아닌데
동방예의지국에서 너희들만 홀로 야만족 진나라 사람이냐
邑號開城何閉門 山名松嶽豈無薪
(읍호개성하폐문 산명송악개무신)
黃昏逐客非人事 禮儀東方子獨秦
(황혼축객비인사 예의동방자독진)

개성을 떠나 평양에 도착한 김병연은 소문을 듣고 그를 흠모하던 소야월이라는 기생을 만나 한동안 함께 지내기도 했다. 하지만 또다시 홀연히 길을 나서 안주 땅에 도착했다. 그곳은 그의 집안의 비극이 시작되었던 땅이었기 때문에 그는 밀려드는 회한으로 인해 몸서리를 쳐야 했다. 김익순이 처형되었던 정주성을 고통 속에서 지나야 했던 김병연은 오로지 걷고 또 걸어서 하루 만에 철산에 이르렀다.

그곳에서는 날이 어두워지자 아예 서당을 찾아 유숙을

청해 보기로 했다. 김병연의 입장에서는 문자 나부랭이라
도 아는 서당 훈장이 상대하기가 더 쉬웠기 때문이지만, 예
상과는 달리 그곳 서당 훈장은 김병연의 말을 듣자마자 바
로 퇴짜를 놓았다. 그러다가 스스로 생각해도 심하다 싶었
던지 자기가 부르는 운자에 맞추어 시를 지어 선비라는 것
을 증명하면 재워 주겠다고 했다. 인심 사납지 않게 불청객
을 쫓아 보내는 방법으로 나름대로 생각한 것이 시 짓기였
던 모양이었다. 훈장은 까다롭고 어려운 글자를 고르느라
고 한참 동안 궁리하다가 마침내 운자를 불렀다.

"멱!"

김병연이 물었다.

"무슨 멱자입니까?"

훈장은 그것 보라는 듯이 대꾸했다.

"찾을 '멱(覓)'자도 모르시오?"

김병연은 잠시 뜸을 들이다가 첫 구절을 지었다.

"허다운자하호멱(許多韻字何呼覓, 수많은 운자들 중에 하필
이면 멱자를 부르는가)."

훈장은 또다시 운자를 불렀다.

"멱!"

이번에는 스스럼없이 곧바로 대답했다.

"피멱유난황차멱(皮覓有難況此覓, 아까 멱자도 어려웠는데

이번에도 또 멱자인가)."

훈장은 은근히 약이 올랐는지 운자를 부르는 소리가 갑자기 커졌다.

"멱!"

"일야숙침현어멱(一夜宿寢懸於覓, 하룻밤 묵는 것이 멱자에 달렸나 보구나)."

훈장은 기가 찼는지 목소리에 힘이 없었다.

"멱!"

"산촌훈장단지멱(山村訓長但知覓, 산골 훈장이 아는 글자라고는 멱자밖에 없는 모양이다)"

그러자 훈장은 더 이상 계속하지 못하겠다는 표정으로 김병연을 쳐다보았다. 그리고 말투마저 공손해졌다.

"나도 글줄이나 한다고 자신하지만 노형처럼 '사멱난운(四覓難韻)'을 거뜬히 해결하는 사람은 처음 봅니다."

그리하여 김병연은 시 짓기를 조건으로 유숙을 허락한 훈장 덕택에 하룻밤을 편안하게 잘 수 있었다.

그 동안 김병연은 곳곳을 유람하면서 자연히 서당 신세를 많이 질 수밖에 없었는데, 훈장들에 대한 인식이 별로 좋지 않았는지 훈장을 조롱하는 시들이 꽤 많다. 그 중에서 다음의 시 한 수가 유난히 눈에 띈다.

서당에 일찍이 찾아갔지만

선생은 내다보지도 않는다

방 안에는 모두 귀한 물건으로 가득하지만

배우는 학생은 채 열 명도 되지 않는구나

書堂乃早至 先生來不謁

(서당내조지 선생래불알)

房中皆尊物 生徒諸未十

(방중개존물 생도제미십)

내용은 평범하지만 이 시는 지독한 욕설의 나열이다. 각 구절의 끝에 있는 세 글자들을 음독하면 차마 입에 옮겨 담을 수 없는 지독한 욕설이 되기 때문이다.

김병연은 철산에서 의주까지 갔다가 압록강을 따라 계속 북상하여 초산에 이르렀다. 그곳에서 뜻하지 않은 인연을 만나 한동안 가정을 꾸미고 훈장 생활로 2년 정도를 보냈다. 첫 번째 방랑에서도 고원 근방에서 잠시 간질병 있는 처녀의 서방 노릇을 한 적이 있었는데, 또다시 팔자에 없는 객지 혼인을 경험하게 된 것이다. 방랑 생활 동안 간혹 여자 경험을 하기는 했지만 살림을 차린 것은 그 경우까지 해서 두 번 있었다.

하지만 어느 가을 밤 김병연은 야반 도주하듯이 초산 땅을 벗어나 또다시 유랑 생활을 시작했다. 마음 같아서는 백두산 등정까지 하고 싶었지만 길이 험하고 겨울도 닥쳐오고 있었기에 부득이 남쪽으로 발길을 돌려야 했다. 백두산 대신 겨울의 묘향산을 둘러본 김병연은 2년 반 만에 다시 평양을 찾았다.

평양에 들어서자마자 예전에 한동안 정을 나눴던 기생 소야월의 집을 찾아갔지만 소야월은 그 동안 병들어 죽고 없었다. 인생은 한낱 뜬구름같이 부질없다고 했지만 젊디젊은 그가 갑자기 죽었다는 것이 도저히 믿어지지 않았다. 한동안 삶의 무상함에 넋을 잃고 지내던 김병연은 황해도 은율의 구월산으로 가서 심신의 허탈함을 털어 버린 후에 서울로 다시 돌아왔다.

서울에서 친한 벗인 정현덕과 그의 친구들에게 신세를 지면서 한동안 지내고 있었는데, 고관으로 있던 족제(族弟: 아우뻘이 되는, 같은 성을 가진 먼 친척)인 김병익으로부터 한성을 떠나 달라는 부탁을 받고 가족이 있는 영월 땅으로 두 번째 귀향을 하게 되었다. 당시 세상을 주무르는 안동 김씨 일파였던 김병익의 입장에서도 김병연의 존재는 매우 껄끄러웠던 모양이었다.

영월에 돌아왔을 때 김병연의 나이는 어느덧 42세였다. 20대에 처음으로 집을 떠나 30대가 되어서 한 번 돌아왔다가 또다시 길을 떠나 40대가 되어서야 다시 집이라고 찾아든 것이다. 때문에 아내는 완전한 남처럼 무심한 처지가 되어 버렸고 자식들도 그리 살갑게 느껴지지 않았다. 그것은 가족들도 마찬가지였다.

결국 병연은 다시 방랑길로 나설 수밖에 없었다. 그가 머리를 두고 숨 쉴 수 있는 세상은 자기와 무관한 사람들이 살고 있는 객지뿐이라는 것을 새삼스럽게 깨닫게 되었기 때문이었다.

그는 전과는 달리 남도 지방을 여행하기로 했다. 집을 나선 지 며칠 지나지 않아서 충주를 거쳐 문경 새재까지 갔는데, 그의 몸은 이미 한창 때와 달라졌기에 쉬지 않고 고갯길을 넘는 것은 힘에 부치는 일이었다. 그래서 김병연은 문경에서 한동안 머무르며 지냈다. 그런데 그곳에서 뜻하지 않은 묘지 분쟁에 휩쓸려 옥살이까지 했는데, 헌종이 죽고 철종이 등극한 후에야 특사로 겨우 풀려날 수 있었다.

당시에는 풍수지리가 일반 사람들에게 널리 퍼져 있었기에 명당 자리를 잡기 위한 분쟁이 꽤 많았다. 그것을 ‘산송(山訟)’이라 하는데 심한 경우 명당이라고 알려지면 남의 땅에 시신을 몰래 묻기까지 했다. 김병연은 어쩌다가 그러한 싸움에 휘말리게 되었으며 공연한 옥살이로 인해 방랑하는 동안 몸만 더 상하게 되었다.

문경에서 겨우 풀려난 김병연은 낙동강을 건너 대구로 들어갔다. 대구에서 며칠을 보낸 후에 운문산을 유람하고 경주, 의성을 거쳐 안동까지 올라갔다. 안동은 그의 시조인 삼태사(三太師) 김선평의 분묘와 이퇴계의 사당이 있는 곳이었기에 김병연은 한동안 그곳에서 훈장 생활을 하면서 지내기도 했다.

자신의 뿌리에 대한 그리움과 성인으로 추앙 받는 이황의 향기를 그리기 위해서였는지 김병연은 그곳에서 매우 오랫동안 머물렀는데, 그렇게 한 것은 문경에서 겪은 옥살이 때문에 건강이 좋지 못해 쉽게 먼 길을 떠날 수 없었기 때문이기도 했다.

김병연은 어느 정도 몸이 회복되자 또다시 아무런 미련도 없이 북쪽으로 길을 떠나서 예천, 영주를 지나 죽령을 넘고자 했다. 그러나 한 번 약해진 몸은 쉽게 회복될 수 없었는지 풍기쯤에 이르러 그만 길에서 정신을 잃고 쓰러지고 말았는데, 마침 지나가던 사람이 그를 발견하고 자기 집에 데려가 간호해 주었기에 객사할 위기를 간신히 넘기기도 했다.

그 집에서 꼬박 한 달 이상 누워 지낸 김병연은 너무나 오래 신세를 지는 게 미안해서 억지로 길을 나섰지만 아직 험한 길을 갈 수 있는 상태는 아니었다. 때문에 그는 결국 염치없는 일이기는 하지만 집으로 가기로 했다. 그래도 병든 몸을 의탁할 수 있는 곳은 가족밖에 없었던 것이다. 김병연이 병든 몸을 이끌고 세 번째로 집에 돌아왔을 때 그의 나이는 벌써 50대에 들어서고 있었다.

20대인 젊었을 때 집을 떠나 10년쯤마다 한 번씩 죽지 않고 얼굴이라도 보여 주는 것이 반갑기는 했지만, 그의 가족에게 그는 타인과도 같은 존재였다. 아내도 이미 늙었고 맏아들 학균은 장가를 들어 김병연에게는 손자까지 생겨 있었다. 첫 번째 귀향 때 얻었던 둘째 아들 익균도 어느덧 의젓한 장부가 되었음은 물론이다. 김병연은 그들에게 아무 것도 해 주지 못한 자신이 죄스럽게 느껴졌다. 더욱이 늙고 병든 몸으로 돌아온 자신이 가증스럽게 느껴지기까지 했다. 자식들 보기도 면목이 없고 낯선 며느리에게는 부끄럽다는 생각이 들었다.

결국 건강을 어느 정도 되찾게 되자 김병연은 가족들의 만류를 뒤로 한 채 또다시 집을 나섰다. 그 길로 그는 정현덕을 만나기 위해 곧장 서울로 향했다. 하지만 그때 정현덕은 동래 부사로 가 있었기에 만나지 못하자 그를 직접 찾아 나서겠다고 작정하고 충청도 쪽으로 길을 잡아 떠났다. 다시 방랑길에 나선 김병연은 차령고개를 넘어 공주, 부여를 둘러보고 석성에서 전라도 방향으로 길을 잡아 전주까지 들어갔다.

어느 날 전주의 명물인 완산에 올라 만경대 부근에서 경치를 살펴보다가 한 무리의 풍류패들을 만나서 동참하게 되었다.

거기서도 술을 얻어먹은 값으로 시 한 수를 남겼는데 그 내용이 거들먹거리는 양반들을 통렬히 비판하는 것이었다. 풍류객 중 한 사람이 운자를 불렀는데, 술에 취한데다 김병연의 초라한 행색을 보고 무시하는 심사로 한글 자음을 닥치는 대로 불렀다. 말하자면 그것은 희롱이었다.

"기역!"

"요하패(腰下佩) 기역(허리춤에 'ㄱ'을 꿰어 차고)."

"이응!"

"우비천(牛鼻穿) 이응(소의 코는 'ㅇ'을 뚫었구나)."

"리을!"

"귀가수(歸家修) 리을(집에 돌아가서 'ㄹ'을 닦아야지)."

"디근!"

"불연점(不然點) 디근(그렇지 않으면 'ㄷ'에 점을 찍게 되겠구나)."

허리에는 낫을 차고 있다는 뜻이고, 둥그런 코뚜레를 한 소를 그렸으니, 목동의 모습을 노래한 것이다. 그리고 세 번째 구절의 'ㄹ'은 한자의 자기 '기(己)'자를 대신한 것이었다. 마지막 구절의 'ㄷ' 위에 점을 찍으면 망할 '망(亡)'자가 된다. 따라서 별다른 할 일도 없이 대낮부터 술이나 마시며 놀고 있는 풍류객들을 철모르는 어린 목동에 비유하여, 더 배우고 수양하여 자중하지 않으면 패가 망신한다는 경고를 시로 표현한 것이었다.

김병연은 그 길로 전주를 떠나 지리산을 넘어 경상도 땅으로 들어가 드디어 정현덕이 있는 동래에 도착했다. 그곳에서 옛 친구를 만나 한동안 머물다가, 해변을 따라 다시 전라도로 들어가 무장 땅에서 잠시 훈장 생활로 겨울을 보내고, 그 다음해에는 전라도 전 지역을 돌아다녔다.

그 시절 그는 몸이 많이 약해졌기에 힘들어하면서도 술만 만나면 정신없이 마시는 등 자신을 학대하는 모습을 보이기도 했다. 늙고 병든 자신의 처지를 한탄한 시도 이 시절에 지은 것인데 그의 해학적인 기지가 번뜩이고 있다.

하늘은 길어서 잡을 수가 없고
꽃은 늙어 나비도 오지 않는구나
국화꽃이 찬 모래에서 피고
가지 그림자는 땅 위에 반쯤 드리웠다
강변 정자 옆을 가난한 선비가 지나다가
크게 취하여 소나무 아래 엎드렸네

달이 옮겨가자 산 그림자마저 바뀌는데
부지런한 장사꾼은 벌써 시장을 오가며 이익을
얻으러 오더라
天長去無執 花老蝶不來 菊樹寒沙發 枝影半從地
(천장거무집 화로접불래 국수한사발 지영반종지)
江亭貧士過 大醉伏松下 月移山影改 通市求利來
(강정빈사과 대취복송하 월이산영개 통시구리래)

이 시의 내용은 자신의 처절한 모습을 그린 것이지만, 우리말 발음대로 읽어 보면 '국수 한 사발', '지영(지령, 간장) 반 종지', '강정'에 '빈사과'에다가 '대취(대추)'에 '복송하(복숭아)' 등의 음식을 늘어놓기도 하면서 '월이 산영개(워리, 사냥개)'에다 '통시 구리래(뒷간 구린내)'까지 해학의 절정을 보여 준다.

전라도에서 또 한 해의 겨울을 맞이한 김병연은 마침내 체력의 한계를 느끼고 길가에 쓰러졌다. 다행스럽게도 인근 주민에게 구조되었지만 다시 일어나지 못하고 철종 14년(1863)에 56세의 나이로 운명하고 말았다.

그가 죽기 얼마 전에 둘째 아들 익균이 그를 찾아와 몇 번이나 귀향을 권했지만 그는 끝내 도망치듯 사라져 버렸

다. 그때 김병연은 마치 자신의 운명을 예견하기라도 한 듯
시 한 수를 지었다.

돌아가자니 그것도 어렵고 머물러 있자니 그 또한 어렵다
몇 날이고 방황하다가 길가에서 쓰러지게 된다

가슴 시린 체념이 가득 담겨져 있는 이 시의 내용처럼,
'김삿갓' 김병연은 일생을 방랑한 나그네답게 먼 타향 땅의
길가에서 저 세상으로 떠났다.

풍자와 해학으로 세상을 비웃은 천재 시인 정수동

정수동(鄭壽銅)은 근세의 김삿갓과 함께 잘 알려진 유명한 시인이었다. 그는 조선시대 철종(哲宗) 때 인물이었는데 시대로 따지자면 김삿갓과 비슷한 때에 태어났다. 그의 이름은 지윤(芝潤)이요, 호는 하원(夏園) 또는 수동(壽銅)이라고 하였으며, 동래(東來) 정씨였다.

수동이라는 호를 가지게 된 까닭은, 그의 손바닥에 수(壽)자 모양의 무늬가 있었는데 성년이 된 뒤에 한서(漢書)에서 지생동지(芝生銅地)라는 문구를 읽고 동(銅)자를 따서 수동이라고 했던 것이다. 그리하여 그는 나중에 정수동이란 이름으로 남녀노소, 빈부귀천 할 것 없이 많은 사람들에게 널리 알려지게 되었는데, 지윤이나 하원이라고 하면 별로 아는 사람이 없었다.

그는 어려서부터 불우했다. 일찍이 아버지를 여의고 홀어머니 슬하에서 구차하게 자랐다. 원래 천부적으로 사물

에 대한 이해가 빠르고 영리했기에 서당에 다닐 때 하나를
들으면 열을 알았으며 언행이 또한 비범했다.

그가 팔구 세 때 서당 선생이 등잔불을 주제로 글을 지으
라고 했더니 그는 선뜻,

燈入房中夜退外
(등입방중야퇴외)
등잔불이 방에 드니
밤이 밖으로 나가도다

라고 읊어 선생을 놀라게 만들었다고 한다. 떡잎 때부터
달랐던 모양인데, 그는 기지 또한 출중했다. 더 어렸을 때
같은 서당에서 있었던 일이다.

하루는 수동이 꾸벅꾸벅 졸다가 선생에게 들켜 혼이 났
다. 그런데 그로부터 며칠 후 이번에는 선생이 졸다가 수동
에게 들켰다.

"선생님은 왜 졸아요?"

"에… 고놈, 내가 왜 졸아."

"그럼 뭘 하셨어요?"

"좀 모르는 글귀가 있어서 공자님에게 물어 보려고 하늘
에 올라갔다가 왔지. 혼만 빠져서 올라갔기에 여기 남아 있

는 몸뚱이는 졸고 있는 것같이 보였느니라."

그런 일이 있은 뒤 하루는 선생이 보니 어린 수동이 코를 드르렁 드르렁 골면서 마음놓고 자고 있었다. 선생은,

"요놈!"

하고 머리를 때렸다. 그러자 수동은 깜짝 놀라 잠에서 깨어 일어나 앉았다.

"선생님, 왜 때리셔요?"

"요놈, 왜 자는 거냐?"

"자지 않았어요."

"그럼 뭘 했느냐? 자지 않고…."

"공자님을 좀 뵈러 갔었어요."

"요놈이 뭐라구? 공자님을 뵈러 갔다? 그래 공자님을 뵈었느냐?"

"네, 뵙고 왔어요."

"그래, 뵈었더니 뭐라고 하시더냐?"

"일전에 선생님이 오셨느냐고 여쭈어 보았더니, 오신 적이 없다고 하시던데요."

"음…."

이처럼 그는 마을 사람들한테서 천재니 신동이니 하는 말을 들으면서 자랐다. 열일곱 살 때 김씨 집안에 장가를 들고 열아홉 살 때부터 과거를 보기 시작했는데 자기보다

못한 사람도 손쉽게 급제하는데도 그만은 번번이 낙방했
다. 때문에 고르지 못한 더러운 세상에서 벼슬할 것을 단념
하고 슬프고 기쁜 감정들을 모두 시(詩)에 붙여 술을 벗삼
아 살면서 방랑과 농담을 즐기며 평생을 보내게 되었다.

그가 얼마나 세상사에 구애 받지 않는 낭만시인(浪漫詩
人)이었던가는 다음과 같은 이야기 하나만으로도 능히 알
수 있다.

그는 시를 잘 지었을 뿐만 아니라 술을 무척이나 좋아했
다. 그리고 술과 함께 찾아오는 위대한 자연의 경치는 그가
스스로 즐기면서 체험하는 무아경이었다.

어느 해 늦은 봄이었다. 그의 아내가 산달(産月)이 되었
다. 진통이 온 아내를 옆에서 간호했으나 좀처럼 순산이 되
지 않았다. 보다 못한 정수동은 벌떡 일어났다. 의원이 난
산(難産)에 불수산(佛手散: 해산 전후에 흔히 쓰는 탕약. 궁귀
탕)이 제일 좋다고 말했기 때문이었다.

그는 약방으로 헐레벌떡 뛰어갔다. 그런데 얼마쯤 달려
가다가 보니(이때 그는 벌써 아내의 진통에 대한 생각은 까맣게
잊어버렸다) 건너편 길에서 몇 사람이 어깨를 나란히 하고
이쪽으로 걸어오고 있었다. 정수동이 발을 멈추고 가만히
보니 그들은 모두 시객으로 친면이 있는 문우(文友)들이었

다.

"어디들 가나?"

"금강산으로 가는 길일세."

정수동은 문득 금강산으로 떠나고 싶었다.

"나도 한몫 넣어 주게나. 함께 가세."

"좋은 시붕(詩朋)이니 오히려 우리가 원하는 바일세. 함께 가세."

그들은 손에 손을 잡고 봄의 금강산을 감상하기 위해 걸음을 옮겼다.

정수동의 부인은 난산이긴 했으나 귀여운 사내아이를 낳았다. 그 날 금강산으로 불쑥 떠나간 정수동은 몇 달이 지나도 돌아오지 않았다. 그래서 후에,

"정수동은 금강산 유점사(金剛山楡岾寺)에서 중이 되어 있다."

는 소문까지 들려오게 되었다.

그로부터 어느덧 일 년이 지나갔다. 그제야 금강산에서 돌아온 정수동은 그의 집 부근에 이르자 왁자하게 손들이 모여 있는 것을 보고 괴이하게 여겼다. 그가 집으로 들어가 보니 그 날이 바로 아들의 돌 잔칫날이었다. 그는 돌이 되는 아들의 얼굴을 바라보다가 처갓집 손님들이 많이 모인

자리라 좀 겸연쩍어졌는지 그들을 한번 웃겨 주려고 아내를 물끄러미 바라보면서 불쑥 이렇게 말했다.

"아따 마누라, 성미가 급하기도 하오. 그래 불수산 지으러 간 사람이 오기도 전에 아이를 낳고 벌써 돌이란 말이오? 핫핫하!"

정수동은 시를 잘 지었을 뿐만 아니라, 술을 잘 마시고 세상을 조롱하는 짓도 잘 했기에 당시의 제법 큰 인물들과 친하게 교제하며 사귈 수 있었다.

그는 중인(中人: 조선시대에 양반과 평민의 중간에 있던 신분 계급)이었기에 벼슬을 할 계제가 되지 못했지만, 그의 시재(詩才)가 천재적이었기에 당시의 시인치고 김삿갓과 정수동을 모르는 사람이 없을 지경이었다.

당시의 정승이었으며 나는 새도 떨어뜨릴 만한 세도가인 안동 김씨 김흥근(金興根)도 역시 시문을 즐겼다.

김흥근은 자주 추사 김정희(秋史金正喜)의 집에 드나들었다. 그와는 함께 마음을 두고 지내는 사이였다. 추사는 비록 벼슬이 참판에 지나지 않았지만 김흥근이 그의 고결한 인격과 품격 높은 글씨와 뜻있는 문장에 반했기 때문이었다. 그런데 추사는 항상 김흥근 앞에서 정수동을 칭찬하여 마지않았다. 추사는 정수동을 알고 정수동은 추사를 알아보았다. 정수동은 심심하면 추사 김정희의 집을 찾아가 항상 대취해 있었고, 그 후부터는 정승 김흥근(金興根)의 집 문객이 되어 항상 김정희의 말벗과 시우(詩友) 노릇을 하였다.

어느 날 김 정승 집에서 큰 소동이 일어났다. 정수동이 소리도 없이 어디론가 없어졌는데 그와 동시에 김 정승이 예궐할 때 입는 남포(藍袍: 남색 겉옷)와 홍띠도 역시 없어졌던 것이다. 나중에 보니 정수동이 남포를 입고 홍띠를 두르고 그 위에 어디서 났는지 방갓(예전에 상제가 밖에 나갈 때 쓰던 가는 대오리로 만든 삿갓 모양의 큰 갓)까지 쓰고서 술을 억병(한량없이 마시는 술의 양)으로 먹고 있었다. 실로 웬만해서는 보기 힘든 광경이었다. 후일 김 정승이 정수동에게 그렇게 한 연유를 물었더니,

"그거야 별것 있나요. 내 행색이 너무 초라하기에 한번 기고만장해 보려고 그랬지요. 벼슬 같은 것은 안중에 없소이다."

라고 대답했다. 그래서 김 정승은 정수동을 더욱 공경하였다.

어느 해 늦은 겨울이었다. 김 정승은 해마다 세밑이 되면 궁교(窮交: 사귀고 있는 궁한 사람)와 빈족(貧族)들에게 세찬으로 약간의 금품과 술과 음식들을 주고는 했다. 물론 이러

한 은덕은 정수동에게도 베풀어지는 것이었기에 김 정승은 특별히 술 서 말에 명태와 꿩 등까지도 곁들여서 주었다. 그런데 그 속에는 옷감들까지 들어 있는지라 정수동은 도저히 그것을 다 가지고 갈 수가 없었다. 때문에 김 정승은 그가 부리는 가복에게 신신 당부했다.

"이 물건들을 지고 정 서방님을 따라가 댁까지 탈 없이 전해 드려라."

김 정승의 가복은 그 짐을 지고 정수동의 집을 향해 걸어가기 시작했다.

때마침 함박눈이 하늘하늘 내리기 시작하더니만 떡 덩어리 같은 눈송이로 변하며 더욱 멋지게 휘날렸다. 짐을 지고 정수동을 따라가는 김 정승 집 하인은 짐이 무거워서 그런지 비지땀을 흘리며 수표교(水標橋) 근방까지 왔다. 눈은 더욱 퍼붓고 밤길은 눈에 파묻혀 동쪽과 서쪽을 분별하기가 힘들었다. 그때 정수동이 갑자기,

"그만 짐을 내려놓게."

하므로 하인은 그 부근에 정수동의 집이 있겠거니 생각하고 말했다.

"여기까지 온 김에 댁 문 안까지 져다 드리겠습니다. 염려 맙시오."

정수동은 그윽한 눈빛으로 하인을 바라보면서 남의 눈치

도 모르는 바보라는 듯이 말했다.

"이 사람아, 그 무거운 짐을 다 지고 갈 필요가 없어. 내려놓게, 내려놔, 이 사람아."

하인은 김 정승의 명령을 거역할 수가 없었기에 그대로 서서 어물어물하고 있었다. 정수동의 말뜻을 잘 모르는 모양이었다.

"이 미련한 사람아, 이 밤중에 그 무거운 것을 어디까지 지고 갈 텐가? 넣고 가세, 넣고 가."

김 정승의 하인은 의아해하며 물었다.

"어디다 넣고 가시렵니까?"

"아따 이 사람아, 뱃속에 넣으면 그만 아닌가."

정수동은 드디어 그 하인으로 하여금 세찬 짐을 벗어 놓게 했다. 하인이 다시 물었다.

"서방님, 이제 소인은 집으로 돌아가란 말씀입니까?"

"이 사람아, 그런 뜻이 아니야. 자네 이 앞집에 들어가서 큼직한 사발이나 한 개 얻어 가지고 오게."

하인이 정색을 하고 정수동에게 대들며,

"이렇게 대단한 눈이 쏟아지는 밤중에 여기서 술을 잡수시겠다는 말씀이십니까? 망령이시지. 그럴 수가 있습니까?"

라고 하자 정수동이 씨익 웃으면서 대꾸했다.

"이 사람아, 어서 사발이나 한 개 얻어 오라니까. 이 기막힌 설경(雪景)을 감상하면서 우리 한잔 기울여 보세."

하인은 할 수 없다고 생각했던지, 이웃집에 들어가 큼직한 사발 한 개를 얻어 왔다. 그들 두 사람은 권커니 잣거니 하면서 술 서 말을 모두 배에다 넣고 집으로 돌아갔다. 흰 눈이 무한히 쏟아지는 밤, 십만 장안의 대로상에서 눈을 맞으면서 술을 마셨던 것이다.

정수동은 시와 술 두 가지에서 모두 유명한 인물이었기에 당시의 고위 정객(高位政客)들은 그와 벗하는 것을 일종의 영광(榮光)으로 알기도 했다.

"나는 비록 부패한 고급 관료배지만 그래도 이렇게 높은 선비를 대우할 줄 알지 않느냐."

라고 주장하는 식이었다.

하루는 판서로 있는 남병철(南秉哲)을 찾아갔더니 그가,

"이 사람아, 자네 요즘 재미 붙인 데가 있는 모양일세?"

하고 자주 방문치 않았음을 힐책하듯이 말했다.

그러자 정수동은 머리를 숙이면서 대답했다.

"대감, 그저 자주 뵙지 못해 황송합니다."

남 판서는 정수동을 총애 경모하는 사람들 중의 하나였다. 그는 진정으로 반가웠는지 은근한 목소리로 물었다.

"그래 요즈음도 그렇게 술을 잘하는가?"

"걱정해 주시는 덕분에 매일 장취하고 있사옵니다."

"그런데 요즘은 자네가 조두순 대감(趙斗淳大監) 댁에 잘 다닌다더군. 그런가?"

일종의 질투 같은 감정이 섞인 물음이었다.

"조 대감께서 자주 부르시기에 몇 번 들른 적이 있습니다."

"자네가 그 댁에서 하룻밤에 오언시(五言詩: 오언으로 지은 한시의 총칭) 백 운(百韻)을 지었다는 것이 사실인가?"

수동이 정승 조두순(趙斗淳)의 집에서 크게 취해서 자고 있는데 조 정승이 갑자기 깨우면서 오언시 백 수를 지으라는 바람에,

> 인생은 백 살도 못 사는 주제에
> 무엇을 더 바라고 마음을 상하느냐
> 옛날 철인들도 다 이렇게 말했는데
> 우리 무리들이 공연히 바쁘게 덤비나
> ....
> ....

하고 단숨에 내려 지었던 일을 말하는 것이었다.

“그런 걸 어떻게 아셨습니까?”

“아 그야, 조 정승에게서 들었지. 자네가 밤샘을 하면서 오언시 백 수를 지었다고 칭찬이 대단하시더군.”

남 판서는 정수동을 칭찬하면서 말했다.

“술이나 실컷 먹어 볼까? 오랜만이니 우리 파탈(擺脫: 구속이나 예절 등으로부터 벗어남)하고 크게 한번 취해 보세그려.”

“대감, 언젠가처럼 또 취하여 오줌 싸고 똥 싸고 하면 어쩌지요?”

“아따 이 사람아, 오줌을 싸도 좋고 똥을 싸도 좋으니 어디 한 번 실컷 마셔 보세.”

그래서 정수동은 그 날 밤이 새도록 남 판서와 취하고 시를 짓고 하다가 그 집에서 고꾸라져 잠이 들고 말았다. 얼마나 잤는지 날이 훤해졌기에 일어나니 속이 쓰리기가 한이 없었다. 그는 슬그머니 일어나 그 집 이웃에 있는 어느 해장집으로 기어들었다. 속이 쓰리고 컬컬하던 차에 마시는 해장술의 맛은 실로 술을 애용하는 주광만이 알 수 있는 경지의 별미여서 정수동은 한 잔, 두 잔 계속해서 마셨다. 그러다 보니 대낮부터 술을 먹기에 알맞은 기분이 되었다.

이윽고 얼큰해진 그가 술집에서 나가려고 하자 주모가,

“술값 내고 가세요.”

하면서 그의 옷소매를 붙잡았다.

"여보, 옷을 붙잡지 않고는 할말을 못 하오?"

"술값을 내지 않고 그냥 가시니까 붙잡은 거잖아요."

"여보 주모, 그런데 미안하지만 지금은 가진 돈이 없소."

"돈도 없이 술을 먹었단 말이오?"

"나는 평생 동안 돈 내고 술 먹어 본 적이 없소."

주모는 점점 얼굴에 노기를 띠면서 대들었다.

"이 양반이 나를 놀리는 건가?"

"그때 마침 그 집 주인인 듯한 험상궂게 생긴 사내까지 뛰쳐나왔다. 정수동은 화가 몸에 미칠 것을 생각하고,

"여보시오, 남 판서 대감, 남 판서 대감, 정수동이 지금 술 몇 잔 값 때문에 볼모로 잡혔소. 술값 좀 물어 주시오."

하고 고함을 질렀다. 주모는 그가 정수동인 줄 알자 단번에 태도가 바뀌었다.

"누구신지 몰라서 그랬습니다. 저희 집에 찾아오신 것만도 고마운 일인데 술값이 무슨 술값입니까. 그냥 돌아가시든지 뭣하시면 좀 더 잡숫고 가십시오."

주모는 정수동을 붙잡더니 다시금 술상을 차려 내왔다. 정수동의 이름은 일개 선술집 주모까지 모르는 사람이 없었던 것이다.

시인 묵객(詩人墨客)들이 모여 시회(詩會)를 하고 있었다. 물론 그 자리에서 정수동이 주빈(主賓) 격이었다. 때는 마침 춘삼월, 꽃피고 바람이 훈훈한 계절이었다. 정수동은 시보다도 술에 더 마음이 있었다. 그까짓 고리타분한 시는 지어서 뭘 하겠느냐는 것이 그의 생각이었다. 하늘과 땅이 곤두서도록 실컷 술을 먹는 일, 그것만이 정수동이 원하는 생활이었다.

"술은 시회에 따라다니는 법인데 술 준비는 충분히 했나?"

정수동이 묻자 시회를 준비한 사람이 대답했다.

"걱정 말게. 술은 넉넉하게 준비했으니 시나 많이 지어보게."

다른 사람들은 모두 시를 짓느라고 끙끙거리는데 낙운성시(落韻成詩)가 제대로 되지 않는지 애만 쓰고들 있었다. 정수동은 붓에 먹을 찍더니 일사천리로 시 한 수를 지어 읊었다. 모든 사람들이 그의 비상한 재주에 새삼스럽게 경겁할 따름이었다. 정수동은 시를 지었으니 그 날의 책임은 완수한 듯하여 혼잣말처럼 중얼거렸다.

"시를 다 지은 사람은 이제 어떡하란 말인가? 목이 말라서 죽겠는데."

"잠시만 참게. 조금 있으면 끝날 테니 함께 마시자고."

그들은 그때까지도 시가 잘 되지 않는지 끙끙거리고만 있었다. 영감(靈感)의 신(神)이 찾아오지 않는 모양이었다. 정수동은 결국 화가 나고 말았다.

"젠장… 경을 칠 놈들."

그는 소변을 보러 가는 체하면서 이곳저곳을 수색해 보았다. 그랬더니 깊숙한 뒷방에 술 두 동이가 있는 것이 아닌가.

"겨우 두 동이야. 간에 기별도 가지 않겠다. 슬그머니 혼자 다 먹어야겠다."

그는 술동이를 들고는 고래가 물을 들이키듯 그대로 마셔 버렸다. 술기운이 전신에 퍼지며 단번에 취기가 느껴졌다.

"하늘과 땅은 분명히 내가 창조한 것이렷다. 그 아름다운 하늘과 땅 사이에서 나 홀로 소요하리…."

그는 혼자 중얼거리면서 남은 한 동이 술을 다시 들이켰다.

술이 창자 속에 깊이 스며들자 정신이 더욱 혼몽해졌다. 그제야 정수동은 겨우 술 먹은 것 같은 기분이 되었다. 그는 그 뒷골방에서 이내 사지를 뻗고 누워 코를 골기 시작했다.

다른 사람들은 그 날의 주빈인 정수동이 보이지 않는지

라, 많은 안주까지 준비해 놓고서도 그를 기다리느라고 그냥 시들만 읊고 있었다. 아무리 기다려도 그는 돌아오지 않았다. 문득 그 중의 한 사람이 옆방에서 나는 소리에 귀를 기울였다. 분명히 코 고는 큰 소리가 들려 오고 있었다.

"여보게들, 정수동이가 벌써 술을 바닥내고 저렇게 코를 고는 것 같아."

그들은 모두 일어나 뒷방으로 뛰어갔다. 그랬더니 아니나 다를까, 그는 사지와 오체를 쭉 뻗고 천장이 찢어질 정도로 코를 골고 있었다. 그들은 술을 다 말린 것을 보고 화가 나서 그를 깨웠다. 그랬더니 그는 마지못해 일어나면서 이렇게 중얼거리는 것이었다.

"이 사람들아, 시회를 한다면서 겨우 술이 두 동이뿐이야. 그래 내가 먹기는 했는데 그냥 먹은 것은 아닐세. 한 동이는 술로 먹고 남은 한 동이는 안주로 먹었네. 안주 없이 술을 먹을 수는 없지 않은가."

그리고는 다시 쓰러지더니 요란하게 코를 골기 시작했다.

정수동은 평소에 양반들과 교류가 많았지만 양반들을 무척이나 미워했다. 뿐만 아니라 그들의 토색질과 착취를 웬만큼 미워하는 것이 아니었다.

그는 조 정승 두순의 집에 자주 드나들었는데, 그 집 영감이 전에는 그런 일이 없더니 이상한 짓을 했다. 시골에서 어느 부자가 뇌물로 십만 냥을 보내 왔는데, 그 전 같으면 도로 돌려보냈을 그가 이번에는 웬일인지 그것을 받아 자기 주머니에 넣어 버렸다. 정수동은 그것이 마땅치 않았지만 뭐라고 말할 수도 없는 입장이어서 모르는 체하고 있었다.

그로부터 며칠 후에 정수동이 우연히 또 그 집에 들렀는데, 행랑어멈의 어린애가 돈 한 푼을 입에 물고 있다가 그만 삼켜 버려 모두 야단이 나 있었다. 행랑어멈은 정수동을 항상 숭배하고 있었기에 엽전 삼킨 것도 고칠 수 있는 명방(明方)을 알고 있으리라 생각하며 울상이 되면서 물었다.

"여보세요, 나으리님. 이 애가 엽전을 삼켰는데 죽지 않을까요? 어디 좀 봐 주세요."

그런데 그 말을 한 곳이 공교롭게도 조 정승이 기거하는 방 앞이었기에 정수동은 큰 소리로 물었다.

"그게 뉘 돈인가?"

"제 돈입지요."

"아아 그래? 그럼 염려 말게. 남의 돈 십만 냥을 삼키고도 뒤탈이 없는데, 제 돈 엽전 한 푼 삼키고 무슨 탈이 날 거라고 그 야단인가?"

어느 날 정수동이 조 정승과 마주 앉아 술을 마시고 있었다. 정수동을 좋아하는 조 정승은 술이 얼큰해지자 한마디 물었다.

"여보게 정 서방, 자네는 이 세상에서 제일 무서운 것이 무어라고 생각하나?"

"그건 강도지요."

"강도보다 더 무서운 것은 무엇인가?"

"다시 이를 말씀입니까. 그거야 양반놈들이지요."

조 정승은 어이가 없어졌다. 하지만 그 넓은 도량으로 다시 한 번 생각했는지 부드러운 목소리로 다시 물었다.

"양반이 왜 강도보다 무서운가?"

"강도야 잘 하면 퇴치할 수도 있겠습지요마는, 세도 있는 양반이란 것은 상놈으로서는 도저히 퇴치하지 못할 뿐 아니라, 상놈의 생명은 그 앞에서 파리 목숨만도 못하니 양반이 강도보다 더 무서운 것이 아니겠습니까."

조 정승은 옳거니 하면서 고개를 끄덕였다.

어느 해 정수동이 당나귀를 타고 서울을 떠나 이곳저곳을 방랑하다가 고려(高麗)의 고도 개성(開城)에 들렀을 때였다. 만월대(滿月臺), 선죽교(善竹橋) 등의 고적을 구경하다가 어느덧 해가 저물기 시작했으므로 서울에서 같이 수학

하던 한치수(韓致洙)라는 옛 친구를 찾아갔다.

그런데 이 한치수라는 사람은 몇 번이고 과거를 봤는데도 배경이 없어 번번이 낙방만 하는 바람에, 세도 부리는 양반들의 꼴이 보기 싫어 과거고 벼슬이고 다 집어치우고 돈이나 벌어 남부럽지 않게 살아 보자고 개성으로 낙향한 사람이었다. 원래 개성 사람들은 왕씨가 다스리던 나라가 이씨가 다스리는 나라로 바뀌는 통에 벼슬하기를 포기하고 오직 돈 벌기에만 열중하게 되었는데, 그들 틈에 낀 한치수도 차차 장사 수완이 늘고 또 결심한 바도 있었는지라 이를 악물고 알뜰히 돈을 모은 덕택으로 낙향한 지 육, 칠 년 만에 큼직한 집에서 하인, 서사까지 여러 사람 두고 지내게끔 되었던 것이다.

한치수는 찾아온 정수동을 사랑으로 안내했다. 그래 놓고는 그다지 반갑게 인사를 나누지도 않고 하인과 서사를 상대로 여전히 돈 받아들일 문서만 뒤적거리느라고 여념이 없었다. 정수동이 앉아서 바라보니 마당에는 장작이 가득 쌓여 있고 암탉, 수탉이 수십 마리나 뜰 아래위를 돌아다니고 있었다.

'꽤 모은 게로군….'

정수동이 그렇게 생각하면서 무료히 앉아 있는데도 한치수는 도무지 일을 끝낼 기색을 보이지 않았고 정수동의 존재까지도 아예 잊은 듯했다. 정수동은 슬며시 화가 나기 시작했다. 아무리 돈벌이가 바쁘기로서니 오래간만에 만난 죽마고우를 이렇게 푸대접할 수 있는가 싶었다. 그래도 꾹 참고 앉아 있었으나 종내 돌아다보지도 않았다. 정수동은 참다 참다 못해 입을 열었다.

"여보게 치수, 자네 바쁜 모양일세그려."

그제야 겨우 뒤로 고개를 돌린 한치수는 시큰둥하게 대답했다.

"아니, 그렇지도 않네."

"그럼 우리 오래간만이니 밖으로 나가서 술이나 한잔 하세."

"아니야. 나가기는 왜 나가나. 여기서 내가 술 한잔을 내야 할 텐데 자네가 별안간에 왔으니 적당한 안주도 없고 해서….."

그 말을 들은 정수동은 이놈이 돈맛을 좀 보더니 더럽게도 인색해졌구나 하고 생각하면서 시치미를 뚝 떼고 말했다.

"아, 그런가. 그럼 내가 타고 온 나귀를 잡아서 안주로 하세."

"그럼 자넨 뭣을 타고 가게?"

"저 닭이라도 타고 가면 되겠지."

인색하지만 눈치가 빠른 한치수였기에 그 말의 뜻을 알아챘다.

"아 참, 저 닭 한 마리쯤 잡는 거야 어렵지 않지만 저것을 삶으려면 나무가 꽤 들 텐데 나무가 있어야지…."

"땔 나무가 없다고? 그럼 이 갓을 때서 삶아 먹세."

"아니 그게 무슨 말인가? 그럼 자네는 뭘 쓰고 가려나?"

"허, 자네 집의 대문짝 하나를 떼어서 쓰고 가면 되지 않겠나."

그 날 밤, 하는 수 없이 잡아 주는 닭을 안주로 술과 밥을 먹고 불쾌한 하룻밤을 보낸 정수동은 이튿날, 옛날의 글동무가 인색해진 것을 슬퍼하면서 나귀의 고삐를 잡고 길을 떠났다.

정수동은 51세를 일기로 김삿갓보다는 짧은 나이에 이 세상을 떠났다.

천재 화가 장승업의 못 말리는 주벽

조선시대의 모든 화가들 중에서 장승업(張承業)만큼 술을 즐기고 술의 포로가 되어 한평생을 취생몽사(醉生夢死: 술에 취하여 자는 동안에 꾸는 꿈 속에 살고 죽는다는 뜻) 격으로 지낸 사람은 없을 것이다. 그는 오십 평생을 거의 매일같이 술 속에 파묻혀 지내다가 술 속에 거꾸러져 간 사람이었다.

한때 고종황제(高宗皇帝)의 지우(知遇: 남이 자신의 인격과 재능을 알아서 잘 대접함)를 얻었기에 좋은 그림을 그려 바치기만 하면 영달의 길이 눈앞에 있었건만, 그는 헌신짝처럼 그것을 포기한 사람이었으니 예술가에겐 벼슬이 필요하지 않다는 그의 허무주의(虛無主義) 인생관 때문이었다.

그는 조선시대 말엽(末葉) 고종 때의 사람으로, 그의 조상에 대해서 자세히 알 수는 없으나 무반(武班) 출신의 후예였던 것만은 사실인 듯하다. 그는 어렸을 때 양친을 잃고 천애의 고아가 되어 동으로 서로 남으로 북으로 유랑하는 신세가 되었다. 그는 스무 살이 될 때까지 떠돌다가 나이 이십이 되자 서울에 와서 어디엔가 정착(定着)하려고 애쓰고 있었다.

마침 서울 수표교(水標橋) 근방에 이응헌(李應憲)이란 사람이 살았는데, 그는 동지(同知: 조선시대, 중추부의 종2품 벼슬)라는 직함을 갖고 있었기에 이웃 사람들은 그를 이 동지라고 불렀다. 이 동지는 실로 우연한 기회에 장승업을 만나게 되었다.

그는 사람 보는 안목이 있었으므로 처음으로 장승업을 보는 순간 그의 뛰어난 상모(相貌: 얼굴의 생김새)에 반하지 않을 수 없었다. 그는 장승업의 방랑을 중지시킨 사람이었으니 승업이 이 동지의 집 식구가 되었기 때문이다.

나이 이십이 되도록 글 한 자 배우지 못한 승업은 이 동지 집의 이 일 저 일을 보살피면서 그의 아들이 글 배우는 것을 어깨 너머로 구경하며 글을 깨우치게 되었다. 그리하여 그는 글에 점점 더 열중하게 되었고 글자도 제법 쓸 줄 알게 되었다.

그런데 이때 이 동지는 상당히 부유한 집안의 사람으로서 서화 골동(書畵骨董) 수집가였다. 그의 집에는 상당한 양의 고대 중국 서화와 골동이 비장되어 있었다. 원(元)과 명

(明)나라의 일류 화가의 것도, 국내의 것도 삼원(三圓)의 것
이 대개 갖추어져 있었다.

그 그림들을 보고 난 승업은 가슴속에서 갑자기 치솟는
야릇한 의식을 어찌할 수가 없었다. 그는 붓을 들어 그림을
한번 그려 보기로 했다. 자기도 그만큼은 그릴 수 있을 것
같다는 생각이 들었다. 그 같은 생각은 놀랍게도 틀리지 않
았으니, 한 번도 잡아 보지 않은 화필이었지만 붓은 스스로
움직이는 것처럼 유연히 미끄러졌다.

매란(梅蘭)을 위시하여 산수화(山水畵), 영모(翎毛: 새나
짐승을 그린 그림) 등을 그려 보았는데 그 필치가 대가의 그
림을 능가할 만했다. 첫 솜씨가 그러하였다. 그는 실로 신
운(神韻: 신비롭고 고상한 운치)이 횡일(橫溢: 물이 가로 흘러
넘침)하는 천재 화가였던 것이다.

어느 날 주인인 이 동지가 장승업이 그린 그림을 발견하
고 물었다.

"이것이 네가 그린 그림이냐?"

"그렇습니다."

"언제부터 그림을 배웠느냐?"

"그림을 배운 적은 없습니다마는, 한번 그려 보고 싶어서
붓을 놀렸더니 그렇게 되었습니다."

"너는 천재 화가다. 이제부터 뜻을 그림에 두고 열심히

공부해라. 지필묵 등 화구(畵具)는 내가 마련해 주마."

그때부터 장승업은 매일같이 그림만 그렸다. 워낙 그림에 천재적인 소질을 갖춘 그였으므로 그의 그림은 일취월장했다. 그는 그림을 그리기 시작한 지 불과 몇 해가 지나지 않아 대화가(大畵家)라는 칭호를 받게 되었다. 스승 없이 그리기 시작한 그림이었지만 그의 그림은 천의무봉(天衣無縫: 사물이 완전무결함을 이르는 말)과도 같았다.

그런데 그는 그림을 잘 그리기는 하였으나 술을 너무나 좋아했다. 매일 술에 취해 살아갈 정도로 술과 장승업은 어느덧 떼려야 뗄 수 없는 사이가 되고 말았다. 한 잔이 두 잔 되고, 두 잔이 열 잔 되고, 됫술이 말술로, 말술이 다시 섬술로 늘어 갔던 것이다. 하루에 삼백 잔을 기울였다는 이태백을 따를 만했다.

그는 그처럼 통음(痛飮: 술을 매우 많이 마심)했기에, 제법 큰 그림을 한 번 완성하려면 몇 해가 걸리는 수도 있었다. 심지어 몇 해가 걸려도 완성하지 못하는 수도 있었다. 그는 그림 값이 후하게 들어오면 우선 술집에다 그 돈을 맡겼다. 그리고는 무한정하고 술을 즐겼다. 그리하여 한평생을 주채(酒債: 술값으로 진 빚)에 시달리다가 오십여 세에 세상을 떠나고 말았다.

고종황제는 장승업의 화명(畵名)이 높음을 듣고 그를 불러 그림 병풍을 얻고자 했다. 수십 첩의 병풍 제작을 그에게 위촉하려고 했다. 그 같은 소문은 삽시간에 서울에 퍼지게 되었다. 때문에 모든 화가들은 부러워할 뿐 아니라 시기하기도 했다.

"이제 장승업은 팔자를 고칠 거야."

하고 떠들어 댔다. 장승업을 오늘의 대성으로 이끌어 온 이 동지도 크게 감격하며 승업을 찾아왔다.

"참으로 반가우이. 모두 다 자네의 재주가 출중하기 때문에 상감님께서도 특히 자네를 선발하신 것이니, 힘써 그림을 잘 그리도록 하게. 사람의 운수란 일생에 한 번 이런 좋은 기회가 올까말까 하는 것이니, 깊이 생각해서 성심껏 해 드리게. 큰돈과 높은 벼슬이 자네에게 올 거야. 한 가지 부탁할 것은 술을 좀 조심하란 말일세. 궁중에서 그림 그리는 동안만이라도 제발 술을 좀 덜 마시게. 그것만 명심하면 자네의 입신양명은 다시 말할 나위도 없을 것일세. 참으로 고맙고 반가운 일이로세."

이 동지는 육친과 다름없는 마음으로 장승업을 고무 격려했을 뿐만 아니라 친히 세밀한 주의까지 해 주었다.

드디어 장승업은 고종황제의 소명을 받아 궁중으로 들어갔다. 승업의 주량과 술버릇에 대한 소문을 들어 알고 있던

궁중에서는 그에게 깨끗한 방 한 칸을 비워 주고 그림 그리
는 데 필요한 모든 조건을 구비해 주었다. 옆에서 한 사람
의 무감이 승업을 감시하고 있었는데, 그가 술을 과음하여
궁중을 어지럽힐까 염려한 까닭이었다.

상감은 특별히 수라간에 분부하여,

"승업에게 때마다 술을 석 잔씩만 주도록 하여라. 그 이
상은 절대로 주어서는 안 된다."

하고 명했다.

하루 이틀 지나는 동안 장승업은 술이 먹고 싶어 죽을 지
경이 되고 말았다. 사람은 스스로 먹을 수 있는 자유가 있
을 때는 먹으라고 해도 덜 먹는 법이지만, 외부의 압력에
의해 먹지 말라고 강요 받게 될 때는 더 먹고 싶어지는 것
이 상정이다.

승업은 드디어 더 이상 참을 수가 없게 되었다. 그는 슬
그머니 궁중에서 도망치고 싶다는 생각이 치솟았다. 무슨
핑계를 대고서라도 궁금(宮禁)을 뚫고 탈출하고 싶었다. 한
번 잃어버린 행동의 자유는 번열증(煩熱症: 신열이 몹시 나고
가슴이 답답하며 괴로운 증세)이 나도록 그를 괴롭혔다. 때마
다 석 잔씩밖에 주지 않는 적은 술은 감질만 나게 만들 뿐
이었다.

"이놈의 술을 받아먹고 있다가는 내가 말라서 죽고 말 것

이다. 아무리 생각해 봐도 여기서 빠져 나가야 할 텐데 무
슨 핑계를 대야 한단 말인가. 옳지! 채색 도구를 가지러 간
다고 하면 되겠구나.”

그는 속으로 중얼거렸다. 그 날 밤 그는 감시하는 별감을
살살 꾀어 궁 밖으로 도망치고 말았다. 그는 으슥한 술집에
들어가 며칠 동안 먹지 못하던 술을 마음껏 마셨다. 그리고
는 만족스러워하며 중얼거렸다.

“아아, 이제야 내 세상이다. 이렇게 먹어야 해. 암!”

그의 창자는 술독으로 변했다. 술독이 창자 속인지 창자
속이 술독인지 승업은 제대로 분간이 되지 않았다. 여러 날
을 궁중에서 술을 굶주리던 생각을 하면 기가 막히기만 했
다.

그는 궁중에서 나올 때 자기를 감시하던 무예 별감에게,

“하룻밤만 있다가 들어갈 테니 그리 아시오.”

하고 말했지만 사흘이 지나도 돌아가지 않았다. 때문에
별감뿐만 아니라 황제의 측근들까지 모두 걱정하지 않을
수 없게 되고 말았다. 그러는 중에 상감의 귀에도 장승업이
없어졌다는 보고가 들어갔다. 고종은 깜짝 놀라며 옆에 있
던 김 시종(金侍從)에게 물었다.

“장승업이 없어졌다는 것이 사실인가?”

“네, 사흘 전에 궁궐을 나간 후에 아직 돌아오지 않았다

고 하옵니다."

"사흘 전에 나갔어? 누가 내 명령 없이 내보냈단 말이냐? 너는 알고 있었느냐?"

"황송하오나 모르옵니다."

"그럼 누가 알지?"

"승업의 방을 지키고 있던 별감은 알고 있을 것이옵니다."

고종은 별감을 불러다가 장승업이 궁중에서 빠져 나간 전말에 대해서 들었다.

"그 사람이 그림 그리는 데 필요한 채색 도구를 가지러 간다면서 사흘 전에 나갔사온데 아직까지 돌아오지 않고 있사옵니다."

고종은 노기 띤 음성으로 말했다.

"알겠다. 그놈이 술을 먹고 싶어서 도망친 모양이다. 당장 포청에 연락하여 잡아 오도록 해라."

김 시종은 곧 포청에 연락하여 장승업을 잡아 올리도록 했다. 그러나 그는 쉽사리 잡히지 않았다. 잡힐 것을 염려하여 깊숙한 주모(酒母)의 집에 숨어 밤낮을 가리지 않고 술을 마시고 있었기 때문이다. 하지만 포교들은 임금의 지엄한 분부를 받았는지라 서울 장안을 샅샅이 뒤져서 드디어 그를 포박했는데, 그는 잡힐 때에도 술에 만취되어 동서를 분별치 못했다.

그는 끌려들어와 궁중의 처소로 돌아왔는데, 하도 억병으로 취해 있었기에 자기가 지금 어디에 누웠는지도 모르고 있었다. 차차 술이 깨면서 갈증이 심해진 그는,

"이봐, 주모, 물 좀 주시오."

하고 고함쳤다. 옆방에서 그를 엄중 감시하고 있던 별감이 혀를 차면서 말을 걸었다.

"이제 정신이 좀 나시우?"

그러나 장승업은 그때까지도 그 방이 술집 방인 줄로만 알고 있었다.

"주모 마님, 어서 냉수 좀 달라니까요. 아이구 목말라 죽겠네."

별감은 껄껄거리며 웃었다.

"여보슈, 여기가 어딘 줄 아시우? 아직도 술이 덜 깬 모양입니다그려. 여기는 대궐이요, 대궐."

장승업은 그제야 정신이 번쩍 나는 모양인지 사방을 휘휘 둘러보았다. 과연 주모의 방이 아니고 그림 그리던 궁성 안의 방이 분명했다.

"아무 데건 물이나 좀 갖다 주시오."

별감은 물 한 사발을 떠다 주면서 말했다.

"여보 장 서방, 술 좀 그만 자시고 그림을 그리시오. 상감

께서 대단히 노하셔서 포청에 가두라는 것을 가까스로 이 곳으로 모셨소. 그림만 잘 그리시면 모든 것이 해결될 뿐 아니라 큰돈과 벼슬이 생길 텐데 도대체 왜 그러슈? 정신 좀 차려요.”

장승업이 눈을 멀거니 뜨면서 대답했다.

“나는 술만 있으면 그만이오. 돈도 싫고 벼슬도 싫소. 유주 강산(有酒江山)이면 그만이오. 술 없으면 지옥이요, 술만 있으면 극락이오.”

별감은 계속해서 승업에게 뭐라고 말할 수가 없었다.

그 날부터 장승업은 한 때에 석 잔씩 주는 술을 먹으며 그림을 그렸으나 생각은 그림에 있지를 않았다. 하루 바삐 탈출하여 그 맛있는 술을 또 마음껏 먹어야겠다는 생각만 하고 있었다.

아무리 생각해도 그는 구중궁궐(九重宮闕) 밖으로 도망칠 수가 없었다. 생각을 계속하던 그는 결국 도포와 갓을 벗어 버리고 혼곤히 잠자는 별감의 옷을 훔쳐 갈아입었다. 그는 다소 가슴이 떨렸으나 캄캄한 그믐밤이었는지라 별로 큰 지장이 없이 두 번째 탈출에 성공했다. 남들은 모두 부러워하고 선망하는 위치에 있었지만 영달과 부귀를 헌신짝처럼 여기는 그에게는 그것이 싫기만 했다.

그는 다시 그리운 임의 품속과도 같은 술집으로 들어가

서 처박혔다. 술을 다시 마시게 되자 홍거운 노래가 저절로
흘러나왔다.

고종황제는 장승업이 두 번째로 궁성을 탈출했다는 보고
를 듣고는 노기를 참을 수 없어 그놈을 즉각 포박하여 투옥
하라고 명령하였다.
그때 마침 고종황제를 옆에서 모시던 충정공(忠正公) 민
영환(閔泳煥)이 이를 목도하였다. 장승업의 목숨이 경각에
달렸음을 알고 또 승업이라는 위인에 대해서 잘 알고 있던
민영환은 곧 고종께 아뢰었다.
"장승업이 무엄하게도 상감마마의 분부를 저버린 죄는
백 번 죽어도 모자랄 것이오나, 그는 본시 사람됨이 천성적
으로 호주 방탕하여 그럴 뿐이옵지 일부러 상의를 거스르
려고 그렇게 한 것은 아니라고 생각하옵니다. 그러하오니
한 번만 용서하시고 승업을 소인의 집에 두어 주시면 하명
하옵신 그림을 끝내도록 조처 감독하겠사오니, 통촉하시기
바라옵니다."
고종도 그의 주벽(酒癖)은 무가내하(無可奈何: 어찌할 수가
없이 됨)라고 생각하고 있었기에 그렇게 하라고 윤허했다.
그 날부터 장승업은 민 충정공의 집에 유숙하면서 그림
을 그리게 되었는데, 민영환은 그가 도망칠 것을 걱정하여

그의 의관을 벗겨서 감추어 두고 그가 좋아하는 술을 무진 장으로 제공했다. 장승업은 좋아하면서 매일같이 술을 마셨다. 하지만 그런데도 불구하고 어딘지 모르게 모자라는 게 있는 것 같았다. 억병으로 먹고 쓰러져 자야만 될 것 같았다.

처음에 민영환의 집에 와서 수일 동안은 그림에 잠심(潛心: 어떤 일에 마음을 두어 깊이 생각함)하는 듯했으나, 또다시 발광에 가까운 술에의 향수를 도저히 참을 길이 없었다. 그는 또다시 궁중에서처럼 차츰차츰 탈출하고 싶은 생각이 간절해졌다.

어느 날 민 충정공은 예궐하여 없고, 감시하던 하인이 마침 졸고 있는 틈을 타서 승업은 이웃 방에 걸려 있는 상복(喪服)과 방갓을 훔쳐 몸에 걸친 다음 살금살금 그 집에서 빠져 나오고 말았다.

그는 또다시 술집에 숨어서 술타령을 하였으나 포교의 손에 붙잡혀 도로 민영환의 집으로 들어갔고, 달포 남짓한 동안 전후 세 번이나 다시 탈출했다가 세 번 다 붙잡혀 들어갔다.

민영환은 그를 불러 앉혀 놓고 말했다.

"아 이 사람아, 아무리 사람이 우둔하다고 해도 그러는 법이 있단 말인가? 상감께서 크게 노하셔서 당장 포박하라고 지엄한 분부를 내리셨는데 중간에 내가 끼어서 우리 집에 두고 잘 타일러 그림을 그리게 하겠다고 여쭈어 무사하게 만들지 않았나. 그런데도 매일같이 탈출하여 술로만 일월을 보내는 사람이 어디 있단 말인가? 사람이 사람된 소이가 어디 있단 말인가?”

장승업은 민영환의 호의를 모르는 바가 아니었다. 그는 머리를 숙이고 말했다.

“대감의 지우를 남달리 받자와 이처럼 죽지 않고 살아 있는 것을 소인도 잘 알고 있습니다. 대감께 미안하다는 생각은 이루 다 형용할 수 없을 정도입니다만, 뼛속에 스며 오는 술에 대한 매력을 어찌할 수가 없습니다. 그 경을 칠 술을 끊는 약은 없겠습니까?”

“매일 장취로 술만 마셔서야 사람을 무엇에 쓴단 말인가? 앞으로 절주(節酒)를 해서 좋은 그림을 그리도록 하게. 상감님의 뜻에 맞는 그림을 그리기만 하면 돈과 벼슬이 한꺼번에 굴러들 텐데…. 이 사람아, 정신 좀 차리게.”

“소인은 돈도 벼슬도 부귀도 영화도 모두 싫습니다. 그저 한세상 술타령이나 하다가 갔으면 하는 것이 소인의 평생 지원(至願: 지극히 바라는 소원)입니다.”

민영환도 그의 뜻을 더 이상 거스르고 싶지는 않았다.

“자네의 뜻은 잘 알았네마는, 장가도 안 가고 그냥 늙을

작정인가?”

“장가는 가서 무엇하겠습니까? 그럭저럭 한세상 살다가 가겠습니다.”

“그렇지만 상감께 바칠 그림은 꼭 그려야 하네.”

하지만 그는 끝끝내 고종황제께 보내는 큰 병풍을 완성하지 못한 채 중간에서 중동무이(하던 일이나 말을 끝맺지 않고 중간에서 흐지부지함)하고 말았다. 그는 글을 배우지 못했기에 그가 그림을 그리면 화제(畵題)는 안심전(安心田)이 써주곤 했었다.

장승업은 결국 55세를 일기로 부귀도 영달도 도외시한 하나의 광객(狂客: 미친 사람)으로 짧은 한평생을 마쳤다.

참고문헌

◆ 유추강 저, 〈한국 야담 사화전집〉, 동국문화사.

◆ 〈한국 풍류 야담 전집〉, 노벨문화사.

◆ 홍석연 저, 〈이야기 조선 왕조 야사〉, 삶과벗.

◆ 〈한국 야담 전집〉, 삼성출판사.

◆ 최정희 엮음, 〈한국 불교 전설 99〉, 우리출판사.

◆ 김형광 지음, 〈인물로 보는 조선사〉, 시아출판사.

◆ 김형광 엮음, 〈이야기 조선 야사〉, 시아출판사.

◆ 송지영 저, 〈역대 민화 전설〉, 중앙도서.

◆ 서경보 저, 〈한국기인열전〉, 일봉삼장원.

◆ 김영진, 〈암행어사〉, 행복한 박물관.

◆ 김영진, 〈조선 역사 속의 가장 재미 있는 기이한 사건〉, 행복한 박
  물관.

◆ 김영진, 〈기생열전〉, 도서출판 큰방.

◆ 김영진, 〈불교 전설〉, 도서출판 삶과 벗.